U0926749

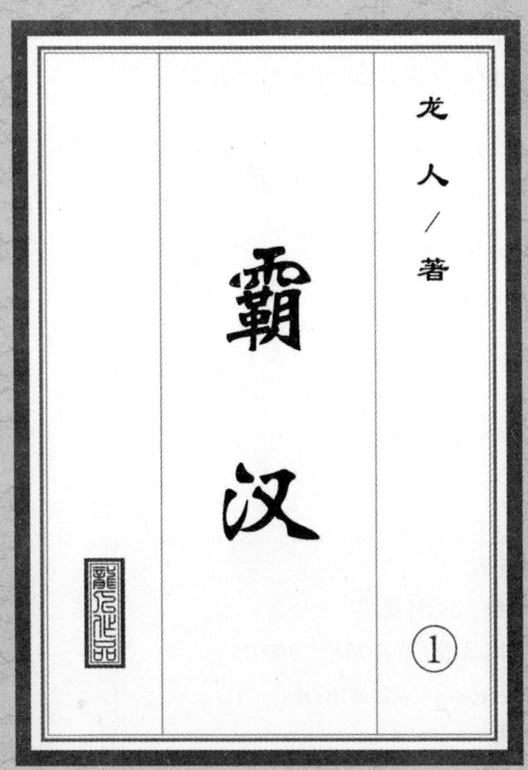

二十一世纪出版社集团
21st Century Publishing Group
全国百佳出版社

图书在版编目（CIP）数据

霸汉：全10册 / 龙人著. -- 南昌：二十一世纪出版社集团，2017.10

ISBN 978-7-5568-3101-2

Ⅰ. ①霸… Ⅱ. ①龙… Ⅲ. ①长篇历史小说－中国－当代 Ⅳ. ① I247.5

中国版本图书馆 CIP 数据核字 (2017) 第 243760 号

霸汉：全10册 龙 人著

责任编辑 敖登格日乐
出版发行 二十一世纪出版社集团
（江西省南昌市子安路75号 330025）
www.21cccc.com cc21@163.net
出 版 人 张秋林
经　　销 新华书店
印　　刷 北京龙跃印务有限公司
版　　次 2018年2月第1版 2018年2月第1次印刷
开　　本 710mm × 1000mm 1/16
印　　张 160
字　　数 1600千
书　　号 ISBN 978-7-5568-3101-2
定　　价 498.00元（全10册）

赣版权登字—04—2017—743

目　录

楔　子

长安城。

万人空巷，秋风肃杀，阴云层层。

冷气氤氲中，偶有流浪野狗低吠奔窜，却被铁蹄惊得瑟瑟发抖。

十万都城军驻于王渠之外，却无法阻挡刘正的脚步。

九月初九，正值重阳，也是刘正第七次血洗皇城之日。

距上次刘正大破长乐宫，诛杀祸乱宫廷颠覆刘氏江山的皇太后王政君只不过五十天。

王莽的眼皮跳动更快，心中不安之感更强，他甚至有些后悔把孺子（刘婴）拉下宝座。自登帝位以来，王莽未曾有一日过得安宁，刘正像是他的一个噩梦，永远都难以醒来的噩梦。

他的手心渗出了冷汗，这次，他在王渠外驻兵十万，再不想躲避这挥之不去的劫难。这十个月来，他连做梦都在逃，都在躲，这几乎成了天下人的笑柄。

王莽知道，如果这次他仍杀不了刘正，那他永远都只会活在阴影之中。天下只能存在一个皇帝，要么便是他这顺应天命的万民之尊王莽，要么便是被尊为武林至尊的武林皇帝刘正！

刘正曾六破皇城，出入禁宫如入无人之境，破长乐宫，烧明光宫，踏桂宫和北宫，连未央宫都在其足下化为一堆废墟，而刘正唯一的目的，便是击杀王莽！

天下所有人都知道王莽与刘正势不两立，王莽篡夺了汉室江山，刘正虽不喜政事，但却是汉室正统，刘氏血脉，更是哀帝刘欣亲封的武林皇帝，任何霸占刘家江山的人，都是他的敌人。

王莽成了刘正的敌人，这是王莽的悲哀，所以他躲了整整十个月，刘正六破皇城，杀了数万禁军，但却未能除掉王莽。这并不是因为王莽武功卓绝到可以在刘正手下不死的地步，而是刘正并没有找到王莽的踪迹。因此，长乐宫被毁，明光宫被烧，未央宫化为废墟……

武林皇帝的名头在这十个月中体现得淋漓尽致，其声威震慑九州大地。从没有人能够如刘正那般拥有如此不可抗拒的力量，纵横皇城如入无人之境，以一人之力抗倾国之兵，杀得王莽龟缩不出，在武林之中缔造了一个不朽的神话。

第一章　蹄踏皇城

九月初九，刘正上一次提出的死亡约会之日，于是天下所有人都知道这一天刘正会再破皇城。

刘正说过，若王莽再龟缩不出，他必杀光王莽九族，再另立新君。是以，王莽不能不孤注一掷。

王莽了解刘正的孤傲，是以，他在王渠外设下十万大军，他几乎可以肯定，刘正定会策马直闯王渠，过清明门再杀入皇城。

刘正是武林皇帝，帝者入皇城从不会走偏门，即使正门口有千军万马也绝不会皱半下眉头，这便是帝皇之威。

但是，王莽的手心依然在渗汗，没有人会真的认为，十万都城军能够拦住刘正的脚步，没有人会认为天下有刘正无法抵达的地方。此刻王莽虽坐于未央宫的龙椅之上，但在他的周围却是一片刚被清理干净的废墟，四周空荡得可怕。

他想了很多，这数十年的经历如流水般涌过脑海。他不止一次地见过刘正，也曾与刘正有过交情，但那一切都是过去。

急促的脚步声惊断了王莽的思绪，他悠然地睁开眼，王兴有些狼狈地奔进大殿。

“报！刘正已经破都城军碎清明门入了长安城！已至长乐宫！”王兴的声音很急促。

王莽的身子震了一下，刘正的脚步比他想象得还要快。

“他们几个人?”王莽吸了口气问道。

“一共六人，刘正与其五仆!”王兴神色有些难看地道。

王莽抽了口凉气，这次刘正竟带来了五仆，看来，确实是准备做最后的了断了。

“再探！再报!”王莽吸了口凉气，沉声道。

长乐宫外。

哀章与平晏并骑，其身后是一万禁军。

静！肃杀！唯秋风卷起败叶在那空阔的广场和死寂的长街之上飞旋，几只觅食的寒鸦略略地扑腾了几下又迅速惊飞。

暗云压得很低，远处的暗云如钱塘江潮一般汹涌澎湃地涌向长安城内，压向长乐宫的方向，隐有雷动电闪。

平晏与哀章对视了一眼，皆自对方眼神之中读出了紧张，又在同一时间收拢十指，握成了拳头。

他们都感觉到手心冒汗，在他们助王莽篡汉室江山登上大宝之时，他们没有这种感觉；在王莽封他们为辅政大臣，给予荣华富贵时，也没有这种感觉。但今日他们所面对的是除王莽之外的另一个皇帝——刘正。

一万禁军，分十队而列，以半弧形将哀章与平晏护于中间，十大禁军统领的目光一致，那便是长街的尽头。

长街的尽头，依然什么也没有，空空的只有几片落叶在飞旋，但自长街吹过来的风，仿佛凝有霜露，让人心底滋生出莫名的寒意。

“啪……”突然，有一朵烟花在长安城外的天空中炸开、亮起。

哀章和平晏禁不住身子微微抖了一下，该来的终于还是来了，王舜所领的十万都城军也没能阻挡住刘正的脚步。

“铮……”一阵龙吟般的清啸，一万禁军的刀在同一时间出鞘，仿佛只有一个声音，整齐得让人心惊。

杀意顿时弥漫了整个天空，整个长乐宫，每一寸空间都充斥着让人窒息的死气！天空中的暗云若煮沸了一般，搅动起来，数道电火划过长乐宫的上空，使天空更暗，更阴沉。

哀章和平晏心中苦笑，王舜的十万都城军都不曾阻住刘正的脚步，他们和这区区一万禁军又能够阻止刘正前进吗？如果有人能告诉他们一个肯定的答案，他们宁可将所有的荣华富贵都给这个人。

在这种时候，他们真希望能找到天机神算东方咏给他们卜上一卦，问问吉凶。不过，天机神算绝不会给他们卜卦，这一点哀章和平晏心中有数。而那个姬漠然也是神龙见首不见尾，否则，他们也不用如此紧张了。尽管姬漠然的卦不若东方咏那般神，但也从未失算过，只可惜，在之前一个月之中，哀章和平晏花尽了力气也没有找到这两个人中的任何一个，是以，他们只好悬着心领着禁军而出了。

禁军十万，但在刘正六次杀破皇城之时，已经损失了四分之一，是以，哀章和平晏只能领着一万禁军临敌。

禁军向来是最好的兵种，也是待遇最高的，门槛高得许多人削尖了头想挤入其中。但在这十个月之中，却没有一个人愿意加入禁军，虽然有些人被强拉入禁军队伍，却仍不能使禁军恢复元气。

刘正每次杀入皇城，必会血流成河，尸满街巷，而这之中最多的便是都城军和禁军。刘正没能够找到王莽，这些人就成了替罪羔羊。

没有人想面对刘正，因为没有人想死，是以，没有人愿加入禁军和都城军。

在这些人的眼中，刘正已经不是人，而是神！不可战胜的神！

密云越压越低，蹄声惊碎了长街的死寂，由远而近。

哀章和平晏的心沉若重铅，仿佛感到一阵寒潮自虚空中淌过，漫遍每一寸空间。

“希聿聿……”哀章和平晏的战马低嘶，不安地掀动着蹄子，禁军十大统领的坐骑也同样低啸不安。

哀章挥了一下手，十队禁军迅速分开，自长乐宫那被毁去的宫门之内迅速滑出了百辆弩车，在哀章与平晏的战马之前一字排开，箭矢早已定于弦上，对准长街的另一端。

禁军刀剑插于一旁，执起大弓，劲弩以超快的速度上弦、搭箭，无不显示出其训练之精良。

箭矢，几乎封锁了每一寸空间，哀章自信，即使是一只苍蝇也不可能飞得过长乐宫。

当然，刘正不是苍蝇，而是武林皇帝！

一万禁军，百辆弩车，虚空几乎全都是箭影，自长街望去，便像是一排排长有倒刺的厚墙！密密地挤满了长乐宫外两百丈方圆空阔之地。

长街旁的每一道瓦棱上，长乐宫的外墙之上，也都探出了无数的弩箭，在低而沉暗的天空之下，显得格外拥挤。

正因为拥挤，才使杀机浓得让人窒息。

每个人的心神都绷得极紧，哀章和平晏的手不自觉地已经搭在腰间，触在剑柄之上，只觉得凉凉的，是手心出了汗。

蹄声仍在响，仿佛有数个世纪那般漫长，每一下蹄声犹如响在每一个禁军的心上，仿佛这匹迟迟未至的战马，正践踏着他们的心在奔驰。

长街风起，沙石飞扬，使本来虽沉郁却清新的天空变得一片浑浊。

哀章骇然发现天空那低垂的暗云之中竟飞洒下一缕阳光，如刀锋一般迅速将暗云割开一道清晰的云界，若一条分于暗云中的光河迅速向长街移来。

光河两旁，电闪加剧，如千万条银蛇自天垂落，在虚空之中交缠、纠结，化成光球落在长街的尽头，爆起一层尘烟。

凄迷的尘烟，交缠的电火之中，蹄声骤然出现在那混沌迷茫的世界。人影越来越近，蹄声越来越烈，那烟尘败叶，还有被烈风卷起的碎瓦，使长街上空升起了异样的风暴。

六骑！只有六骑！

哀章和平晏的眸子里闪过一道厉芒，他们数清楚了那风暴之中狂卷而至的人数。他们也知道该来的终于来了，以出乎他们意料之外的形式走入了他们的视野中，仿佛是一个混沌迷乱的梦，但却揪紧了每一个人的心。

一万禁军每个人的脸色都是一样的苍白，像是刚刚敷上了一层薄霜，冰寒的杀机如这深秋的寒意渗入每个人的心内，然后化成惧意漫遍全身。

"嗖嗖……"长街两旁瓦棱上的箭手终于无法承受那无孔不入的杀机，松开了手中的弦。

箭矢如雨，密密地封锁了每一寸空间，再密密地贯入那凄迷的风暴，但却在那风暴之中化成了碎粉，然后随败叶瓦片一起飞旋于尘土之中，使得那迷茫的风暴更混沌。

"杀！"哀章挥手高喝，他也受不了那越旋越狂的杀气，那越演越烈的压力。是以，再也不想沉默。

"嗖嗖……"弩车之中的劲箭如漫天蝗虫般洒下，几乎将长街的每一寸空间都封锁。

一万禁卫军也同时松弦，数以万计的箭矢朝向一个共同的目标，那便是卷在风暴中心的六人六骑！

"哗……"一声巨大的霹雳声中，天空之中那分开密云的光河突地倾泻而下，化成一把亮丽却又硕大无比的巨剑，剖云而过。

虚空，顿时化成两半，天地也一分为二，无数的电火仿佛也随光河泻下，聚成巨大的光柱齐落长乐宫的上空。

"轰……"那遍布虚空的羽箭在一刹那之间如见风的灰烬，散成尘末。

巨剑过处，地面裂开百丈，激起无可抗拒的气流，将那一字排开的百辆弩车若纸鸢般弹飞，在虚空之中遇电火顿化成一团烈焰坠落。

禁军战士也如草人般被震飞，首当其冲者则尽化血雨。

没有人能形容这一剑的威力！

哀章与平晏带马横移十丈，在虚空中相对望了一眼，两道目光擦出一道电火，同时举剑高呼："杀！"

禁军十大统领也同时振臂大喝："杀！"

"杀，杀，杀……"一万禁军皆拔起插于地上的刀剑齐声高呼，若山呼海啸，响彻天地，盖过雷鸣电闪、墙倒屋塌之声，每个人都以无畏之势向长街扑去，也顾不了地面上铺满几近尺厚的断箭残羽及血肉碎末。

天与地顿陷昏暗混沌之中，生命如赴死的蝼蚁，在若惊涛骇浪般的杀气和战意之中泯灭消亡。

王舜心里极苦涩，虽有十万都城军布下五十里的人阵，可是他却不敢与刘正一战，居然无法让刘正的脚步稍有停歇。他身边的十大战将也尽毁于刘正的剑下。

刘正甚至不怎么出手，仅其五仆的力量便将他十大战将除去其八，无法抗其锋芒。在刘正的铁蹄之下，这十万都城军如被巨石碾过的蚁群，尸横遍野，五十里地，箭积三尺，鲜血与落叶结合成秋天的萧瑟与战争的惨烈。

都城军如陷入一个可怕的噩梦之中，久久难以醒来。

在这一刻，他们才知道生命是如何的脆弱，如何的不堪一击，但现实是不容改变的。

人多并不能从根本上改变战局，王舜这一刻已经很清楚这一点，他对那守于长乐宫外的一万禁军也不抱任何希望。尽管禁军战士皆是战士之中的精锐，但是却不是真正的高手。在遇到高手时，并不是一加一等于二的计算方式去累计力量。

王舜策马疾驰，领着身边尚存的亲卫高手，撇开那群残兵直向长乐宫疯赶。哪怕是战死，也要截住刘正的脚步，这是他对王莽的忠心。

这将是一场奇异的战斗，一场绝不平衡也绝不公平的对决，但没有人会猜到结果，每一方都会出尽最后的力气。因为，这也许只是最后的决战。

生与死，存与亡，在这之后便会有一个分晓。

王莽感到那无形的压力越来越重，闭上眼睛，他已经清晰地感应到了刘正的位置，他知道刘正也已经感应到了他的存在，两人的思感便在虚空之中纠结，紧紧地缠在一起。

王莽看到了那血肉横飞的禁军，看到了那紧缠着武皇五仆的十大禁军统领，还有联手合击刘正的哀章和平晏，甚至还看到了那自城外飞赶而来的王舜。

王莽笑了，他并不是孤家寡人，更不是孤军奋战，他拥有这么多忠于他的大臣高手，尽管刘正拥有通天彻地的武功，但只是六个人。

六个人的本领再大，又怎能抗拒倾国的兵力和高手？

战意越来越浓，已自长乐宫外弥漫到长安城的每一个角落，而杀机则随着刘正的思感涌至了未央宫。

暗云越积越厚，低低地压在未央宫未倒的东塔之顶。当电火擦过塔身落于未央宫空地之时，天地显得极为诡异。未央宫内的亲卫禁军也一个个心神紧张，每道落下的闪电都仿佛在燃烧他们的信心和斗志，随着那越压越低的密云的接近，他们的战意几乎已渐渐耗尽，剩下的只有恐惧。

天空中的异象在长安城的每一个角落都可以看到，未央宫也不例外。所以，这群守在未央宫的禁军们也已感受到了死亡的逼近。

决定正视刘正，王莽的心中反有种说不出的轻松。尽管那份压力有增无减，但他已经找回了自己的王者之气，找回了久违的战意。

自从身处要位，权倾一时后，王莽便再也不曾动过手，因为根本就用不着他动手，在他的身边有着无数的高手可以调遣，只要他一句话就可以摆平一切的事情。于是在养尊处优的情况下，他似乎疏懒了自身的武学，几乎都快让人忘记了他也曾是天下间有数的不世高手之一。

这一切，因为刘正而改变了，因为刘正才让王莽想起了自己的身份，自身的力量，也让他知道，在有些时候仍得靠自己。

的确，王莽身边的高手多得许多人数都数不过来，昔日总是无往不利，但在这十个月来，却无一人能为他分忧，同时也让王莽知道了，在这个世上也有他身边那群高手无法办到的事情。

王莽身边拥有数不清的高手，但可惜遇上了武林皇帝刘正。刘正身边的高手不多，但只要他一点头，便有成千上万的高手愿意为他卖命，不管刘正的敌人是谁。而这成千上万的高手之中，还包括了王莽身边的一部分高手。

这使王莽尴尬和无奈，他本想让自己身边的力量除掉刘正，但在刘正六破皇城后证明了一个问题，那便是王莽身边所谓的高手皆形同儿戏，根本就不可能杀得了刘正，反而让刘正大试屠刀，将其身边的高手斩杀得所剩无几。是以，王莽不得不亲自出手。

刘正的武功已经达到了无法想象的境界，至少，王莽难以想象。那已经不再是一个人，而是神！

武林皇帝，天下第一，这并不是因为刘正身为皇族宗亲，也不是因其为哀帝之弟，而是因其武功本身就已为天下公认，所以，没有人可以估量刘正在武林之中的号召力。

王舜赶来，哀章的躯体却化成了碎片，在电火之中焚成灰烬。

哀章死了，当他连击出二十几招后，却没能接下刘正的第四击，在天雷电火的威力下，一无所存。

王舜的眼都红了，平晏的身上已被血染，那无孔不入的剑气割得他几乎体无完肤，但他没死，因为哀章挡住了刘正的大部分力量。可是在王舜如陨石般撞入刘正气场之中时，平晏的身子已经飞跌了出去，他没能避开刘正那隔空的一脚，洒血十丈，身子陷入长乐宫本已残缺的宫墙之中。

一万禁军如长乐宫的宫墙一般摧枯拉朽地溃散，十大禁军统领联手也未能在武皇五仆的手下撑上五十招，在五仆联手的强大无比的气机之下被撕为碎片。

王舜的身子撞空，刘正的马已经带着刘正飞入了长乐宫之中。

刘正并不与王舜交手，败军之将并不足以引起刘正的兴趣，抑或并不想为这些无谓的人花费太多的力气，他的目标只是王莽！

刘正已经感应到了王莽的位置，他的精神已与王莽紧紧地锁在一起。是以，他知道王莽这次不会再逃，那么，他便没有必要与王舜这些人纠缠。

王舜并不轻松，因为面对他的是一位中年道人，面目并不陌生，一开始王舜便被对方的气机紧紧地锁住，没有任何机会再抽身去追刘正。

“阴风道！”王舜自城外追进城内，还是第一次与这位武皇之仆打照面，也还是第一次认真审视这位随刘正血洗长安的不世高手。

“王舜！”老道也以同样冷漠的声调回应了一声，他同样不会对这张面孔感到陌生。

两人目光相对，周围的虚空仿佛突然静止，嘈杂的喧嚣和电闪雷鸣中的惨叫自一个世界抽离到了另一个世界，那般遥不可及。

在一个只有两人的世界里，王舜的杀机不断疯长，他知道自己面对的是怎样一个对手，知道应该以怎样的态度去对待这一切，尽管他是王莽身边第一高手。

王舜从不会小看自己，也从不会高估自己，所以他能够助王莽自黄门郎的小官而成今日之帝业，更成了王莽最为得力宠信的辅政大臣。他对天下高手都了若指掌，对武林之中的动态，也如王莽的眼睛一般，所以在他初与此道相对时，便在心中泛起了一层异样之感。

阴风道，乃是道教圣派崆峒剑派掌门师弟，其剑道之精在崆峒派中屈指可数，而崆峒派掌门乃是和邪神并列的天下第二高手，除一个武林皇帝和那神秘不可揣度的无忧林之外，崆峒派掌门与邪神为正邪两道的极致。崆峒派更是正道之首，而阴风道身为崆峒派掌门师弟，却成了武林皇帝的五仆之一，这让王舜有些意外。

阴风道脸上泛起一层淡淡的冷笑，坦然而又深邃，像是将杀机凝成了深深的皱纹，以刀刻的形式在这两人的世界里绽放。

“铮……”阴风道出剑，裂风、破空，切开那落下的闪电，在电光盛得耀眼，又突然灭了的那一刹那，剑便已经掠入了王舜的气场、刀网，然后又有一道闪电惊落。

惊落的闪电照亮了二人世界的虚空，在万籁俱寂之中蒙上了一层诡异的神秘，再在刀与剑相触之处耀起一团血色的异彩，扩散、爆绽如破开地壳的阴火，向四面辐射，吞没刀与剑，吞噬人与天。

“轰……”一阵焦雷隐起，自四面密云之中凝汇聚敛，然后自那吞没两人的异火之中炸开。

王舜和阴风道如两块掷出的巨石，向两个不同的方向弹出，又各自在虚空打了个旋，刀与剑同举。

以插天之势，接引下天空中那四处肆虐的电火在各自燃起一层奇异的亮彩之后，又向同一点交汇。

出剑、出刀！天开、云裂！在密云后那万缕阳光洒落的一刹那，又惊见彼此狰狞的面目，但却绝无法阻止他们这惊天动地的一战，而他们的战意也如喷出地底的熔岩，以不可遏止之势疯涨爆发。

一万禁军，命运与十万都城军的结果并没有两样，王舜身边与其同赶回长安城的高手，依然没能阻止除阴风道之外的四仆跟在刘正的身后向未央宫的方向赶去。

长乐宫，处处断瓦残垣，经历数劫，已面目全非，古都之破败并非因千军万马的践踏，而是刘正一人一骑所为。

神话是在破坏和毁灭之中建立起来的，立于废墟之上才能体现伟人之伟。刘正便是如此，但他有他的原则，如果可以选择，刘正也绝不会选择破坏，这里毕竟是他的祖先创下的基业。

破那一万禁军，长乐宫中根本就没有敢阻刘正脚步的人，远远地便避开。毕竟，生命才是最为重要的。

直出长乐宫，武库大街寂若死域，唯暗云低压，闪电在虚空之中如结成蛛网，闪灭不定，使之若置身森罗绝狱。

对于长安城诸宫的了解，刘正若观掌纹，是以，他根本就没有让战马停歇半步，直奔未央宫。他自然不必等四仆同至，也没有必要，王莽只是属于他的，任何阻止他击杀王莽的人，都必须杀，这是没有条件可以讲的。

道理，就是手中之剑！谁的剑利谁就有道理，就像王莽篡去他汉室江山一般，没有任何可以讲的道理。

“圣上，请移龙驾！”王兴与刘歆以极速奔入未央宫未塌的大殿，跪下急切地道。

王莽缓缓地睁开了眼，他知道刘正已经破了那一万禁军，已经闯过了长乐宫，而且正向他所在的方向赶来，已经快抵武库大门之外。因为他的思感与刘正已经紧紧地纠缠在一起，刘正知道了他的位置，他也自然清楚地感知了刘正的位置。

“他不会这么快闯过武库的。”王莽冷然而自信地道。

“但皇上龙体岂能担半点风险？因此，还请皇上先移驾建章宫！”刘歆沉声道。

“是啊！皇上何等尊贵，而刘正乃一介武夫，岂容他惊扰了皇上……”一干臣子附和道。

“众位爱卿先平身，今日我与刘正之决形式已定，无论我在哪里，都仍要与刘正决一生死。他数破我皇城，已是罪不可恕，我移驾建章宫，也要让众爱卿明白今日的局势，存亡便看今日了！”王莽吸了口气，沉声道。

“皇上心思臣等明白，臣等必誓死捍卫皇城的尊严，绝不容许刘正匹夫张狂无礼！”刘歆恳然道。

王莽悠然一笑，吸了口气道：“朕便不相信以苍穹邪盟的天地十三邪的力量也杀不了刘正！”

“皇上放心，苍穹邪盟的天地十三邪，人人皆是江湖邪道之中的顶级高手，当年刘正被哀帝封为武林皇帝后，受到正道人士的拥护，而武道邪门的数位高手不想邪道被正道欺压，自发联合组成了苍穹邪盟，而当年因邪道第一人邪帝未曾出现，他们便共同推举十三人中的‘邪遁’归鸿迹为首，但江湖人士认为他们仍不是刘正之敌，今日十三邪聚到十二人，即使是刘正有通天彻地之能也不可能胜得了这十二人联手的阻杀！”王兴自信地道。

王莽点了点头，有些忿然道：“想不到那归鸿迹这般不识抬举，居然连本皇再三邀请都不来助阵，要是能聚齐十三邪结成天绝邪杀阵，那天下之间又有谁能破？就是两个刘正也不足道哉！”

“皇上所说甚是，这归鸿迹确实是不识抬举，不过少了这天下第一遁，也同样可以组成天绝邪杀阵！”王盛出言道。

王莽叹了口气，他心中哪还不比王盛清楚此事，少了天下第一遁归鸿迹这十三邪之首，天绝邪杀阵便如老虎掉了牙，这是一个绝没有人可以代替的角色，因为天下间再也找不出第二个遁地之术达到如此登峰造极的人。也只有此人才能把天绝邪杀阵联串得天衣无缝，即使是邪神也没有这般能耐。

归鸿迹虽只能在邪派之中排在邪神之后，但却绝对是天下间最难缠的人物之一，即使是邪神也会对其客气三分，只是王莽没能请到归鸿迹。

当然王莽拿归鸿迹也没有办法。

“皇上起驾！”王兴高喝一声，众禁军立刻排开队伍，在宫女太监及数位大臣的相护之下向建章宫行去。这建章宫是王莽最后安身之处，建于皇城之外，自未央宫出章门，过穴水便至。

长安城之内的诸宫都被刘正给闹翻了天，这使得王莽感觉不到一点安全感。是以，便在城外再建一座巨大的宫殿，这也是专为对付刘正所建，只有在刘正杀入长安城，遇上危险之时，王莽才会选择去建章宫暂避。

不过，这一次却是王莽欲与刘正决一死战之地。

玄武桥骤然断裂，桥身炸成千万块碎石冲空而起。

刘正与疾驰的战马腾空而起，如插上了翅膀一般，横过虚空，自断桥之上向明渠的对岸跃去。

“哗……”明渠的河水之中激射起一道如倒垂瀑布般的白练直罩向虚空之中的刘正和战马。

河水倾底倒泻，以不可遏止之势溢上虚空，天地顿时一片苍茫。

“希聿聿……”刘正的战马一声长嘶，虽然在刘正的气劲相护之下，但仍未能够自那倒泻的河水中挣脱而出。

“水中无二！”刘正一声怒吼，如冲天之凤腾上九霄，自倒泻的河水之中破出，但他的战马却已在河水之中化成碎片，而浪头未竭，依然以奔涌之势直射向身在虚空的刘正。

刘正的身子一升再升，竟挤入密云之中，在巨雷隐动之际，化成一团亮丽至极的奇芒自虚空之中陨落而下，牵着曳尾一般的电柱，在即将触及浪头之时化成一柄插天接地的巨剑，又如张牙舞爪的火凤。

“裂……”那冲上虚空的巨大浪头如被撕裂的布帛，自中而开，自上而下，在巨剑的冲击之下，裂开一道深邃的峡谷，而巨剑的速度未减，以无坚不摧之势直射水谷之地。

“轰……”水谷骤分之际，一道黑影以狂飙之势闪身再次没入那倾泻激涌的河水之中，掀起了遮天蔽日的浪头，模糊了刘正的每一寸视线，但却并没有阻止那腾飞如火凤一般的巨剑以绵绵不绝、汹涌霸烈的气势飞逐于浪尖巨滔中。

整条明渠仿佛一分为二，河水在空中裂开一条巨大绵长的峡谷，河水外溢，汹涌上岸，岸边的花柳竟在浪涛之中尽数折断，再化成截截碎片，仿佛有十万柄刀剑相切。

河中之鱼尽死，在每一滴河水之中都饱含了无上的罡风剑气，没有生命可以保持自己的完整。更奇异的却是在那分开的浪头之上，可以看到一层层暗绿色的电火一波波地向前推移，天、地与河水仿佛被那一柄巨剑接通，无穷无尽的电火透入河水之中，再漫遍每一个角落。

“轰……”河面再度炸开，竟有十一叶小舟破开浪谷，自四面电射而至，拖起海啸般的气旋分割那柄插天巨剑。

巨剑爆散，化成无数火球如雨般飞洒而下。刘正的身形若破天苍龙一般逆升十数丈，在虚空之中划过一道美丽的弧迹，斜斜地自数道电火之中逸向武库内假山之顶。

那十一叶小舟也若巨鸟般自浪尖滑过，自不同的方位落于假山四周，而那在水中一直逃逸的黑影也破出水面悠然落地，与那十一叶着地而不碎的小舟成犄角而列，顿时河中浪歇，天地肃杀一片，每一寸虚空皆若弥漫着挥之不去浓烈的杀机。

“苍穹邪盟的天地十二邪！”刘正的眸子里闪出一丝惊骇，淡淡地道。

“武林皇帝果然是武林皇帝，居然可以自我们十天九地无极杀中破围而出！我雷霆威真是佩服至极！”一冷面中年人淡漠地笑了笑道。

刘正的目光扫过每一个角落，他第一次感受到了威胁，四面肃立的杀手气场竟切断了他向外延伸的思感，他与王莽的精神锁结在刹那间被解，他知道王莽要移驾，可是却再也捕捉不到王莽所在的方位，他的心竟有一点乱了！

“皇上万岁万岁万万岁……”建章宫外，四万禁军跪地齐声高呼，若海啸山崩，声惊四野，风云色变。

王莽乘坐于銮车之上，雍容而傲然，眸子里透出一丝无限狂热而满足的神采。

“众卿平身！”王莽立于銮车之上，双手平抬，以丹田之气高喝，声音顿时在数万人的呼声之中萦绕不绝。虽未压住那呼声，却也让每一位禁军战士清楚地听到了他的声音。

“谢万岁！”众臣及数万禁军起身谢恩。

王莽放眼望去，只见那避野的旌旗与那林立的枪戟，心中豪气顿生。大军列阵于建章宫外，中间留下十丈宽的銮车大道。禁军立如林木，便若一片望不到尽头的芦苇荡，那弥于空中的杀气和斗志足以让每一个人热血沸腾。

四下一片沉寂，每一个人的呼吸声都似乎在秋风之中格外清晰，这使得秋意更为肃杀。

“朕今日决定与刘正决一死战，是以令尔等列兵于此，知道尔等皆对朕忠心耿耿，是敢为国为家为天下苍生抛头颅洒热血的好男儿！刘正此贼数犯我皇城，朕念在其为太皇之弟，已容让其六次，却仍不知好歹来乱我朝纲，更害死皇太后，其罪大不可恕！为振我国威，清我天下，不让万民耻笑，是以你们必须为朕诛杀此贼！”王莽立在缓行的銮车之上，语气激昂地高声道。声音如漫过虚空的激流，在每一个人的心弦上都激起了沉沉的音波。

“誓诛此贼!”王兴振臂高喝，众禁军将领立刻竞相应合，而后四万禁军也同时高呼。

“誓诛此贼，振我国威！誓诛此贼，振我国威!”呼声再如潮水，远远弥至长安城的每一个角落，数十里之外的山峰也回呼相应，声浪直冲霄汉，激得暗云翻腾，竟在刹那间化成大雨倾盆而下。

王莽心中涌起了无限的战意和信心，他不相信刘正以一人之力真能胜这数万之军。

“恭喜皇上，贺喜皇上，就连上天也明皇上之志，降圣露以清天下，壮万军之雄心，此次皇上得天心民心，又有地利之助，定当必胜!”刘歆见天降大雨，立刻上前跪叩道。

“是啊，皇上必胜……!”众大臣见刘歆如此一说，立刻也上前拍马附和。

“好，说得好，刘爱卿真是朕之福将，朕今日得以应人顺势，焉有不胜之理？本皇今日必胜!”王莽顿时豪情万丈地振臂高呼。

“必胜！必胜！必胜……”数万战士再次高呼，应和着雷雨之声，更多了几分惨烈的气氛。

刘正自然知道苍穹邪盟十三邪的名头，更听说过苍穹邪盟十三邪联合所创的天绝邪杀阵乃是天下无敌的绝学，是以他心惊。

“没想到王莽请来了苍穹邪盟的诸位，真让我刘正荣幸了!”刘正淡然道。

“刘正，你应该高兴才对，你的头大概是世上最值钱的了，居然可以值一千二百万两白银！我水中无二活了一辈子也就见到一个这样大方的买主!”那自水中破出的人阴阴笑了笑道。

“一千二百万两白银?!”刘正怔了一怔，旋又笑了起来，道：“如此说来，十三邪今日尚缺一位了！”

水中无二一怔，顿时色变，雷霆威也变了脸色，他身边的儒生冷笑道：“久传武林皇帝的剑道天下无双，已登神境，江湖评价就连我们天地十三邪联手，也不是你的敌手，而据我估计便是少了一位，也照样可以要你的命！”

刘正笑了，心中暗松了一口气，知道十三邪并未聚齐。他确实要放心一些，深知天绝邪杀阵的可怕，但这天绝邪杀阵却要十三人才能够天衣无缝，差一人则力量大减，甚至会露出极大的破绽，他自信应付这十二人联手尚不会有问题。

当然，刘正绝不敢大意，因为只有归鸿迹不曾出现，这个人的遁地之术天下无双，潜踪匿迹更是邪派之中无人能比的，所以这个人也许就在附近，随时都会现身组成无懈可击的阵式。不过，事到如今已经没有什么必要去考虑太多，该面对的便必须面对，要杀王莽，便要冲破一切的阻碍，包括苍穹邪盟在内。

任何挡住他脚步的人，都是他的敌人！

武库的天空比长乐宫的天空更诡异，在那低低的暗云之下，仿佛透着一层血色，一抹冷艳而惨淡的色调。

苍穹邪盟因抵抗刘正的正道力量而崛起江湖，确实做过许多惊天动地的事，被称为江湖中最为可怕的组织。虽然其组织中人并不多，但每一个人都足以让江湖中一个门派绝迹，而且其行迹诡秘，没有人知道他们确切的行踪，更没有人敢去找他们的麻烦，尽管苍穹邪盟每一位高手的仇家都多如乱麻，但最多的是选择放弃仇恨。

自苍穹邪盟组成之后，天地十三邪从来都不曾联手出击过，但他们的行动从来都不曾失败过，只要是他们认为可以做的事，便拥有十成的把握。而一直以来，苍穹邪盟唯一不敢分散力量对付之人便是武林皇帝刘正。因为，天下间没有任何人单凭自己的力量可以胜过武林皇帝，但今日却是例外!

今日是例外，在最可怕与最传神的两股力量之间要分出高下。

刘正的目光俯视众杀手，这些人之中，每一个他都认识。在他的印象里，甚至对对方每一个人的特点都很清楚，皆拥有各自的特点和可怕之处。他一直都不曾去找苍穹邪盟的麻烦，实是因为他并不想惹上这个可怕的组织，另外，这些人杀人虽然不讲原因，却也有自己的原则，绝不会滥杀无辜，至于今日何以要来对付他，他也并不太清楚其中原因。

“刘正，今日就让我苍穹邪盟与你这武林皇帝决一高下吧，你可以出招了!”

刘正望了一眼说话的吠天犬甘青一眼，冷冷一笑后，神色顿趋向一片平静，仿佛陷入了另一个完全静谧的世界。

“哗……”数道闪电如自云层之中探身而下的银蛇，落于假山四周，狂舞不止。

电火越来越耀眼，越来越密，由细变粗，竟结成一张巨大而奇异的天网，紧紧地罩住假山，罩住刘正的身影。

一股张狂至极的生机自四面八方向假山涌去。

刘正的衣衫飘摇，身上竟散出浓浓的紫芒，如一块奇异的陨石。

一声长啸，刘正振臂举剑直插苍穹，暗暗的云层中一道光柱自电网的中心垂直而落，与刘正手中之剑对接，顿时人剑俱化为一团七彩的异芒，整个假山都透出一层奇异的光彩，映着那巨网般的电场，有种说不出的诡异。

强大无比的生机聚于假山，再凝于刘正之身转于那剑上，天与地顿时连为一体，能量在交流对换之中，刘正的身体越来越亮，竟有一道华光逆空而上破开苍穹密云，直透天顶。

所有人都看呆了，包括水中无二、雷霆威、剑无心、甘青等人，他们知道刘正的武功天下无敌，但是却绝对没有想到一个人居然能够让自己的气势达到如斯的境界，这一刻他们才知道自己仍然低估了武林皇帝的能力，能被天下尊为举世无匹并不是幸至。

“天绝邪杀阵！”水中无二振臂，周身顿弥上一层水雾般的气场，高呼道。

“天绝邪杀！”围守十二个方位的诸人同时振臂，身形疾旋，以假山为中心若风车般转动起来，越转越快，竟化成一片五彩的云，一团五彩的风暴，强大无伦的气机越结越紧，越结越密，形成无限内陷外张的引力，如在虚空之中制造出了一个巨大的黑洞。

那紧罩于假山的电场竟被吸扯得向外逸泻，仿佛如八爪之鱼般延伸至那五彩的风暴之中。

风暴一涨再涨，更是狂野无伦，武库百丈内外的宫墙如摧枯拉朽般化为粉尘，假山、植木全都变为飞灰。明渠河中之水，如九江倒泻，竟也被那风暴卷吸过去。

天不再是天，地不再是地，生命也不再是生命，在混沌虚无之中，一切都以完全超乎想象之外的形式发展。

空间和时间都以一种无法理解的形式存在。

“万灵俱灭！”刘正的身子被那光柱吸上半空，肿胀如一座巨山，不！应该说是在其身影之后，呈现如一尊巨大如山的身影，当其声音穿破九霄渗入天地的每一个角落之时，刘正终于出剑了！

“万灵俱灭……万灵俱灭……万灵俱灭……”

一个带着无限空洞和穿透力的杀伐之音自武库狂泻而出，在虚空激起无形的波纹，如亿万支利箭向四周的虚空无限辐射。

建章宫外，王莽在山呼海啸的尊呼之中缓缓移驾宫门之外。

倏忽间，骇然惊见建章宫的宫门和宫墙竟寸寸开裂，在瞬间有如龟壳一般散落满地石土。

“啊……”也是在此时，那山呼海啸的尊呼化成了山呼海啸般的惨号。

“万灵俱灭……万灵俱灭……万灵俱灭……”声音以一种奇异的形式钻入王莽的心底，如利箭般让他的心一阵绞动，脑子“嗡”地一下仿佛一片空白。

王莽骇然，立时沉气于胸，以无上功力强压住心中上升张狂的邪气，而坐下的銮车竟塌于地上，拉车的骏马惨嘶而倒，口鼻喷血。

王兴、刘歆诸人的脸色也灰白，王莽不由得大呼：“护住心脉!”

众大臣也骇然就地盘膝运功，那群禁军却惨了，一个个拄着兵刃半跪于地，呻吟不止，有的甚至已开始自七窍之中渗出血丝。

四万禁军，若风雨之中飘摇的小草，他们并没有王莽及那一干大臣们的功力，根本就无法在那种声波的暗潮之中保护自己。

王莽骇然，建章宫的前殿仿佛是在承受着无与伦比的冲击，有些地方的宫墙竟开始倾塌，那植于宫外的树枝树叶尽折，甚至开始枯萎。

望向武库的天空，只见一片五彩的异芒紧罩其上，仿佛有无数的风暴在那里狂卷，天与地都在电火交替之中镀上了一层惨淡的银色。

在这片银色的世界里，更有一股血潮自武库顶上的天空向外扩张，那浓如墨的乌云竟也渐渐染成了红色。

天空中雨依然在下，但降下的竟是血色的红雨。

王莽呆住了，众臣也在痛苦之中怔愕了，望着那将自己衣衫染红、自脸上滑下和身前淌过的红如血的雨水，他们的心仿佛陷入了一种深深的罪孽之中，便连那四万惨号的禁军也被这奇异的天象给震慑了心灵，忘记了痛苦，忘记了呻吟，即使是在血雨之中倒下，自己的鲜血与血雨合为一体之时，目光依然有些呆痴地望着未央宫上空的天空，如置身于一个魔魇般的梦境之中。

天与地变得异常诡异，在那血色的天空之中竟生出万千的幻象，如有千军万马在厮杀，又若众神交战般显出龙蛇熊罴诸种光怪陆离的东西。

那奇异的声波不知何时消失，如泛于空中的碧水涟漪，由无至有，又由有归于平静，但所有人都陷入莫大的震惊之中，根本就没有人还在意这痛苦的存在与否，除王莽之外，几乎所有的人都向那血色的天空跪倒，仿佛是受到了无以形容的刺激与震撼，让他们感受到了生命的渺小，宇宙的浩瀚，于是所有人的心神皆醉于其中，忘了一切，包括天与地，生命与时间。

长安城如遭飓风疯狂肆虐，房屋倒塌无数，在血雨中裸露的百姓也皆为这奇异的天象所震撼，所有人都顶礼膜拜。

没有人知道经过了多长时间的漫长等待和震撼，生命仿佛在混沌诡异的世界里残喘了数个世纪，漫长得让万物都在血雨中荒废。

血雨止，云浅淡，天空依然泛着血色，五彩的光雾敛去，未央宫的天空也渐归于平静。当所有人回过神来的时候，骇然发现刘正的身影已出章门，悠然如鹤驾临群山，在过穴水金桥之时，刘正立住，目光悠然远投。

王莽惊觉，也抬首相望，在万军之中，两道目光相触，天地再一次变色，风云再次涌动如潮。

一道刺眼电火自天空垂落，在两道目光相汇之处击出一片焦土。

当代两位顶级皇者终于还是相遇在这奇异的天象之下。

第二章　武林之神

刘正终于出现在建章宫外，在意料之中也在意料之外。

苍穹邪盟的人并没能截住刘正，难道天地十二邪从此真的完了？在那奇异的天象之下究竟发生了什么？刘正与苍穹邪盟的杀手之间究竟发生了什么？

也许，这只有刘正知道；也许，那群杀手也知道。但是，他们还能证明什么吗？

刘正依然活着，看上去依然洒脱霸绝，在万军心中依然以神的姿态存在，四万禁军根本就不再有战斗力。在血雨之中，他们的生机似乎已经被洗去了大半，若大病一场，无人能够屹立不倒。

众大臣能够未受半点损伤者也寥寥无几，那奇异的声波还有这诡异的血雨使他们功力耗损近半，他们绝没有想到世间会有如此可怕而诡异的声音。

血雨过处，草木皆枯，建章宫的前院在那奇异的声波之下，已经毁去近半，这种威力确实骇人，没有人能够想象到未央宫还存在着什么。

王莽心中叹了口气，刘正终于还是杀到了他的面前，这是他最不愿看到的结果，但是宿命似乎注定要安排这样一个结局，他不得不面对刘正——大汉江山最后一个也是最具威胁的人，一个江湖中的神！

刘正是江湖的神，王莽成全了刘正成为神的一切条件，而这一切是用数以万计的生命筑起的神坛，于是，刘正踩着尸骨越升越高，俯视天下无出其右者，包括王莽。

没有人能够阻挡刘正的锋芒，四万禁军形同虚设。

尽管王莽与刘正相隔数里，但目光的尽头却穿越了这短短的空间，也可以说，空间并不存在于刘正与王莽之间。

王兴诸人皆惊，刘正的出现虽并不太意外，但他们依然似有措手不及的感觉。一时之间，他们竟不敢阻于王莽与刘正之间。

刘歆等大臣也同样是如此，虽然此刻建章宫外有数万之众，可是战争只是发生在王莽与刘正两人之间，没有人能插入他们两人所存在的世界，那是一种仿佛已完全自这层空间抽离而出的感觉。

刘正的嘴角牵出一丝奇异的笑容，便像是天边泛起的晚霞，有种苍凉却又不失优雅的味道。王莽终于不再躲了，所以刘正略有些欣慰，至少，在今日他可以了却一桩心事，然后无牵无挂地去赶赴另一场绝对重要的约会。在他与天地十二邪对决聚敛天地生机之时，他的思感已经感应到了那人的存在，虽在遥远的异地，那人却似乎已在呼唤他的名字。

冬至距现在并不是太久，想到那场决战，刘正便有点急切。已经很多年都没有敌手了，在这漫长的岁月中，他总是孤独地屹立于武道的最高处，不败的感觉让他寂寞，成为神并不是一件真正快乐的事，对于刘正来说，他更喜欢找一个真正可以成为对手的对手。

那是一个可以成为对手的对手，为了让这个人能成为自己的对手，刘正甚至亲自指点过此人的武功，帮助对方提升功力，于是在这些年过去之后，他终于可以不再寂寞了。

破皇城，并不是刘正所欲，可以说是一次极为无奈的抉择，但他身为刘氏江山最后的代言人，又岂能眼睁睁看着别人将他先祖一手创下治理了数百年的江山篡夺过去？是以，他要杀王莽，尽管他知道王莽极富才华，尽管他知道刘家这几代皇帝确实没有能力，但他仍不会让王莽好过，哪怕是逆天而行，他也不会在乎！所以，刘正六破皇城，加上这一次，已经是第七次，他的手中所染之血腥没人能想象。

即使是刘正也绝没有想过会是这个样子。

江湖中不再只是尊刘正为武林皇帝，还有许多百姓都已暗称刘正为杀人魔王了。古往今来，尚没有一个人在短短的十个月之中如刘正一般亲手杀人数万，这使人感到疯狂，但却没有人能够阻止刘正的杀戮。

与王莽相对，刘正心中有恨，如果不是这个人，那么他便不必杀死那么多无辜，如果不是这个人，他就不会毁去那么多他先祖花了无数人力物力所兴建起来的宫殿。但是，这一切却都因为王莽而发生了。

王莽感觉到了刘正的恨，那像漫在空中的水一般流入了他的思感之中，于是他有些得意和欢愉，因为能让武林皇帝生出如此强烈的恨意，这确实是一件让人快慰的事，所以王莽笑了。

王莽笑，刘正的心仿佛被深深地刺痛，一股奇异的感觉涌上他的脑海，终于，他还是出手了。

两人虽相隔数里，但彼此都在对方的目光之中。刘正出手，不因空间距离的局限。当你想到了他出手之时，他便已在你的面前。

王莽便是那种感觉，当他感到刘正出手之时，刘正已经越过了那数里的距离，破过四万禁军的防护，直接攻向了他。

飘飘洒洒的一剑，歪歪斜斜，像是一根被风吹动的垂柳，没有半点气势，也仿佛根本就不存在一般。

空无、缥缈，简单之中似乎又透着无限的玄机，没有人能看懂这是怎样的一剑，仿佛只是在另一层空间里游动的蛇。

王莽心惊，他终于见识了刘正的剑，但与他想象的那种轰轰烈烈的场面有些不同，不过却更平添了几分诡秘和灵奇。

甫一出手，王莽便选择了退，他根本就不知道该如何才能阻住刘正这一剑。他有种感觉，那就是无论他怎样躲避，都不可能摆脱这一剑的威胁和杀伤力。是以，他唯有选择退，他想用拉长的距离来研究这一剑所存在的意义。

“叮叮……”王兴与刘歆两人合力挡了这一剑，但这剑仍自他们的中间穿过，而他们手中的剑碎裂成无数的小块，身子如触电般被弹了出去，在虚空之中洒出了一片血花，为这一剑平添了几分凄惨。

那四万禁军的统领急赶上来，但是他们根本就无法赶超刘正的速度，便像是根本就没有办法阻止刘正越过他们封锁的空间一般。

“轰……”密云上飞下第一道闪电，那是一道光柱。

王莽和刘正终于对接了一招，两位王者在这沉闷而疯狂的世界里引下了第一道天外的力量，在两人的身上爆起了一团亮彩后，两条人影又疾速弹开。

王莽的身子射上了那建章宫的顶楼，而刘正的身子却弹射入那攻至的禁军统领之间，那犹带电火华光的剑劈风、裂气，再在那群人之间炸起一道光柱，冲向天空与密云对接，仿佛是将那刚才引落的电火又归还给苍天。

没有人能抗拒刘正的攻击，在那群统领们被弹开之时，天空之中又淅淅沥沥地下起了大雨，顿时如弥上了一层雾气，使整个天空有点朦胧。

刘正没有刻意要避开雨水，而是让雨水在剑上凝出一排玉珠般晶莹的颗粒，然后若漫天星光般迎风斩出。

天空就像是被劈成了两半，一半是王莽所在的天上，一半是刘正所在的地下，而在这之间则是剑——刘正的剑！

王莽蹿得很高，像是飞升的云雀，因为刘正的剑气几乎将他所在的檐顶上半部分完全割裂开了，宫殿在那倾塌的檐顶和破空的剑气之中战栗。

当王莽升上天空最高处时，他发现刘正也在那里，像一只幽灵，又像是一尊自密云之中探出的魔神。

电火再一次撕裂了天空，撕裂密云，变得疯狂起来。

当世两大王者对决，那群伤弱之人根本就插不上手，那些禁军更被两人所散发出的杀气和战意击得伤疲，只好骇然退出数里之外。

王莽庆幸，他知道刘正受伤了，否则的话，他根本就不可能有资格成为刘正的真正对手。没有人能在天地十二邪联合之下仍能完好无损，刘正也不例外，但是王莽依然苦涩，刘正此时的状态杀他仍是绰绰有余，只是他能撑上多久的问题。

武皇四仆也极速赶到建章宫，但迅速被受伤的王兴诸将所阻，形成了另外一个战局。

而在此时，王莽的身子却自电火之中脱出，如陨星一般撞开建章宫的琉璃顶，没入建章宫中，在空中喷洒出一蓬鲜血。

刘正半步不松，似一颗划落天际的流星以极速随王莽之后，遁入建章宫的大殿之内。大殿之顶如遭陨石撞击，爆碎出一个巨大的空洞，自空洞之中，可以看到一幕极大的天空。

建章宫内，深邃、宽阔，似有气吞山河之象，那洞开的破顶，直通天外。

刘正在没入建章宫的一刹那，蓦感一股沛然的邪气狂涨，若破出地面的地火热气直撞而至，他想避已是不及。

"轰……"一股强大无匹的震荡，使建章宫的整个顶部完全被掀飞，如漫天的鸟雀一般遍布十数里的天空，合在雨水之中，在电与风中起舞、飘落。

刘正的身子也被弹上了天空。

刘正居然被击退，这出乎所有人意料之外，但仍有许多人不明所以，弄不清楚这究竟是怎么回事。而在这一刻，建章宫内外之人皆感受到了无数股张狂的邪气自四面八方的地底向建章宫涌了上来，偌大的建章宫如吸水长鲸，无限地吸纳天与地之间的邪气。

那浩瀚无边的邪气漫过每个人的心头，使每个人都感到一阵奇异的寒意。

天空在骤然之间泛上了一层奇异的紫气，与未央宫上空那血色的天空泾渭分明，而在红紫两片世界的界限之间仿佛有一缕霞光透下，诡异而离奇。

“邪帝！”刘正的身子倏然飘落，如一片纸鸢停在风中，在那堵已无遮掩的宫墙之上斜立成一种沧桑。

是的，在建章宫中相候的人正是天下武林之中公认的邪门第一高手，也是仅排在刘正之后的天下第二高手邪帝。

邪帝攻得十分出奇，确让刘正有些措手不及。

刘正扫了建章宫内的环境一眼，顿时明白这建章宫实是为他而建的，宫内的设置全依八卦九宫之阵式所建。于是，邪帝在其中便可以敛尽邪气，便连他这样的无敌高手也无法感应其存在。或许，这也是王莽何以能够数次逃过他思感搜捕的原因。如果他知道邪帝也存在于这建章宫之中，就绝不会如此大意，但这建章宫欺骗了他的感觉，所以，竟吃亏了一招。

“武皇没想到吧？”邪帝的表情依然掩饰在他那招牌式的血色面具之中，但周身仿佛罩了一层奇异的邪火，而且仍在不断地膨胀。

王莽落座于一张巨大的皇椅之上，轻轻地咳着，他在刘正的剑下已受了伤。

“就连你也要助这乱臣贼子与我为敌？”刘正的语气之中有些忿然，反问道。

“我并不想与武皇为敌，以我们多年的交情，本该袖手旁观，但是我却必须告诉武皇一件事，王莽乃是我的师弟，是以，我只好来此了。不过，我只想化解彼此之间的仇恨，并不愿弄得两败俱伤！”邪帝淡淡地道。

刘正讶异惊问：“王莽是你的师弟？”

“不错，这个世上，邪门便只剩我师兄弟二人，所以，我不想看到他也毁在武皇的手中，我希望武皇能看在我们多年的交情上，放他一马！”

“笑话！我身为汉室子孙，难道你要我眼睁睁地看着刘氏江山被外人夺去？虽然我们交情不薄，但比起国仇家恨，若我刘正放弃原则，岂不让天下人耻笑？我还有何面目见列祖列宗？”刘正忿然道。

“一切因果自有天定，如果天意如此，定要逆天而行，对你我都不会是一件好事。如刘室江山气数未尽必有能人再兴，而眼下的刘家，除武皇之外，谁能让众臣心服，能让百姓拥戴呢？如果武皇要亲自登基称帝，那我邪帝不再多说，立让我师弟还位于刘家。但如果是他人，那只好请武皇先杀了我！”邪帝说话极为平和。

刘正一怔，恼道：“你明明知道我不喜政事，更发过誓不登帝位的！”

“那是武皇的事，武皇已让长安城百姓陷入一片苦难之中，这无休止的杀戮，只会寒了民心，并不利于刘家的声威，而今武皇有伤在身，如果今日要战的话，其结果只可能两败俱亡。那样，便连刘家的最后一点希望也绝了，我看武皇还是三思！”邪帝语气诚恳地道。

刘正的眉头皱了一下，邪帝确实说到他心坎上去了，如果不是邪帝的出现，刘正或不会在意，因为并没有人可以阻止他击杀王莽，但是此刻邪帝却出现在这绝不该出现的时候，完全打乱了他的计划。

邪帝是刘正的朋友，相交了多年的朋友，刘正绝不会对邪帝的武学陌生。是以，他深深地知道邪帝比他此刻的实力只会强而不会弱，如果他不曾与天地十二邪交手之，他不惧邪帝，尽管要在五百招左右才可胜过对方，但他仍能有剩余的精力杀王莽，但是此刻他受了伤。

那天地十二邪所组成的天绝邪杀阵虽然少了归鸿迹，生出了破绽，但那仍然是具有无穷威力的可怕杀局，绝不会比邪帝的力量逊色。

邪帝知道刘正受了伤，所以才会这么说，刘正受伤，王莽又何尝不知？只是他根本就没有与刘正谈判的条件。

王莽望着邪帝，想说些什么，但却又咽了下去，他不想放刘正走，如果刘正此次走了，也许仍会来第八次，那时，谁又能阻？谁又能够再像天地十二邪一样让刘正受伤？但是他依然是选择不说话，他明白邪帝会有自己的主张，有自己的道理，更不会被他的思想所左右。另外，邪帝也绝对不会不关心他这位师弟，所以，他认为他说话只是多余的。

刘正冷冷一笑，道：“邪帝目光如电，不错，我刘正是受了伤，但绝不是贪生怕死之辈，如果今日能死在你的手中，也不枉我今生来世一遭！废话少说，请出手吧！”

邪帝脸色微微一变，深吸了口气，又问道："武皇真的如此决绝？"

刘正不屑地笑道："我七入长安，根本就没想过要活着，若不能了结此事，我活着又有何意义？邪帝说得好，我的出现给长安城带来了无边的劫难，若不及时了结此事，他们只会陷入更深的劫难！因此，我不想自己再有第八次入长安的借口！"

"武皇既然心意已决，那就出手吧，不必念及我们昔日的情分，鹿死谁手便由苍天决定！"

"哗……"邪帝话未说完，便有一道惊雷自天外响起，电柱自红紫两色天空之间透落，直射入建章宫的八卦卦心之上，惊起一股似烟似雾的气体升空而去，天上的雨已渐止，而那闪出电柱之处竟透出一道奇异的光彩，将血紫两色天空悠然分开，露出一幕华丽而奇异的天空，仿佛是感应着邪帝与刘正的气机，那道光华径直垂落在刘正与邪帝之间。

邪帝与刘正皆惊，天象极怪，让他们吃惊。

"紫微帝星！"王莽突然低呼。

邪帝与刘正不由得皆抬头望天，自华光之中，他们看到了黯淡的太阳，还有一弯淡月，而在太阳与月亮之间竟闪烁着一颗极为明亮的星星，在太阳与月亮交辉的天边，这颗星星仿佛镀上了一层华光。

"紫微帝星！"刘正和邪帝同时低呼，他们也看到了那颗夹于黄昏的太阳和那淡月之间的异星。

天空之中的华光却并不是来自那紫微星，而是来自天空之中的东南方，在那里仿佛有一种奇异物质竟在这一刻使天空镀上了一层怪异而朦胧的光华。

那缕光华分开红紫两片诡异的云层，光华流转，扫过紫微星所在之处，紫微星与太阳和月亮顿时消失，光华过后，天空再次黯淡，太阳、淡月及那紫微星竟同时失去光彩，深邃的天空染上了夜幕的色彩。而在东南的天空竟出现了另一颗星星，如早晨的启明之星，明亮至极，闪烁间牵动着无限的生机和灵气。

当众人心神忍不住强烈震撼之时，红紫两片云层又悠然而合，天空又是死寂一片，暗云压得极低极低，让人分不清是黑夜还是白天。

“异星独秀天空，帝出东南，敛日、月、紫微之光华，集天、地、人之大成……”邪帝喃喃自语，掐指疾算，脸色却变得极为难看。

刘正的神色数变，眸子里竟闪过一丝喜色，但却又生出一丝忧色。

王莽也怔住了，神色间数变，再看刘正，却见刘正的目光已投向了他，冷厉的杀机只让他心中发寒。他知道，刘正依然是杀心坚决。

邪帝也感受到了刘正那疯涨的杀机，顿时侧目与之相对，三道目光竟在虚空之中交叉。

三人各自一怔，仿佛被重击了一记，轻哼一声。

建章宫之中顿时风起，泛起森森寒意，血紫两色天空也开始动荡，若有异物于其间，使之汹涌澎湃。

“砰……”建章宫的巨大铁门突然应声而开，在昏暗的光线之中，一道颀长的身影极不协调地立在那巨大的门洞之间，沉郁而诡秘。

天地极静，静得只有风啸剑鸣，雷声更是显得惊心动魄，建章宫尤是如此，偌大的巨殿中只有三人成犄角遥立，所以，那一块铁门被推开的声音也显得格外响亮。

没有人向门洞方向看一眼，或者是不值得看，或者是根本就无须看，抑或是没有人敢移开自己的目光。

三道目光以奇异的方式纠结在一起，又以奇异的方式封住对方的心神和一切思绪。

那道人影并没有说话，只是淡淡地瞟了那立于大殿之中的三人一眼，脚步轻轻地迈出，自台阶之上悠然踱下，仿佛不知道这大殿之中充斥着极为奇异的力量。

是的，建章宫的每一寸空间都充斥着奇异的力量，紧紧地纠缠在一起，旋动、膨胀，绞碎了空气，唤起了强风，而这旋动的暗潮如风暴一般足以绞碎坚实的躯体。

那人不怕，脚步轻闲得如游山玩水，只是长衫飘飘，若御风驾云，潇洒自在。

殿中三人自然感应到有人步入殿中，当门一打开之时，他们的气机便已触到那人心灵深处的思想，感受到那股外来却强大浩瀚的生机，但他们知道来人没有敌意，没有半点杀机。

一个没有半点杀机的人居然进入一个充斥着无限杀意的世界里，却没有半点惊惧和不安。

每个人都感受到了他内心的坦然和平静，如一阵温和轻缓的风。是以，没有人会在意这一个全没有敌意的人，但这人却径直向三人目光交汇的中心走去……

“轰……”那人挥掌如刀，直插苍穹，竟有一股乳色气芒直上九霄，插入密云之中，竟引下一道强霸的电火直击在那三人目光交汇之处。

天地似乎在刹那间摇晃了一下，刘正、邪帝和王莽皆震了一下，自一种极玄的世界里又回到了现实之中。

“天机神算!”

“东方咏!”

“东方兄!”

王莽、邪帝和刘正同时惊呼，在这一刻他们才真正地看清了那打开重铁大门，悠然而入之人的面貌。

有人居然可以打开三大超级高手的心神封锁，解开其纠缠，这使三大高手都骇然，但在见到了东方咏之时，所有人的吃惊又都略为释然。

来人竟然是东方咏，算尽天机的武林第一奇人，其神秘和传奇比武林皇帝、邪帝都还要吸引人。

江湖之中并没有人知道天机神算的武功如何，但却知道天机神算拥有算尽天机的神奇算法，被传为无所不知、无所不晓，通古今知未来的神话人物。

武林皇帝是武道的神话，那么东方咏便是另一个神话，共同受着天下武林所有人的尊崇和拥戴，无论是正道还是邪道。

知道天机神算拥有极好武功的人并不多，而知道天机神算武功究竟有多好的人更少。

邪帝是其中一个，刘正也是一个，王莽只是听说，但在这一刻他相信了。

天机神算怎么会来到这里？没有人知道，但只要是东方咏出现，便必定有其理由，至少，他自己明白是在干什么，这个世间没有比天机神算更清醒的人！

“罪人，罪人哪！”天机神算没有问候诸人，也没有应答三人的叫唤，只是长长地叹了口气，憾然道。

东方咏的话让三人都呆住了，他们不知道东方咏在说什么，或是话中是何意思，但三人都没有动，他们并不想对东方咏无礼。至少，东方咏是刘正最好的朋友，而又是邪帝尊重的人物，还是王莽最想要的人物。

“东方兄怎会突然现身于此？”刘正讶异地问道。

他问出了所有人想问的问题。

东方咏叹了口气道：“我还是来迟了！来迟了……也许，这是天意！”说完，这才将目光投向刘正，淡淡地吸了口气道：“这并不突然，我早该来此了！”

众人又怔，不明白东方咏此话何意，但并没有减少对对方的敌意，东方咏的出现只是个意外。

“相信三位曾听说过一个很古老的传说！”东方咏吸了口气道。

“一个传说？”众人微愕，不知道东方咏何以在这种时候仍有闲情。

“传说，在上古之时，轩辕黄帝与魔帝蚩尤大战，魔帝蚩尤引天外天之力而酿下苍生大祸，后禹神治水百年，才渐平息此祸。相传在轩辕黄帝杀了魔帝蚩尤之时，天降血雨，血云遮天。后轩辕黄帝将蚩尤魔魂封于天外天的结界之外，而使血云扩散，这才酿就禹神治水的传说！”说到这里，东方咏长长地叹了口气，竟抬头望了望天空。

刘正、邪帝和王莽全都心神大震，他们确实听过这个传说，虽然他们仅是将此当作一个神话传说，而并未真正地相信，但是今日所发生之事却与传说中极相似。天降血雨，漫遍血云，这便像是一个奇怪的咒语一般让人心惊，是以刘正诸人也跟着仰望天空那片血云，竟无语。

东方咏吸了口气，又道："前些日子我便已感应到天外天有魔气外泄之象，据我一门相传的典法所载，蚩尤魔魂每隔两千余年便有可能重生一次，因为其在天外天不断地凝集自己的魔力，就等某一天破开结界重返人间，如果真让其魔气外泄的话，天下苍生将再一次陷入苦难之中。今日看来，天外天的魔气已大量渗入了我们这片天地，劫难只怕是在所难免了！"

"那传说难道是真的？"刘正微感吃惊地问道。

"任何传说都不是空穴来风，而这个传说确实是真的，这不仅载于我门的法典之中，在无忧林的法典之中也可以找到。在前些日子，我便算到，如果长安城再有第七次劫难的话，必将引发天空异象，触动天地之中最神秘的力量，这样将极有可能诱发结界之外的魔气渗入天地之间，只可惜我仍是来迟了！"东方咏叹了口气道。

王莽和邪帝也呆了，王莽想了想问道："就因为这一场血雨？"

"也许，这血雨之中带着无限的魔气，侵蚀了长安的每一寸土地，用不了二十年，这片龙气所在之地将不再拥有龙的生机，而会成为灾难之地，在这天外魔气所侵的日子里，将会使天下多灾多难，百姓也将受苦受难，而你们都将成为罪人！"东方咏感伤地道。

刘正不语，他并不太相信这些神鬼之说，但他却相信东方咏，因为他了解东方咏之为人，更知道此人绝不是喜欢危言耸听之人。

王莽看了刘正一眼，有些恨意，但他更关心长安的问题，不由得问道："那有什么方法可以挽救长安或者是天下呢？"

"也许这一切都是天意，天命不可违，没有什么办法可以改变这一切，除非新一代圣主长大成人，才能够澄清天下的戾气。上天安排了一些什么样的命运，如果我等凡夫俗子硬要强求的话，只能徒遭天劫！我只希望大家不要一错再错，若让魔魂重返人间，那是谁也无法承担的责任，为了天下苍生，我希望武皇和邪帝能够抛开私人成见，去应对将来的劫难才是正理!”东方咏道。

“难道东方兄也要让我将汉室数百年的基业拱手让人吗?”刘正反问道。

“家国之事，早由天定，以一人之力阻天命所归，那逆天而行的后果只能祸及苍生，如果天意未绝汉室，自然会有再兴之时，而武皇定要逆天而行，只会适得其反。请武皇看看，长安城内外，尸横遍野，血流成河，而这一切都是武皇一手造成的，难道武皇认为自己做得对吗？这数以万计的生命不是草芥，武皇也该反省了!”东方咏恳然慨叹道。

刘正神色有些难看，目光只是遥望着天空，似乎让思绪陷入了另一层空洞的世界之中。天空之中似乎飘荡着无数的孤魂，在静下来的时候，他才感受到，自己所杀之人太多了，多得让他自己也心寒，而在这之前，仇恨一直充斥着脑海，在杀机之中并未反省，此刻东方咏的话便如晨钟一般敲醒了他，让他思忖杀戮之外的东西。

刘正知道自己确实过于感情用事，就算他杀了王莽，又让谁来登基呢？在他的心中，到目前尚没有合适的人选，如果让帝位空着，岂不是滑天下之大稽？而他根本就不适合称帝，尽管他对汉室江山的利益极为在乎，却也不是全不为天下百姓考虑的。在他的内心深处，更多的则是对百姓的怜悯。也正因此，他这人不适合在官场和政治上玩手段，这也是他身为皇叔而甘于处身江湖的原因之一。

当然，让刘正深思的并不只是东方咏的话，更是那奇异天象之中那颗异星的出现，这使他本来愤怒的杀心多了一丝寄托。

“苍生之劫，东方兄还请指点一下迷津，刘正已知所犯之错，若真是如此，我刘正只好罢手!”刘正怔了半晌才长长地吁了口气，黯然道。

“苍生之劫，天意自有安排，我等只能尽心尽力，该来的自然会来，该止时自然会止，错已酿成，唯听天命吧！东南方向异星突起，当是应天劫而生，只要找到此人，自然便能阻止天劫。”东方咏悠然道。

“那颗异星？”

王莽、邪帝和刘正的眼睛同时亮起。

刘正走了，带走了五仆，也带走了杀戮及禁军、众臣的恐惧。

王莽松了口气，刘正居然因东方咏的一席话而放过他，更答应往后只要他不荒淫无道便不会再来长安，这让他放心。尽管刘正是一个极为可怕的敌人，但他的话也一定是可以相信的，就因他是武林皇帝，是武林至尊。

劫后余生的众臣对天机神算东方咏更是感到神秘莫测，整个长安城的高手和大军都没能阻止刘正杀王莽的决心，但是东方咏却劝阻了刘正，这怎不让他们惊讶和疑惑？

邪帝松了口气，在刘正走开的一刹，他居然吐出了一口鲜血。

“师兄！”王莽吃惊地叫了一声。

邪帝挥了挥手，静静地坐在八卦图中间，半晌才长长地吁了口气道：“想不到天下除了刘正之外还有能让我受伤的人！看来，我是要再闭关苦修灌天注地大法了！”

“师兄要修灌天注地大法？”王莽吃惊地问道。

“不错，除此之外，我想不出还有什么可以胜过刘正和秦盟的武学！”邪帝深深地吸了口气。

“秦盟真的变得那么可怕？”王莽有些疑惑地道。

“他是我见过的人当中，武功进步最快者，只怕已不在武皇刘正之下了，我怀疑他的武功源自传说中的《霸王诀》！”邪帝吸了口气道。

王莽沉默了半晌，他对这个名字很敏感。他自然知道秦盟，更知道当年西楚霸王项羽便拥有这种武学而所向无敌，若非韩信用尽计谋，项羽只凭其武学，确也是天下无敌。如果秦盟真的得到了这种绝学，那其拥有这么可怕的实力并不让人意外。

“可是灌天注地不灭大法从没人敢尝试，这只不过是本门祖师想象中的武学，师兄有把握吗？”王莽担心地问道。

“如果让我永远居于人下，我又有何脸面居于邪宗之主的位置？”邪帝沉声道。

“可是此次刘正与秦盟秘密决战于泰山之顶，只要我们能在其两败俱伤之时除掉他们，谁还能是师兄的对手？”王莽眼珠一转道。

邪帝白了王莽一眼，漠然道：“你最好不要有这种想法，没有人能同时对付得了这两人，如果弄巧成拙，你的江山将永远都只是泡影，我要在武功上真正地胜过他们！”

王莽心中一阵发寒，想象也确是如此，一个刘正已经让他十月来没有安心地睡过一觉，且险死于建章宫，如果不是东方咏及时出现，邪帝只要稍一露出破绽，让刘正知道其有伤在身，那么今日便是自己的死期了，如果再加上一个武功更胜邪帝之人，王莽根本不敢想象那会是什么后果。

王莽只好苦苦一笑道：“那师兄准备要闭关多长时间？”

“快则五年，迟则只怕要十载二十载都有可能！”邪帝轻轻一叹道。事实上，他心中也没有一点底，毕竟这灌天注地不灭大法乃是邪宗最高武学，从来都没有人练成过，也是邪宗门徒从不敢触及的东西，他能练成吗？邪帝也不知道。

王莽心中也微感不安，他也明白这之中的道理，只是这是没办法改变的事实。

邪帝望了望王莽，淡漠地道：“你是不是想找到那颗异星所示的那个人？”

王莽眼睛一亮，点了点头，道：“也许他真的是应劫而生的人！”

“你要除掉这个人？”邪帝又一次问道。

王莽怔了怔，半晌才道：“此人如果真的存在，那么他一定是命犯紫微，将来极有可能危及我的江山，所以，我必须杀了他！”

邪帝叹了口气，并没有再说什么，他很明白王莽的性格，自然也知道这颗异星确实是命犯紫微，连日月之光华也为其所吸，若将来此人真的出现，必非等闲之人。

“师兄不想我杀此人?”王莽惑问。

“我只是要提醒你，此人是应劫而生，天命相护，绝不容易对付，你还是小心为好。至少，在目前有三个人你绝不能惹!”

“刘正、秦盟，还有一个又是谁呢?”王莽惊讶地问。

“东方咏，这个人你绝不可以惹，他与无忧林关系极密，又是刘正最好的朋友，如果你得罪了此人，便是得罪了刘正和无忧林!”邪帝肃然道。

王莽微微皱了皱眉，邪帝像是看出了他的心思，这才提醒他。他本想抓住东方咏，让东方咏为自己测算那颗异星的来历，经邪帝这样一说，他只好打消此念了。

“过几日我便去太白顶，没有出关我就不会再来找你，你要好自为之!”邪帝淡淡地道。

“我明白，师兄放心去吧，我知道该怎么做! 没有东方咏我也不担心，还有姬漠然和司马计，此二人对星相之学的研究不会比东方咏差多少，我就不信找不到那个应劫而生的人!”王莽自信地道。

邪帝无可奈何地摇了摇头，他知道，没有人能改变王莽的想法。

“东方兄可知那颗异星起于何处?”刘正淡淡地吸了口气后，望着一片萧瑟的秋色悠然问道。

“武皇不用问我，你应比我更清楚，刘室气数未尽，虽有劫难，但龙气依然归于汉室，异星当出于南阳之地!”东方咏悠然望着那有些诡异的天空，淡漠地回应道。

刘正神色间泛起一丝喜色，是的，他确实比东方咏更清楚此事。

“不过，我要提醒武皇，异星突起，紫微星暗，但帝星仍附于紫微，只有当帝星在特殊的时日转移于异星，那颗异星才有可能重复汉室江山，否则应劫而生却也会受劫而亡!”东方咏又道。

“那东方兄认为该如何做？”刘正肃然问道。

“此异星乃是新星，当是生机尚幼，就算能得紫微相护也是十余年之后的事，可此刻因武皇引动了天外天的魔气，而致使异星过早地明亮，这只能招来劫难。而异星更敛日、月、紫微之光华，若不能克制，必会夭于三年之内。就如让一个小孩背上了他成年后才能背动的东西，那不仅不能显示他的力气，更会伤其筋骨！”

顿了顿，东方咏又接道：“唯一解劫之法便是隐其光芒，在其未有能力承受一切之前，绝不可让人知道其命格！”

“隐其光芒？这该如何做到？”刘正惊讶地问。

“让世俗最阴暗的痞气掩其外表，使其光华被俗气冲淡！”

“世俗痞气冲淡其帝气？”刘正惊讶地问。

“对！也只有让其处于最阴暗最世俗之地，才能隐其光芒，去其劫难，得以安全成长！否则必应天劫，即使是王莽也不会放过他！”东方咏吸了口气道。

“我明白该怎么做，如果我将他交给东方兄呢？”刘正问道。

东方咏悠然一笑道：“我已泄露了天机，不想再沾尘俗之事，今日事了，我便会隐于世外，以避天劫。所以，只怕要让武皇失望了！”

刘正确有些失望，但他绝不会强求东方咏为其做什么，他明白东方咏的为人。

“如此，我也就不麻烦东方兄了。”

“武皇手下奇人众多，相信任何一位都能够胜任此事，何用我费事？”东方咏笑了。

刘正也笑了，扭头向身后敬立的五仆唤了声：“继之！”

“主人有何吩咐？”一个三旬左右的儒生缓步而出，恭敬地道。

“你拿我的信物速去春陵见我弟刘良和我侄儿刘寅！”刘正说着自怀中掏出一块泛有华光的紫玉令递给那儒生。

儒生接过紫玉令，却被刘正抓住了手，也便在此时，只觉一股奇异的感觉涌入脑海，仿佛是无数的念头和声音奔向他的脑海。刹那之间，他明白了刘正想说的一切，甚至是脑子里的每一点思想。因为刘正在与他握手的那一刻，已将两人的思感和精神完全连在一起。

“去吧，如果泰山之战归来早的话，我会找你的！我希望你不会让我失望!”刘正长长地吁了一口气。

“主人请放心，继之绝不会让主人失望的!”那儒生肯定而坚决地道。

刘正悠然笑了，对着那依然诡异的天空长长地叹了口气，半晌才瞟了东方咏一眼，道：“我希望能与东方兄有再见之期!”

东方咏也笑了，也将目光投向那诡异的天空，在这空阔的原野里悠然叹道：“世事无常，天命难逆，如果有缘，相信将来一定仍有相见之日!”

“只怕到时候你我都已是白发苍苍了!”刘正说完不由得苦苦一笑。

东方咏也只是涩涩地一笑。

阴风道的眼中有些黯然，立于他身前的这两个天下最为传奇的人物，就像两棵依山而生、植于孤崖上的古枫，在秋风之中，意兴索然，竟多了几许苍凉的味道。

公元 14 年，王莽改制失败。西汉后期，本已不断出现的农民起义，在王莽掌权后，起义军有增无减。

天凤元年（即公元 14 年），因王莽用兵，不顾百姓苦难，“三边尽反”。

次年，北方受难百姓，“起为盗贼”。

天凤四年（即公元 17 年），吕丹起义于山东，从此，四方不断出现大规模起义。

同年，又有瓜田仪起义，绿林起义。八月，王莽亲自到南郊，监督铸造威斗。所谓威斗，是以铜及其他原料合铸，像北斗，王莽妄想以此压制各种反叛势力。

这年，樊崇起义于琅邪，游击各地，因其作战时将眉毛涂成红色作为标志，史称“赤眉军”。

天凤六年（即公元19年）春，王莽见起义军众多，便玩迷信把戏，下令改元，布告天下，宣传应合符命，又以宁始将军为更始将军，以顺符命。

地皇元年（即公元20年），王莽见四方“盗贼”众多，一方面，为了镇压，而扩大军事编制，朝庭设前、后、左、右大司马，各州牧号为大将军，郡县长为偏将军、裨将军、校尉。另一方面，同历代皇者一样，希望自己创下的基业能传至万世，而下令建筑宏伟的九庙，穷极百工之巧，“功费数百万，卒徒死者万计”。

地皇二年（公元21年），王莽大量征粮调兵，打算征讨匈奴。而镇压农民起义的官军作战无能，放纵掠夺，使百姓不得安生。

中原大地完全处于一片混乱之中……

六福楼，在宛城算是数一数二的，虽比不上万兴楼的豪华，但却拥有宛城最好的美味。

今日的六福楼显得极为忙碌，那是因为朝中有经济大总管之称的姓伟驾临宛城，所以李辉选定了六福楼为招待这位王莽身前最红的经济大臣之一。

这是六福楼的盛事，也是在今天，宛城的富商大贾们都会光顾于此。

吴汉坐在铁五的茶馆里喝茶，这里是王府到六福楼的必经之路。

对于宛城的一切，没有人比他更熟悉，这里的每一寸土地，每一棵树，每一座桥以及每一栋房子，他都像是看自己的掌纹一般清晰。

铁五茶馆侧对着的拱如弯虹的大石桥横跨过四丈宽的河面。

没人知道这桥叫什么名字，当初建桥之人似乎并没有想过要给这石桥起个名字，因此当地的人都称其为石头桥。

吴汉啜了一口茶，才瞟了石头桥一眼，桥上行人不是很多。

吴汉又收回目光，遥遥地透窗望向百余丈外六福楼那高高耸起的屋脊和伸展而出的斜角，在这方圆三条街中，六福楼毕竟是最具气魄，也是最高的建筑。

“哐哐……”一阵铜锣开道之声惊醒了吴汉的思绪，他又收回了目光。

石头桥对面传来了衙役们的隐约呼声：“行人闪开喽，御史大夫姓大人到……”

铁五的茶馆之中立刻沸腾起来，有些人吐口水，有些人低骂，也有些人立刻伸出脑袋向外张望，还有一部分人干脆走出茶馆站在路边等候队伍过来一睹其风采。

吴汉瞟了一眼馆中小声议论的百姓，心中涌起一阵异样的情绪，他负手信步顺着木阶走上二楼。

“哐哐……”二楼的阳台之上立了十余人，都伸着脑袋望着由数十名差役前后开道，十余骑都骑军相护的八抬大轿自石头桥上缓缓行来。

“行人闪开了……”差役们举着牌子，驱赶道路之上的行人。

吴汉目光瞟了一下那乘大轿，绽出一丝淡淡的笑容。

“踏踏……”“啊……”

正当众人的目光都聚中在石头桥上之时，街头观看的行人一阵大乱，尖声惊叫起来，竟有四头尾巴上扎着火把的公牛嚎叫着狂冲向那正行过石头桥的官兵和大轿。

行人皆慌忙避开，有几人险些成了公牛的蹄下之鬼。

“拦住它们，拦住它们……”一群差役见那凶神恶煞地低头冲来的几头大公牛，也都慌了，想上前阻止这发疯了似的大公牛，但是却不自觉地吓得纷纷避开。

“呀……啊……”

四头大公牛受着火焰的驱使，只知狂奔，见挡路者便顶、挑、撞，哪管这是什么御史大人的大驾，更不管这些官兵人多，一时只冲得官兵队形大乱，更有的被尖利的牛角顶得开膛破肚，或被掀入河中。被公牛撞到者，顿时被牛蹄踏得骨折血崩，场面乱成一团糟。

“杀了这几头畜牲，保护大人！”都骑军急忙惊呼，他们也被眼前突然而至的变故给弄懵了。

“嗵嗵……”桥面并不太宽，这四头公牛横冲而过，哪还有人站的地方？有些官兵见面前的人在牛蹄下化成了冤魂，顿时吓得扭头跳入河水之中，不敢正面迎击几头公牛的来势。

“希聿聿……”战马也受惊低嘶。

那些公牛皮坚肉厚，砍上一两刀根本就不当回事，反而更被激怒。

“快，快，快护住大人后退！后退！”县尉左清挥手呼喝道，他也急了！他乃是宛城负责保护姓伟大人安全的负责人，若是让这几只畜牲伤了御史大人，他这颗脑袋便保不住了，到时候不仅是他，只怕连县宰李辉也要人头落地了。

那八名轿夫本也吓坏了，听到这吩咐立刻欲掉头，但是桥身并不太宽，这大轿夹在这混乱之中转身也不是一件容易的事。

远处的百姓看到这乱成了一锅粥的石头桥，心中都禁不住大叫痛快，他们也都想看看这大贪官怎样应付这种场面。

都骑军横马于桥头，在轿后方护轿之人也忙赶到前方帮助挡住疯牛。

“发生了什么事?”姓伟似乎感到极为不对，在轿中沉声问道。

“回禀大人，有几头疯牛阻道!”轿边的亲卫淡然道。

都骑军虽压制了疯牛的狂势，但是也被撞得人仰马翻，最后才在后面赶来相援的护卫相助下重创了这四头大牛。

轿身迅速打横，官兵们正松一口气之时，忽见两道巨大的浪头自河中激涌而上，直冲向八抬大轿。

“保护大人!”那守在姓伟轿边冷静如水的四名亲卫脸色大变地喝道。

这四名亲卫乃是随御史大夫自京城同来的高手，对刚才怒冲而来的疯牛根本就没在意，但对这两道自河中冲来的水柱却是骇然色变。

那数十名官兵刚自那几头疯牛的冲击中回过神来，还没弄清怎么回事，浪头狂冲之下，便有几人惨叫着跌入河水中。

桥面之上仍能战斗的官兵却只剩下二三十人，一部分人正在桥下的水中看得目瞪口呆。

“轰，轰……”在巨大的浪头之下，竟是两只小船破浪飞上，船头狂撞向大轿。

“呀，呀……”几名冲来的都骑军立被这两只小船掩起的气势撞飞而出。

那四名护轿高手挥掌狂击，但这两只小船来势何其狂野，虽然在掌劲下碎裂，可仍撞上了大轿。

“轰……”大轿蓦地炸射而开，一道暗影自轿中斜射而出，发出一阵狂傲的长笑。

两只小船随着轿身的爆裂也皆化成碎片，如被暴风狂卷般向四面八方如雨点般洒落。

天空之中顿时一片朦胧，一片零乱，木屑犹如漫天的蝗虫。

漫天木屑之中，两条人影犹如苍鹰一般扑向破轿而出的人。

“狗官，拿命来！”出手之人竟是刚在船头磕烟斗的渔翁。

“保护大人！”那四名护卫高手也大惊，纵身向两名渔夫掠去。

“还有本大小姐在！”一声娇喝之中，那四名护卫高手顿觉眼前一暗，一只巨型之物当头罩下。

“裂……裂……”那罩下的物体应剑而裂，却是两床巨大的床单被套。

床单被套裂开，却是“哗……”一阵水珠洒落，那四名护卫高手吃了一惊，终于看清了这娇滴滴的声音乃是一名容颜清丽的女子。

此女正是刚才在桥下洗衣服之人，此刻端着木盆，就着满盆的河水倾覆而下。

河水一冲，四名护卫顿时视线受扰，只觉劲风压顶而至，不由得低吼一声挥刀而出。

“轰……”那迎头压来的木盆顿时化为碎片，压力一轻，四名护卫骤觉一股锐风袭体，顿时骇然飞避。

“呀……呀……”四名护卫在仓皇之间仍能显示出其过人的机警，但是他们在这一连串的干扰之下，还是失去了平时的灵动。

“杀……”都骑战士和官兵这才在这突然的巨变中回过神来，策马冲杀向那自空中落下的女子。

“去死吧！”那女子手若拈花，在空中以优美至极的姿势撒出漫天的寒星，犹如天女散花一般。

“呀……”寒星洒落，官兵和都骑兵惨号着跌出。

“沈青衣！”四名护卫有两人再也没有站起来，但仍有两人侥幸逃过一劫，肩头之上各深深地钉入一根五寸余长的怪异钉子，这一刻在那女人出手之际，不由得脱口而呼道。

“轰，轰……”空中传来两声沉闷的爆响，三条人影在空中骤合骤分，向三个不同的方向纷纷落下。

同时，那女子娇喝一声，冷笑道：“正是你家姑奶奶，你们也给我去死吧！”说完衣袖一摆，自袖间滑出两条飘若灵蛇的彩带向那两名护卫高手卷去。

三人成三角方位分立在石头桥之上的三根石栏柱上，三道目光在虚空之中紧紧地锁在一起。

“杜茂，沈铁林！”姓伟的眸子里闪过两道冷厉的目光，口中却有如吐冰块一般蹦出两个名字。

“不错，今天便是你这贪官的末日！”沈铁林声音也冷漠至极。

“纳命来吧！”杜茂低吼，身子也随刀锋破空而出。

“天堂有路你不走，地狱无门偏闯来，就让本官将你们就地正法好了！”姓伟长笑，狂傲地道。

四周的百姓都看傻了，但却没有人敢上前，都被刚才三大高手交手的气势给怔住了。事实上，便是眼前之人不是高手，也没有人敢上前，谁敢冒掉脑袋的风险去得罪这巨贪御史大夫呢？只是许多人没想到，这天下闻名的巨贪还是一个极为可怕的不世高手，也难怪天下那么多人想杀他，而他仍能活得逍遥自在。

姓伟出手了，他不能不出手，没有人敢对沈家的暗器视而不见，尽管他曾经击杀了沈家的主人——沈家的第一高手沈圣天，可是对于沈圣天的儿子沈铁林他仍不敢有半点疏忽。因为他比任何人都更能深切地体会到沈家暗器的可怕之处，而与沈圣天那一战，更是他这一生最为惊心动魄的一战，他胜了，并不是因为他真的比沈圣天高明，只能算是一次侥幸！而眼下沈铁林出手了，与昔日沈圣天如出一辙。

漫天的光雨，使整个天地变得像梦一般。

杜茂先出手，但是他却落在光雨之后，他仿佛看到这光雨之中划过的流星，灿烂、美丽，惊心动魄得让他心悸。

姓伟感受到了杀机，在这漫天光雨之中，他还感受到了深切至极的仇恨，这种深刻的仇恨是他在沈圣天身上所找不到的，但就是这种深刻的仇恨，使得这漫天光雨般的暗器充盈着无限的生机。

“好个雨流星，但比起你父亲尚差上一筹!”姓伟谈笑间，双手已经在身前打开了一层犹如浪涛一般的虚影，在他的身前仿佛突地升起了一股浓浓的雾气，甚至可以用肉眼看出这层雾气上泛起犹如波纹的东西。

漫天光雨骤然而聚，开合之间凝成一个人头状带刺的光球，便像破碎虚空的流星。

“轰……”流星在那层雾气波纹中心炸开，随那层雾气一起，再次化成无数的光点射向在雾气之中露出原形的姓伟。

姓伟低啸而退，大袖疾旋，仿佛在身前形成一个巨大的真空黑洞，在他飞退两丈之际，漫天光雨尽数没入他双袖之中。

“哈哈哈……雕虫小技，本官万源同流乃天下任何暗器的克星，连你爹都奈何不了我，何况是你?”姓伟狂傲地大笑道。

“还有我!”杜茂声若焦雷，刀化虚影，如天崩地裂一般泻下，封住了姓伟每一寸移动的空间。

“好！”姓伟也不能不为这一刀喝彩，但他抖手间，竟把沈铁林射出的所有暗器又倒射向杜茂。

数以百计的暗器在方圆两丈余的空间炸开，整个天空顿时暗了下来。

“叮叮……”杜茂的刀势未变，强大的刀气竟将密如骤雨的暗器切开一道可以容身而过的裂隙，虚空顿碎。

姓伟的眸子里闪过一丝惊讶，但更多的却是从容。

“叮……”姓伟出剑，犹如一道自地底升起的极光，横过虚空迎上了杜茂的刀锋。

杜茂身子一震，倒射而起，闷哼声中，却是被两支暗器射中。

姓伟脚下犹如踩着风火轮般沿着石栏倒滑两丈。

“暴风骤雨！”沈铁林身形腾掠而起，身形幻成一团风影，无数的光点自他的身上如出笼的狂蜂般飞出，以各种各样的弧度，各种各样的前进方式搅乱了虚空。

有飞刀、有硝石、有针、有刺、有珠、有铁片、有铜钱、有铁钉……有直射的，有侧绕的，有螺旋而出的，有迂回而进的，有贴地上蹿的……

没有人能够看清这之中究竟有多少种暗器，有多少种不同的攻击路线……更没有人能够数得清这一击之中究竟含有多少暗器！

天，黯淡无光；

地，如崩似陷；

水，激浪成滔……

每一个人都在心悸，每一颗心都在战栗，每一种战栗都因为这惊天地、泣鬼神的暗器。

这便像是个不可思议的奇迹，没有人能想象得到沈铁林身上怎么能够藏着这么多的暗器，没有人能够想象得到沈铁林怎么能够在这一瞬间发出这么多的暗器……这一切完完全全地超出了每一个人思维的极限，以至于每一个目睹这一切的人都恍如置身梦中无法醒来。

要知道，人只有两只手，只有十根手指，即使是每一根手指单独运用，单独射出一种暗器，也只能射出十种各不相同的暗器，但是人只有一颗心，只有一个脑袋，怎能让十种暗器在同时之间以不同的力道将之发挥到极限呢？若能做到这一点，这人已经是个绝世天才。

沈铁林不是绝世天才，但他比任何绝世天才都难以想象，他在同一时间不止用十种暗器，十种手法，更不是十件，而是千百种暗器，千百种手法，千百种不同的力道，而且每一件暗器都发挥到了极限的杀伤力……这不是神话，也不是梦话和痴言妄语，而是一个不争的事实，这，便是关东沈家的旷世手法“暴风骤雨”！

第三章　巨奸之死

天下间没有比沈家暗器手法更可怕的暗器招式，也没有比“暴风骤雨”更让人心驰神往的暗器招式，这是沈家的神话，也是江湖的神话。

姓伟领教过“暴风骤雨”，那次他中了一百七十九件暗器，但是他侥幸活了下来，反而杀了沈圣天！他知道，“暴风骤雨”并不是以手所发，而是以心所发，凝聚了精、气、神，然后由心所发。这不再是暗器，而是一种生命，包含了一种无可抵御的生机，没有人能够挡，他也不例外。

姓伟能杀死沈圣天，是因为“暴风骤雨”只能使一次，至少，在三个月之内无法再使出第二次。这是一种让人心胆俱裂、有来无回的绝世杀招，但这也是一种最耗功力和心神力的绝世杀招。因此，沈圣天那次没杀死他，他便拼着最后一口气杀了沈圣天，而他也为此修养了两年才恢复过来。让他庆幸的是，沈家暗器绝不沾毒，否则，他中了一百七十九件暗器，便是神仙也救不活他。不过，那次是他一生之中受伤最重的一次。

此刻再次面对“暴风骤雨”，姓伟同样是没有破解之法，唯一可做的便是退！能退多远是多远。他没想到沈圣天死后，世间居然还会有人能使此招，他也没想到沈铁林的功力已达这般境界。

姓伟知道该怎么保住自己身体上最为重要的部位，他明白，无论他速度多快，都快不过“暴风骤雨”，快不过这漫天的流星，他唯一可做的便是不让这些暗器射入他致命的要害。以不重要的部位去硬生生地承受这无毒的暗器看似最蠢，但却也是最有效的办法。

若是别人，定会跃入水中，但姓伟知道，这样只是找死，他与沈圣天决战前，曾对对方的暗器招式有过深入的研究，而唯一可让自己少受威胁的方法便是贴紧地面，这样射来的暗器只会从三面八方攻来，而不是四面八方形成一张天罗地网。因此，姓伟不敢有半点跃上高空的念头，这是死亡的教训！

天地间，仿佛一切都完全窒息，所有远观或近望的人全都停住了呼吸，就像他们的心和灵魂全被这漫天的光雨给吸了进去。

灿烂、辉煌、诡异，像透着魔异般的力量。

姓伟在退出丈许之际，便已感到全身如被千万只黄蜂蜇过一般，他的护体真气虽然抵消了暗器的大部分力道，但这些暗器仍如雨点般狂射入他的身体，他的身子仍在退。

姓伟再退了五丈，以最为坚强的意志退了五丈，光雨已经尽散，那群官兵已没有一人活着，地面之上星星点点散满了无数的暗器，包括他的身上。他感到一阵虚脱，就像是一只长满刺的怪兽，但他知道，他没死。沈铁林的功力比不上沈圣天，他所受的伤只是皮肉之伤与精力极大的耗损。

“大哥……”沈青衣惊呼着掠向沈铁林。

沈铁林立于石头桥上，如一尊泥塑，高大的躯体透着风雨之后的宁静，但在他的嘴角却滑出了一丝淡淡血水，脸色苍白得可怕，但他的目光却不甘心地紧盯着七丈外的姓伟，他也知道，这一击并未能杀死姓伟。

姓伟没死，但是他却感到了绝望，因为还有一把刀，杜茂的刀。

杜茂受了点伤，但比起姓伟来说，这一切根本不算什么，而他的刀又是那般狂，那般野。

杜茂也难以相信姓伟居然能够在“暴风骤雨”疯狂的一击之下仍活着。不过，他绝不会给姓伟任何喘息的机会，他的刀，已拖着他的身子横掠过五丈的空间，向已立在大街之上的姓伟横斩过去。

姓伟身子再退，他不敢再硬接杜茂这一刀，他虽然自负，但杜茂和沈铁林都是江湖之中的顶级高手，而这一刻他与沈铁林可算是两败俱伤，又如何能胜杜茂？但他却知道，这里距六福楼不远，这里发生的事定会很快惊动六福楼中的人，只要他能支撑半刻，便会有一群高手赶来，那时便是杜茂有三头六臂，也插翅难逃，不过他没料到沈铁林这么快便发出“暴风骤雨”这致命的杀招。

“叮……”杜茂的攻击速度太快，快得使姓伟根本就没机会退让，毕竟他受了伤，手上、肩上、腿上、前胸、背上……全都钉满了大大小小的暗器，一动，就会痛彻骨髓。

姓伟被这一击震得横跌而出，但一支冷箭却在杜茂落刀之际破入他的刀锋之内。当他的刀斩在姓伟的剑身之际，这支冷箭已深深地钉入了他的肩胛之中。

杜茂惨哼跌出，他没防到会有这样一支要命的冷箭。

姓伟大喜，他看到了数条人影如风般飞掠而至，正是在六福楼苦候的宛城众豪强，这些人无一不是高手，而为首之人正是宛城县宰李辉，那一支救命的箭正是李辉的杰作，他知道若不是这一箭，杜茂这一刀绝对可以让他再受重创，甚至一刀致命。

“大人休惊……”来自六福楼的高手遥声呼喝。

姓伟哪敢再停？向李辉踉跄奔去。但他才奔出两步，便觉头顶劲风狂起，一股让他窒息的压力当头压下。

姓伟大惊，抬头之际，却见一蒙面人如一只巨鸟般自天而降，一袭宽大披风如同一片黑云。

“大人小心！”李辉在远处见之大惊，余者也全都骇得心胆俱裂，哪想到在这关头又杀出这样一个要命的蒙面人？

“奸贼，纳命来！”蒙面人低吼，掌落如山崩，气势之烈，比之杜茂的刀意更强。

姓伟心中感到一阵绝望，眼下这蒙面人比之杜茂甚至是沈铁林的功力还要高上一筹，但他怎甘心束手待毙，挺剑斜切而上。

“当……”“哇……”

剑、掌相触，长剑应声而折，那只大掌以无可匹御之势印在姓伟的天灵之上。

姓伟惨哼一声，身子顿时静止而立，而那蒙面人借手掌印上姓伟天灵之力，倒弹向杜茂，抓起杜茂低喝一声：“走!”

沈青衣见那蒙面人一退，立刻会意，拉上沈铁林纵身跃入桥下的河水之中。

当李辉赶到姓伟的身边时，那蒙面人已带着杜茂以同样的姿势跃入河水之中。

“大人!”李辉见姓伟依然静立如故，不由得惊呼，但即刻又骇然再尖叫：“大人！快！给我将那群逆贼抓回来!”

姓伟的眼睛瞪得极大，仿佛是不敢相信眼前的事实。他死了，天灵盖上缓缓渗出一丝血水。那蒙面人的一掌不仅断了他的剑，还碎了他的天灵盖，一代巨奸便这样死得不明不白。

李辉赶到桥上，但是杜茂诸人仿佛永远沉入了水底，根本就没有看到人影。当他看到桥上洒满了成千上万的暗器，以及姓伟身上插满的暗器时，不由得倒抽了一口冷气，不用任何人告诉他，他也知道天下间除了沈家，不可能再有第二个人能够制造这样的场面。姓伟死了，而这个罪责谁又能担当得起呢？他的心中不由得泛起了一丝寒意。

宛城整个都翻了底，几名杀御史大夫的凶手并未能找到。

李辉终于知道沈铁林诸人是自哪里潜走的，那是与这条河连通的一个城区的排水道。

每座大城市都会有自己的地下排水系统，而沈铁林诸人便是利用这个地下排水系统潜走的，致使敌人连他们的一点踪迹都找不到。

沈铁林怎会如此熟悉这地下水道呢？这一切显是早有预谋，早就计划好的，但他们怎会知道御史大人会自这座桥上走过呢？还有那个杀死御史大人的蒙面人又是谁？显然沈铁林是不可能如此清楚宛城的地下排水系统。这几人中，只有那蒙面人最可疑，而那人又是谁呢？杜茂和沈铁林皆不曾蒙面，但那人为何要蒙面呢？

蒙面只有一种可能，那就是这人是宛城地头上极有头面之人，且这人还知道地下排水系统，而这些人中又有谁的掌法有如此可怕的威力呢？

另外，还有那四头扰乱官兵阵脚的火牛，那肯定不是杜茂、沈铁林这几人所为，因为这几人都潜在桥下，也不会是那蒙面人的杰作，因为那蒙面人也是潜在石头桥附近的某处。也便是说，尚有人接应沈铁林诸人，且一直未现身，那这放火牛之人又是什么样的人物呢？

这些还不是最头大的问题，最让李辉头大的是如何向安众侯交代，如何向皇上交代，御史大夫在他的辖区被害，而且是在去赴他酒宴的途中，这一切岂是他这县宰所能担当得起的？

姓伟的死，自然会有许多人欢喜，这样的巨贪奸臣，欲夺其命者不可胜数，而天下百姓更是对他恨之入骨。就是因为这样的巨贪大奸搅得天下风雨飘摇，民不聊生，而今有人杀了这巨贪大奸，自然让天下百姓拍手称快。

宛城四门俱闭，所有的路口都在盘查过往的行人，甚至开始挨家挨户地搜寻杀人凶手。

凶手是谁并不用猜疑，至少他们已经知道是关东沈家的人，沈圣天死了，凶手只可能是沈圣天的后人。

对于沈家的后人，李辉并不陌生，宛城的诸豪也不会陌生，不知道沈铁林和沈青衣的人并不多，但每个人都知道沈家的人绝不好惹，沈家的暗器可在天下间排名第一，便是姓伟的也难以在沈铁林的暗器之下幸免。尽管姓伟最致命的伤是被击碎了天灵盖，但他所中的那一身暗器无论是谁见了都会为之心寒。

事实上，每一个上过石头桥的人都为之深深地震撼了，那一地散落的暗器，几乎遍布了每一寸地面，这便像是一个奇迹，一个人如何能够在短短的刹那间发出如此多的暗器呢？又是用什么东西带来这么多的暗器的呢？

“报大人，小的已经查出了那几头火牛的头绪！”廷椽刘垒前来相报道。

“快快报来！”李辉精神一振，喜问道。

“那四头牛是自小长安集买来的牦牛，这种牦牛只有北方才有，听说，是一个买牲口的刚从北方带来，小的已经把这人给抓来了！”刘垒沉声道。

“好，给我重审此人！一定要查出其余党，不容有半点闪失！”李辉沉声道。

“有没有查出这几头牛是如何抵达六福街的？”李辉又问道。

“当时六福街的人太杂，好像有人说看见有虎头帮的人曾带着牛入六福街。”刘垒有些谨慎地道。

李辉的脸色变得很冷，轻哼道：“虎头帮！你立刻让人把李心湖给我找来！另外让左清立即把街头的混混全给我抓来盘问！”

“阿渺，不好了！”混混阿四急步赶入林渺的家中，呼道。

林渺是宛城混混中小有名气的角色，开门的是林渺的新婚夫人梁心仪。

阿四望了梁心仪一眼，唤道：“嫂嫂，阿渺在家吗？”

“他在吴大哥家中！”梁心仪道了声，随即又问道：“究竟发生了什么事情？”

“街上的许多兄弟都被抓了起来，听说官兵要把宛城的所有兄弟都抓起来，这可怎么办？他们迟早会查到天和街来的！”阿四急道。

“啊，快去见吴大哥!”梁心仪也吃了一惊，急道。

吴汉家的门闩得很紧，梁心仪和阿四敲了一阵才有人打开。

“大嫂，大哥他们不在吗?”梁心仪见开门的人是吴汉的夫人陈素，不由得忙问道。

“进来再说吧，我正要让人去找你呢。”陈素道。

“让人找我?”梁心仪有些讶异地问道。

“不错，我刚接到消息，官兵可能会来天和街查凶手，你与阿渺几人最好先出去避一避风头，宛城之中不是久留之地，他们迟早会查到火牛是阿渺放的!”陈素道。

“心仪来了?”吴汉也自屋内行了出来道。

“大哥!”梁心仪唤了声。

“你赶快回家收拾东西，先与阿渺一起出城避避风头!”吴汉立刻吩咐道。

“沈大哥和沈姐姐呢?”梁心仪问道。

“他们已经秘密出城了，不会有问题的。”吴汉道。

“那我爹该怎么办?”梁心仪有些担心地问道。

“你爹由我照顾，不会有事的。”吴汉肃然道，又扭头向阿四道：“你也和阿渺一起出城，虎头帮只怕有难了!”

“好的，阿渺呢?”阿四惊讶地问道。

“他出去办点事去了，李心湖被抓，阿渺去了六福楼，等他回来，你们便立刻动身!”吴汉道。

梁心仪微有些担心，她知道李心湖对林渺一向都很好，若是李心湖有事，林渺自不会袖手旁观，不过，此刻担心也没用，吴汉既然让他们先离开宛城一段时间，自然有其道理。当下应了声：“那好吧，我爹便有劳吴大哥了。”

离开六福楼，林渺的心中轻松了许多，李映答应过的事情应该不会有很大的娄子，何况李心湖并没有真的犯法，没有证据李辉也不敢乱来。

才走出六福街，林渺便感到了一些异样，因为他的面前横着四匹健马。

“少都统！”林渺抬头，有些吃惊地低呼了一声，或许是他感到有些意外。来人竟是宛城都统之子孔庸。对于这个一直欲不择手段得到梁心仪的二世祖，看到此人，林渺心中总有些恨意。

“你好呀！”孔庸皮笑肉不笑地道。

林渺心道：“看来老子今日是走霉运了，这王八羔子定没安好心！”望着孔庸身边的几名一身戎装的偏将，这架势也够吓人的，不由得勉强笑了笑道：“看来是我挡住了少都统的路，真不好意思！”说着林渺便转身欲擦身让过。

“想走吗?”孔庸身边的一名偏将大枪一横，挡在林渺的身前冷声问道。

林渺驻足，冷望了那偏将一眼，淡淡地问道：“这位将军有何指教?”

“这位乃是廉丹大将军手下的后勤征丁将军寅虎，他觉得你小子身子骨不错，欲征你入伍报效国家，难道你不高兴吗?”孔庸冷冷地笑了笑道。

林渺吃了一惊，顿时明白孔庸的来意，他自然听说过廉丹派人来宛城征丁去战赤眉的消息，却没到孔庸会借这个机会对付他。

孔庸一直都在找机会对付他，这一点林渺是知道的，只是一来碍于吴汉的面子，二来是怕梁心仪知道真相，一直不敢真个下手，否则，以孔庸的身份，想对付林渺绝不是难事。而此刻孔庸借朝中征兵之机让人把他送上战场，若是战死沙场，梁心仪和吴汉都没话说，而以征兵为理由将林渺驱出宛城这是谁也不敢阻止的事，若要阻止便是扰乱军纪，触犯国法，那样孔庸也就可以明正言顺地去对付天和街的一群人了。

“原来是寅虎将军，真是失敬，林渺这厢有礼了！只是林渺现在还有重要事情待办，将军能否让我先把事情办完再向将军负荆请罪呢?”林渺也不敢太过不给寅虎面子，极为客气地道。

寅虎微微一怔，不由得望了孔庸一眼，林渺的这番客气与合情合理的话，使他一时也难沉下脸来，这才想询问孔庸的意见。

“谁不知道我们的林大少乃是宛城出了名的滑头，若是这一走，只怕没人能再找到你的踪影了。”孔庸揶揄地讥讽道。

林渺心中大怒，他恨不能一把掐死这个孔森的杂种，可是他却知道好汉不吃眼前亏，若是孔庸让寅虎立刻杀了他，宛城的官府也不敢拿这位前线的将军如何，何况又有孔森在后撑腰，他死也只是白死了。

“少都统说哪里话，虽然林渺不敢自甘菲薄，却绝不是言而无信之辈，少都统不知道，你属下的儿郎也应该知道！何况随寅将军征讨赤眉正是我心中所愿，报效国家匹夫有责。能得寅将军所赐机会，我感激都来不及呢！”林渺违心地道，心中却骂道：“妈的，姓孔的杂种，总有一天小爷定会让你后悔，居然想让老子上战场送死！”

“噢……”寅虎微讶，林渺说的话倒确实中听，先不管林渺所说的是真是假，仅这份泰然自若的表现，也可见此人并不简单。便是他也很难找出理由来为难林渺，一时之间倒不知是否应该继续留难对方。

“好，那我给你两个时辰去办事，两个时辰之后你再来见本少都统！”孔庸冷冷一笑，诡秘地道。

林渺心头一震，几乎气得要捏断孔庸的咽喉：“两个时辰怎么够呢……”

“休要啰唆，少都统给了你两个时辰已经够给你面子了，别在这里不识抬举！”孔庸身后的一名家将沉声不耐烦地喝道。

“孔良，你领三十人跟他去办事，两个时辰后带他来见我，若是他没来你也不用回来见我了！”孔庸沉声道。

“是！”孔庸身后的一名家将应了声，瞟了林渺一眼，露出一丝冷漠而残忍的诡笑。

林渺顿时感到一个头两个大，孔庸做得也够绝，居然让三十人看着他，如此大的排场也够吓人的，同时他也知道再说什么也是不管用了，看来孔庸已经下定决心要对付他了。他也不想再出言相求，只是冷冷地笑了笑道："多谢少都统如此看得起我，那就请吧！"

孔庸有些讶异林渺的镇定，不过，话既已出口，自不便再反悔，只是向孔良打了个眼色，淡笑道："去吧！"

林渺与孔庸相对的对话，已早林渺一步传到了天和街。

关于林渺的事，林渺的兄弟们和朋友们比林渺本人还要着急，因此，他们绕近道飞奔至天和街传出了消息。

林渺一入天和街，便被老包挡住。老包并不怕都统府的家将和官兵，至少在特殊的时候不会害怕。

老包挡路，林渺并不意外，消息早他一步传入天和街也完全在他的意料之中，因为他知道有人看见他与孔庸之间所发生的事情。

"兄弟，你要去参军了，做大哥的替你高兴，我和几位兄弟商量了一下，准备给你弄个饯行宴，设在西城的城隍庙外！"老包淡笑道，对一切仿佛并不在意。

孔良却大为惊讶，他不知道老包是怎么这么快知道消息的，而且还早设了饯行宴，这几乎是不可能的！而那一群相随的家将不由得也尽皆愕然。

林渺却会意地笑了笑，道："有劳大哥了，我尚有些事待办，你先让其他人在城隍庙外等我吧，我就来！"旋又回头对孔良笑道："诸位也辛苦了，待会儿便和我同去吧。实不相瞒，像我这等出身之人，如想发展，最好的去处便是军营，因为那里认的是实力，所以我早有投军的念头，只是一直没有机会，当廉大将军派人来宛城征兵的消息一传来，我便已作出了决定，是以请众位不要奇怪，便是少都统不让我去我都不肯呢！"

说着林渺不由得笑了起来。

孔良诸人不由得恍然，心道："难怪这老包早准备好了饯行宴，原来这小子早就想去参军，看来少都统的担心全是多余的，还要派我们这么多兄弟来监视，真是多此一举。”

“既然如此，我们自不客气，不过，我们还是先随你去把正事办好吧。”孔良也讪笑道。

“好吧！”林渺别过老包笑了笑道。

行不多远，林渺在一草棚外驻足道：“诸位官爷，先容我出恭再说，如果哪位官爷也要出恭，不妨一起进去，里面反正可容两三个人！”

孔良眉头一皱，沉声道：“林渺，你少想跟我要什么花招！”

林渺神色一冷，反问道：“我说孔爷你也太小瞧我林渺了，虽然我林渺上不了台面，但是在宛城也有数百兄弟朋友，更是道上混过来的，说话也还算是一言九鼎！”

孔良大怒，欲出言相斥，但却被身后的另一名家将拉住了，这人自然知道林渺的话也不全假，在宛城的混混之中，林渺还算是小有名气，尤其是在天和街，这里的人几乎都支持林渺，若是在这里与林渺闹起来，说不定他们还会吃亏，尽管他们是都统府的人，可是连孔庸每次入天和街都弄得灰头土脸，他们又算什么？

“快点！”那拉住孔良的家将冷然道。

“谁身上有草纸？”林渺反问道。

众官兵和家将愕然，但都摇了摇头，林渺不由得“哈哈哈”大笑，扭头便进了茅棚之中。

……

一阵“隆隆……”的屁响之后是好长时间的静寂，孔良诸人等了很久都没见林渺出来，不由得微急，唤道：“林渺！”

茅棚之中没有半点回应之声。

“哗……”孔良顿感不妙，一脚踹开茅棚的门，冲了进去，可里面哪有林渺的影子？只有几个大粪桶和一个粪坑。

“不可能，给我搜！”孔良大吃一惊，他们把这个茅棚四面都围了起来，根本就不曾见到林渺出去，而眼下林渺居然消失了。

茅棚被翻了个底朝天，但是根本就没有见到林渺的影子，唯一的发现就是在那几只大粪桶之下有一条地道通到两丈外的墙边。显然，林渺是从这里溜了，众官兵和孔府家将的目光都只是停留在茅棚之上，而忽视了潜到墙下的林渺，这便使得林渺顺利溜走。

孔良心中的那个恨呀，那可是没法形容了，不过他也没办法，人都已经逃了，他还得向孔庸交差，是以，他必须找回林渺。

“去西城城隍庙！”孔良沉声道。

……

西城城隍庙外什么也没有，连一个人影也没有，更别说是饯行宴了，地上只有乱乱的果皮、木屑，这还是前日庙会所留下的。

孔良赶到西城城隍庙才知道自己上了多大的当，明摆着是被林渺和老包耍了一招，其心中的气恼自是无以形容，等他们再自城隍庙赶回天和街时，老包店里一个人也没有，门紧锁着，他们找到林渺家中，也同样是空无一人，而连屋子之中的东西似乎也全都搬走了，这下子孔良可傻眼了。

“我已跟刘秀公子说了，你们便同他的运粮车一起出城，官兵也不敢留难你们，我们自然还有相见之日！”吴汉拍了拍林渺的肩头道。

林渺心中黯然，但他知道，离开宛城暂时避避风头是最好的选择。

“到了小长安集，记得和沈兄弟联络，与他们一起去北方历练历练，宛城这小天地里翻不出什么大浪！”吴汉又叮嘱道。

梁心仪和陈素也是依依不舍，拥在一起流泪泣诉。

“几位准备好了吗？我们的运粮车就要出城了，三公子让我来催一下几位。”刘秀米行的伙计刘新走了进来道。

“哦，就好了！”吴汉应了声，向林渺道：“好了，别如妇人般，走吧，大哥说不定什么时候会去北方看你们的！”

“好！那我们走了！”林渺扭头向梁心仪唤道：“心仪，我们该动身了。”

梁心仪的眼睛微红，依顺地点了点头，来到林渺的身边，戴上面纱，遮住其绝世芳容。

“走吧！”阿四提上行李，他也必须与林渺一同离开宛城，同时路上也好有个伴。

刘新见到几人出来了，不由得欣慰地笑了声道：“林公子跟我来吧！”

“刘新，代我向你家三公子问声好！”吴汉赶出来道。

“一定会！”刘新回应道。

“一路上还望你好好照应他们！”吴汉又叮嘱道。

“亭长的事情便是我们公子的事情，以亭长和公子的交情，说什么我也得送林公子安全出城！”刘新肯定地道。

吴汉点了点头，几人依依道别。

“林渺，我等你好久了，你终于还是来了！”

林渺诸人才出天和街不远，便听一个冷冷的声音传了过来，只将林渺诸人吓得魂飞魄散。说话的不是别人，正是那阴魂不散的孔庸。

刘新也吃了一惊，老包等护送林渺的众兄弟顿时如临大敌一般。

“我早就知道孔良那饭桶看不住你，果然不出我所料。不过，你还是逃不出我的手掌心！”孔庸策马而来，傲然不可一世地道。

寅虎也并马而至，望了望林渺，冷冷笑道：“一转身就能把三十人都耍了，你这样的人才本将军喜欢，要你是要定了！”

林渺瞟了一眼正围拢而来的大队都骑军，心头不由得发凉，向老包小声道：“你们带心仪先走，我来对付他们！”

“不行，要死一起死！”梁心仪急道。

“不，他们不会伤害我的，只是想抓我去参军，所以我不会有事的。”林渺道。

孔庸的日光落在以深纱斗篷遮面的梁心仪身上，眸子里闪过一股火热的神彩，有嫉妒，有热恋，有贪婪。

“给我将这些人全都抓起来！”孔庸低喝道。

“慢！”刘新挺身而出道。

“你是什么人?”孔庸不屑地冷问道。

“我是刘秀公子的书童刘新，敢问少都统，我们犯了什么罪?”刘新斥问道。

孔庸微讶，“哦”了一声，道：“原来你是刘秀兄的书童，这里不关你的事，本少都统抓的是想开小差的逃兵，若是你要相阻，休怪我不念你家公子的情面将你当包庇逃兵者一起看待！”

刘新一怔，他知道孔庸不是说假话，他并不知道林渺是不想参军潜逃。而此刻孔庸人多，他根本就不能够阻止其行动，不由得扭头望了一下林渺。

林渺笑了笑，道：“不关刘兄的事，他们是想抓我去当兵，请刘兄带其他的人走！”旋又扭头向孔庸高声道：“一人做事一人当，现在两个时辰还未过，我也不算是逃兵，无违国法之理。其他人与此事无关，我跟你们走！”

“不是逃兵，何以甩开孔良欲独自逃走呢?”孔庸冷笑道。

“我不是说过我有要事待办吗？我觉得有那么多人跟着办事不方便，自然要甩开他们，他们没跟来只是他们的失职，与我何干？而此刻我并非逃走，只是在做我那未完成的事，既然少都统等不了两个时辰，那就算了，这件事情不办也罢，就让刘新兄弟帮我办了，我跟寅将军走好了。”林渺沉声道。

“狡辩！”孔庸大恼。

寅虎却笑了，他觉得林渺这小子确实很有意思，说话句句占理，连狡辩都让人无法反驳。

“事实便是如此，林渺不敢狡辩！”林渺不卑不亢地道。

“很好！本将军答应你，只要你跟本将军走，便不再为难其他的人，军中就缺你这种伶牙俐齿的家伙！”寅虎开口道。

“谢谢将军！”林渺喜道。

“寅将军！”孔庸微怨。

寅虎笑了笑道：“就算少都统给我一点面子！”

孔庸没法，他可不愿与这军中红人过不去，只好点点头，狠狠地瞪了梁心仪一眼，无可奈何地道：“好吧！”

“阿渺！”梁心仪一把拉住林渺，担心地呼道。

林渺拍拍梁心仪的肩头，安慰道：“好老婆，我不会有事的，你们先回吴大哥那儿再想办法吧。”

老包和阿四、祥林诸人也大感担心，但却知道眼下除了屈服外便再也没有别的办法了，他们这几号人怎能敌过这么多都骑军？若是沈铁林和沈青衣、吴汉这些人中有一个在那就好说了，此刻只好先忍一时之气，待将此事告知吴汉后再想办法了。

“心仪，我们回去吧！”老包拉了一下梁心仪低声道。

“刘兄弟，你回去告诉刘秀公子，他的好意我心领了！”林渺道。

“少啰唆，还不走？”孔庸身后的一名家将吼道。

林渺无奈，只好与众人依依作别，他只恨自己没有超凡的武功，否则，他定杀死孔庸！

换上军装，林渺的心绝不踏实，他知道孔庸绝不会放过他，绝不想让他好好地活下去。而寅虎与孔庸又是一丘之貉，只怕结果可以预见了。因此，他必须逃离军营，只要一有机会，哪怕只是很小的一点可能性，只要还在宛城之中，便还会有希望，要是出了宛城，只怕他怎么死的都不会有人知道。

军营之中有许多新丁，与林渺一样，有些是被强征入伍的，有些则是自愿的，林渺便分在新丁营之中，在营盘之外，重兵把守，远近的哨口密切地监视着营中的情况。新丁是绝不可乱走的，若想逃走者，格杀勿论！没人快得过强弩硬箭，是以，这些人只好都认命了，抑或都只是在等待和寻找机会。

“林渺……谁是林渺？”一个老兵步入营中高呼道。

林渺微愕，心道：“妈的，这么快就来找老子麻烦了！这下可真要完蛋大吉了！”但仍不能不硬着头皮应了声：“我就是！”

“哦……”那老兵望了一眼林渺那高大威猛的体形，那虎背熊腰仿佛透着无限的张力，微感惊讶，道：“你就是林渺呀，寅将军请你去一下。”

林渺为之头大，果然是寅虎要找他，不用说也是孔庸让他来杀自己，在这军营之中，要杀死个把新丁还不是像捻死一只蚂蚁一样简单？可是他又不能不去，不去便是有违军令，现在只求路上能有机会逃走。

“请老哥带路！”林渺道。

老兵还算是很客气，但是他却根本就不知道林渺心中所想和林渺的担心。

营地周围挖满了战壕，守军十步一哨，盘查极严，这并不是对外御敌，而是防止新丁逃走，因此对每个人盘查都极严，到寅虎的营外这段并不长的路却被盘查了四次之多，这让林渺极感泄气，因为他知道，除非他插上翅膀，否则休想逃走。

“报将军，林渺带到！”老兵在营外高声禀报了一声。

“带他进来！”寅虎的声音透着一丝冷漠和严峻，听不出其喜怒哀乐，仿佛并未包含任何感情。

林渺只好硬着头皮行了进去。

营中只有寅虎一人，并无兵卫，自然也不可能有孔庸的踪影，兵卫都在帐外相候。

“见过将军！”那老兵恭身行礼。

林渺却冷然不动，心道：“要杀便杀，要剐便剐，老子没有必要跟你这些龟孙子假客套，反正迟早都是死路一条！”

寅虎淡淡地望了林渺一眼，并未出言相责，那老兵倒有些讶异，却被寅虎挥退出去。帐中很快便只剩下寅虎和林渺两人一坐一立地相对凝视。

林渺的目光毫无畏怯之态，直视寅虎，神情极为平静，此刻他已将生死置之度外，反正要死，他反而豁了出去，是以，也不想与寅虎讲什么客气。

“将军唤我不知有何事？”林渺淡淡地问道。

寅虎深望了林渺一眼，不愠不火地反问道：“你可知道这样是对本将军的极度无礼，当以军规治罪？”

林渺冷笑了一声道：“将军要杀林渺便像是捻死一只蚂蚁那样简单，根本就不必谈军规。何况这里本就是将军说了算，谁也不敢说将军滥杀无辜。”

“你对本将军很有成见？”寅虎依然语调平缓地反问道。

“也不是特别有，说实话，也许这并不是你的错，朝中的官哪个不是官官相护？谁能够保证自己有多么正派的作风？你助纣为虐也并不值得奇怪。”林渺横下一条心，也便不再顾忌口舌，冷笑道。

寅虎的脸色微变，一拍桌案，怒叱道：“大胆，难道你不怕本将军将你斩首示众吗？”

“我本就没有选择的权利，生亦何欢，死亦何惧？将军让我来不就是有此打算吗？”林渺神色平静地反问道。

寅虎不由得又恢复了冷静，只是淡淡地笑了笑道：“还真有些个性，你知道孔庸要杀你？”

林渺一怔，他倒不明白寅虎的话意了。寅虎的口气之中似乎对孔庸并不满，而且是直呼其名，不过，他也没有考虑太多，不屑地道：“这又不是什么秘密，他想除掉我并不是一天两天的事情！”

“他为什么要杀你？难道他想杀你还会是一件难事？”寅虎又反问道，他似乎对这之中的问题极感兴趣。

“这只是我跟他之间的事，也可以说，有些人要杀人并不需要理由！”林渺依然不冷不热地道。

寅虎不由得淡淡地笑了，悠然道：“他是让我杀了你，但是我拒绝了他，因为你来到了军营之中，你的生命便是属于国家，要死，也只能战死沙场，任何人都没有权利私自剥夺你的生命！”

林渺讶异地望着寅虎那认真的表情，却不知道他的话是否是真的。

“你可以放心地待在军营之中，本将军绝不会无故处死自己的属下，一个好的将军，他所有的荣誉不是他自己所创造的，而是他手下的每一位战士的功劳，只有与战士同甘共苦的将军才能够有所作为，这是严尤大将军教导的话。是以，只要你好好地尽一个战士的职责，别说是孔庸，便是孔森也不敢到军营中来为难你，但国有国法，军有军规，如果你有违军规，本将军绝不会轻饶！”寅虎傲然而冷肃地道。

林渺顿时对这位将军的印象大为改观，不由得道：“谢谢将军！”

“本将军是爱才之人，我将推荐你去严尤大将军的精锐营中，希望我没有看错你！我会派人去通知你的家人，让他们放心。”寅虎肃然道。

林渺心神一震，此时，他才知道，寅虎实际上是名震天下的严尤大将军的下属。他自然知道严尤治军有方，不畏强权，其手下将领都是精英，寅虎拒绝孔庸也并不是没有可能的事，不由得大喜谢恩，但是心中却仍想找机会偷偷开溜。

寅虎似乎看穿了林渺的心思，淡漠地道：“这是一个历练的机会，如果你能够得大将军赏识，说不定他日也可成个万户侯，大丈夫当建功立业，否则你永远只能是混混，受人藐视和欺辱，你想好了！”

林渺心中再震，不由得犹豫了，寅虎所说的话没错，若是逃回天和街还不是一名小混混？仍是受孔庸的欺辱！他林渺一向自命不凡，难道就不可在军中创一番功业？日后回来让孔庸给自己提鞋？心道："他孔庸算哪根葱，不过是个二世祖罢了，就仗着有个好老子，我林渺也曾是书香门弟，文采风流也许不及刘秀、邓禹之流，但比那孔庸岂不强百倍？老子自要创一番功业给世人看看，老子不只是混混……"想到这里，忙诚恳地谢道："多谢将军提醒，林渺定不负所望！"

宛城，相传最早为夏人所居之地，开发之早可见一斑。此地平原广阔，物产丰富，又"西通武关、郧关，东南受汉、江、淮"，交通便利，可算是西部一大都会。

今宛城乃南阳郡中心，联城数十，多聚富商大贾，其繁荣不言而知。

虽天下渐乱，但烽火狼烟犹未能燃至此地，周围数十城层层相护，宛城可谓是固若金汤。

不过，宛城也有乱城贼子。

乱世之中，渴求平安只是痴人说梦，世间酷吏冤民自不在少数。

乱世，人情冷落，世态炎凉，虽宛城乃富饶丰裕之地，但在天下酷政之下，也不免民心沮丧，百无聊赖，加之四方难民相聚而至，不免也使宛城鱼蛇混杂，更是热闹非凡。

最为热闹之处，莫过于西城刑场。

血腥，似乎已是唯一可以激起人们心潮的事物。虽然，白骨遍野，无时不在死人，但是法场之上的刺激仍能使人麻木的神经稍感兴奋。

法场之上，一刀断魂，血溅五步，对于茫然度日的闲人来说，确实是一场好戏，绝不逊于街头血斗。

今日，西城法场依然有好戏上台，要斩之人乃是杜茂，没人能忘记几个月前这个在石头桥上力杀姓伟的英雄人物。因此，西城法场今日比昔日任何时刻都要热闹。时近午时，人潮如海，皆翘首以待囚车到来。

刘秀米行，早市大开，但中午也不免关门大吉。

买米之人微有怨词，但刘秀却以囚犯将至，怕煞气相冲而不吉利，是以关门不卖谷米，加之平时刘秀人缘不错，自也没人相怪。

其实，刘秀自不怕煞气相冲，他也并非第一次见到死囚上法场。当然，这个原因只有邓禹知晓。

邓禹乃刘秀最好的知交，昔日同在长安求学、习武，文采风流可谓让宛城众儒瞩目，不过，他比刘秀却要小上数岁。

邓禹已经备好了上好的谷酒，这可是他自家所酿，其味之佳便连南阳侯王兴也对这谷酒赞赏不已。

昔年安众侯刘崇与相爷张绍在南阳起兵讨伐王莽，后安众侯被灭，而王兴助王莽夺得帝位立下了汗马功劳，又因是皇帝宗亲，是以王莽封其为南阳侯，统辖十县之众。

王兴可谓是宛城的小皇帝，今日之斩令便是王兴亲自所下。

“哐……哐……”一阵锣响之后，顿时人声鼎沸，不看便知是囚车行过。

推开窗子，邓禹和刘秀打量了一下街头行过的押解囚犯的队伍。

队伍极长，人人皆是全副武装，约有两百人之数，开路的是二十名侯府的骑卫，在囚车后面还有二十余名都骑军，余者尽为步兵。

“哇，这么多人！”邓禹不由得低叫了一声。

“你这断头酒还送不送？”刘秀在一边打趣问道。

邓禹白了刘秀一眼，肯定地道：“我邓禹决定了的事情从不会半途而退，大哥你太小看我了，就凭他杜茂这个名字，我也要敬他这一碗断头酒！”

“看，来了！”刘秀小声地提醒了一声。

邓禹循刘秀的目光望去，果见一辆镔铁所铸的大囚车缓缓使来，顿时，满街俱寂，所有人的目光都投向了这辆三马所拉的囚笼车。

只见囚笼中之人衣衫尽裂，蓬头垢面，浑身血痕，双手与双脚全以铁链相锁，头颅却是露在囚笼之外。

这才是今日真正的主犯杜茂，也便是杀死贪官李辉一家五口和让都统衙门中好手折损十余人而不得不劳动齐家高手的凶手。

“杜茂！杜茂……”不知道是谁领头高声喊了一句。

顿时，满街的百姓全都跟着喊起了这个名字，喊声之中，充满了敬佩和惋惜，激昂而又让人感到热血沸腾。

杜茂本来静闭的眼睛睁了开来，目光竟显得无比的柔和，略带疲惫的面容，绽出了一丝难得的笑容，笑容牵动了脸上的伤口，虽然略显狰狞，但更多的却是沧桑与无奈。

“杜茂……”呼声依然是一浪高过一浪。

杜茂的心仿佛也像冰一样融化了，对于死亡，他并不在意，自从他懂事以来，从来都未曾害怕过死亡，他只害怕这个世界越来越黑暗，人情越来越淡薄，他害怕这个世态炎凉的世界将芸芸众生推向万劫不复之境。是以，他奋发图强，他惩奸除恶，浪迹江湖……他一直在寻找，却不知道自己究竟想寻找什么东西。

不过，这一刻杜茂知道了自己所寻之物是什么，所以，那双虎目之中竟淌下了两行热泪。

“谢谢，谢谢乡亲们！”杜茂突然之间高声呼道：“得见乡亲们如此，我杜茂虽死无憾……”

“好！好汉子！好汉子……”有人高呼，百姓也全都跟着高呼，一时间，人潮涌动，随着囚车一拥而上。

“让开！让开……”王府骑士马鞭高扬，挡路者皆不免挨受鞭笞之苦，那些护着囚车的官兵一个个都极为紧张，若是这里出了什么乱子的话，他们还真无法向都统衙门交代。不过让他们微微放心的便是，这回由齐府高手亲自监送囚犯，当然，这还是侯爷王兴亲自向齐家要求的。

宛城齐家乃是南阳郡首富，不仅富甲一方，其府中更是高手如云，即使是南阳侯侯府也没有齐府的高手多，而齐府之主齐万寿更有南阳第一高手之称，其地位之尊，便是朝中之人也无不知晓，王莽昔日也曾与齐万寿交好过，而今日之宛城，齐万寿与侯爷王兴亲如一家，这是众所周知的。

邓禹与刘秀相视望了一眼，刘秀赞道："果然是一条汉子!"

"只可惜这个世上好人不长寿!"邓禹有些愤然道。

"不过，能见乡亲们仍可辨明是非，为他喝彩，也应该是一件喜事，至少百姓善恶观仍然健在!"刘秀若有所思地道。

"不说了，走吧，我们也去法场，为他老兄送行，让他在黄泉路上好有美酒相伴，也不枉其英烈一场了。"邓禹出言道。

西城法场，占地十亩，西靠城墙，东为一小山坡，法场实为山坡后的一块平地，而山坡之上建着宛城的司役庙。此地也是主持祭祀之所，同时也可作为监斩官的暂休之处。

法场之上，竖着二十根梓木大柱，不过，今日却无二十名死囚。

死囚共十二名，杜茂便在中间那根最粗的大木柱之上被绑着，手脚皆锁了重铁链。

没有人敢疏忽杜茂，这本身就是一个极度危险的人物，即使是齐万寿也不敢疏忽这个人的存在。

其余的死囚只是跪在木柱之前，双手反绑，后插斩标，只待午时一到，便人头落地。

此刻太阳正烈，监斩官只是坐在司役庙外的廊檐之下。

都统军和骑卫在四面挡住汹涌的人群，看得监斩官额头微微有些冒汗。

四面的百姓也渐渐安静下来了，随着太阳渐渐升上中天，人们变得鸦雀无声，仿佛预示着一切将在下一瞬间发生。

也或许，这只是人们在以一种另类的形式为死犯默哀，他们好像少了往日观看处死重犯的激情。或许，只是因为杜茂那不可磨灭的气概和那份坦然自若的豪情。

人们并不是是非不分，他们也有恨，只是“恨”被麻木的心给深埋在最深处，而杜茂却激活了他们的恨。他们知道，李辉绝对该死，身为宛城的五均官，非但不思为百姓造福，反而以最苛刻的方式欺诈百姓，贪赃枉法，宛城之中，没有平民百姓不诅咒他死，而杜茂却出手杀了李辉，这自然不能不让百姓感激。可是，这个世上的好人似乎都注定不能有个完美的结局。

“午时已到，开刀问斩！”监斩官拔出令箭，望了望天空，高声喝道。

“慢！”一声高喝自人群之中传出。

所有人的目光全都向声音传来之处望去，只见邓禹捧着一坛酒分开官兵踏入法场之中，刘秀紧随其后。

官兵一震，他们自然不会不认识邓禹和刘秀，是以他们并未阻挡。

“来者何人?”监斩官令箭将抛未抛，有些恼怒地喝问道。

“草民邓禹！”、“草民刘秀见过司吏大人！”邓禹和刘秀同时对着监斩官恭敬地道。

监斩官本欲发怒问罪，但听到这两个名字，顿时怒气稍减，声音变得和缓地问道：“原来是二位，不知二位阻止本官执法，究竟是何用意?”

“回禀大人，草民并无意阻止大人执法，只是我二人敬重杜茂是一条汉子，是以欲送上断头之酒，以壮其行色而已！”刘秀客气地道。

刘秀的话顿时引得四面百姓议论纷纷，许多人都听说过刘秀和邓禹的名头，这两人不仅与南阳的士人相熟，更喜交游，加之刘秀又开米行，是以市井百姓也极熟络。刘秀和邓禹之文采极为绝妙，南阳士人无不欣赏，是以上到达官显贵，下至市井小民，对刘秀和邓禹皆有耳闻，更有许多人知道，刘秀与邓禹乃是文武兼修，武功之高，即使是齐府之中也没几人可比。因此，这两人出面立刻引来了一阵骚动。

监斩官听两人这么一说，也便释然，尽管他不想节外生枝地闹出一些什么事来，但是碍于刘秀和邓禹的面子，他只好故作大方地道："好吧，本官便准你二人向死囚送上断头酒！"

"谢大人！"邓禹高举酒坛谢恩，这才与刘秀举步向杜茂行去。

监斩官身边的齐家高手目光却紧紧地盯着邓禹和刘秀，虽然他们知道侯爷和齐万寿对这两个年轻人也都很欣赏，但是他们更明白，若是这两个人捣乱，事情可就会很复杂了。

当然，监斩官却没有这么多的疑虑，刘秀和邓禹在宛城可是有家当而且是极有名望的年轻人，就算是这两人捣乱，他完全可将责任推到这两人身上，是以，既然刘秀与邓禹双双出面，他也便懒得操心。

杜茂一直都在昂首打量着邓禹和刘秀两人，他在宛城之时，当然听说过这两位的名字。

邓禹的目光与杜茂的目光一触，两人同时爆出一抹异彩。

刘秀的眸子之中却只有惋惜，在他的眼里，杜茂确实是一个人物，但其生不逢时。

"杜兄，这是我邓禹与吾兄刘秀同敬之酒，以壮杜兄赴黄泉之胆色！"邓禹将酒坛双手送上。

"当啷……"刀斧手为杜茂解开一只手的铁链。

杜茂接过酒坛，再次打量了刘秀和邓禹一眼，仰头便将一整坛酒全部倒入喉中，并顺手摔破酒坛，朗声大笑起来。

邓禹和刘秀心中暗赞。

"好酒！好酒！以五谷精酿，想来便是邓公子家中所酿精品了。"杜茂伸手一捋胡须之上的酒滴又放入口中，其态甚豪。

"杜兄果是识酒之人，正是小弟所酿之物。"邓禹也不作掩饰地道。

“酒好人更好！两位之情我杜茂只有来生再报了，两位请了！”杜茂说话之间依然不减半分傲气，仿佛根本就不将死亡放在眼里。

刘秀和邓禹心头一震，同声道：“好汉子！如果真有来生，我们定要与你共谋一醉！”

“好！那我们就来生再见吧！”杜茂又爽朗地笑了起来。

“杜兄可有何遗言或遗愿，我刘秀不才，若能尽力之处定不吝啬绵薄之力！”刘秀肃然道。

“哦，刘兄弟好意心领了，我之心愿，你无法完成，遗言也免了，不过，我的心愿自会有人为我去实现！”杜茂怆然道。

“哦?”邓禹也有些讶异。

杜茂再次仰天大笑，声震四野。

第四章　法场风云

刘秀拉了一下邓禹，邓禹立刻明白，两人在杜茂大笑声中向法场外退去。

半晌，杜茂才歇住笑声，向刘秀所退的方向高喊道："刘兄弟，你看着吧，杀我杜茂一人，会有千万个杜茂站起来，终有一日，乾坤定会恢复朗朗清明的……"

"好！好汉子……"一时之间，四下百姓群情高涨，皆被杜茂那视死如归的豪气所感。

"午时已到，行刑!"监斩官斩令高举，立身而起，扬言高喝道。

"嗖……"就在监斩官斩令刚抛之际，一支冷箭自暗中直射监斩官的面门。

"啊……"监斩官大惊，尖叫起来，他似乎忘了身边尚有齐家高手。

"叮……"出手的乃是齐万寿的五弟子，哑虎齐冲!

"杜大哥，我来救你了!"一声高喝响起，人群之中，一道灰影如大鸟般向杜茂扑去。

"守护法场!"监斩官死里逃生，顿时慌了手脚，高声呼道。

"嗖……嗖……"四面的官兵一抖袍袖，自宽大的袖口之间竟滑出了一张张弩机。

官兵全都是有备而来，仿佛他们早就知道会有人劫法场。

刘秀和邓禹大吃了一惊，他们倒没有想到在守卫如此严密的情况下，仍有人胆敢劫法场。他们抬头向空中那道灰影望去，只见那人双臂一展，自袖间飞射出十数支短矢，那些正张弩欲射的官兵立刻倒下十余人。

刘秀和邓禹更惊，劫法场之人的手法之妙，角度之精准分毫不差。

“快斩!”监斩官高喝道。

刀斧手们也急了，哪里还犹豫？大刀急速挥落，眼看杜茂便要人头落地，蓦地那刀斧手惨号而倒，扑地而死。

“杜老大，我们来救你了!”四周人群全部骚乱起来，一群身着民装的汉子纷纷亮出刀来，斩杀身边的官兵，向法场上冲去。

刘秀望着斩杀杜茂的刀斧手扑地而亡之际，脸色大变，一拉邓禹，惊问道：“四弟你做了什么？”

邓禹神秘地一笑，轻声道：“我只是不想这般英雄人物就这般死了，所以只好助这群人一臂之力。”

“四弟，你闯下大祸了，难道你忘了齐家许多人都识得你暗夜流星的手法？若是他们看出来了，你如何脱离干系？”刘秀大惊失色道。

邓禹也神色大变，他一时之间倒忘了改换其他的手法发暗器，此刻一听刘秀所言，顿时惊出了一身冷汗。

“那可如何是好？”邓禹急问道。

“我们必须立刻离开宛城，否则定无法走脱。”刘秀断然道。

“可是我们的生意？”邓禹急了。

“这也没办法，立刻让人搬走东西!”刘秀果决地道。

邓禹也知道自己闯下大祸了，要知道李辉乃是当朝巨贪薛子仲的女婿，薛子仲乃是王莽宠臣之一，把持全国各地五均六院之事，不仅权大，更富可敌国，与齐万寿这等富商也关系密切，而杜茂更是朝中重犯，他这个一时的冲动竟酿成如此大祸。

“不，我去把那刀斧手的尸体毁掉。”邓禹道。

“你疯了，你进去了，根本就出不来!”刘秀一把拉住邓禹急道。

邓禹扭头望了一眼，只见司役庙门口的哑虎齐冲和众齐家的高手已飞身而下。

“吴汉!”邓禹不由得低呼了一声。

刘秀也看清了那劫法场之人，竟是与他们极为相熟的亭长吴汉。在宛城之中，吴汉虽身份地位不很高，可声望却不小，而且吴汉所辖之地正是他们所居之处。

“吴汉，你胆敢大闹法场，给我一并拿下!”监斩官也认出了吴汉，大喝道。

“哈哈哈……”吴汉大笑着朗声道：“今日挡我者死!”

“逆贼敢口出狂言，我要让你知道宛城不是没有能人!”哑虎如风般扑至。

官兵的弩机一阵狂射，但才射一箭，有些根本就没有来得及射，便纷纷惨号着抛下弩机，捂住双眼。

刘秀低低地惊呼了一声，邓禹却惊讶地叫了出口：“叶落无声针!”

“看来今日还真是热闹，我们或许可以不用离开宛城!”刘秀微有些侥幸地道。

“连沈青衣也来了，这杜茂的面子还真大。”邓禹自语道。

吴汉望着哑虎扑至，右手一扬，两道黑影直射而出。

哑虎齐冲冷哼出剑，准确无比地挡住两点黑影。

“噗噗……”两道黑影一触剑身立刻爆裂成两团黑色的烟雾。

“看不毒死你!”吴汉哈哈大笑道，同时以刀护身拨开射来的箭矢直向杜茂扑去。

杜茂一声低吼，身后的大木柱应声而折，那缠着铁链的梓木全都震成碎片，双手和双脚立刻自木柱之上松脱开来，虽然尚不能够震开铁链，但他已经可以自由活动了。

“杀呀……”吴汉似乎带来了数十人之多，一时之间，形势混乱至极，吴汉更是见官兵就杀。

哑虎齐冲遇上那黑雾不禁吓了一跳，听吴汉那么一说，虽明知吴汉可能只是吓唬人的，但是他哪里敢亲身犯险，只得疾退。

事情变化得太快，那两团黑烟迅速扩散，很快将方圆六七丈都罩在其中，漆黑一片，伸手不见五指。

“好！”邓禹望了刘秀一眼，道：“大哥，我想去将那具尸体毁掉！”

刘秀见法场陷入了一片黑暗之中，若想浑水摸鱼确实是个很好的机会，而只有毁掉那具尸体，他们才能够真正地高枕无忧。虽然刘秀有些暗怪邓禹太任性而为，但既然事情已经发生，他便只好想法解决了，正所谓不怕一万，就怕万一。

“你记得那尸体的方位吗？”刘秀低声问道。

“自然记得！”邓禹自信地道。

“好！我在这里为你接应。”刘秀点头道。

邓禹闻言，趁烟雾散来之际，掠身投入黑暗的烟雾之中。他知道吴汉所用的并不是什么毒烟，而是瘴弹，最多只会使人呕吐，而不会对身体有什么伤害，以他的见闻自然清楚这一点。

百姓四散而逃，数以千计的人，相互拥挤、踩踏，死伤不在少数，自四面赶来法场的官兵也全都被人潮冲得七零八落，东倒西歪，那些胡同和街道也都堵满了，刘秀也在人潮之中缓移，但他的目光却始终投向烟雾之中。

邓禹急速横移，他的记忆力极为惊人，认方位更是一绝，所以他绝不担心会在烟雾之中迷失方向。可是当他快到那名刀斧手的尸身边时，突感一股强大的劲风自侧面冲来。

邓禹吃了一惊，黑暗之中，他根本就不知道对方是谁，只好侧身相挡。

“轰……”邓禹和那人双手相触，两股巨力相冲之下，各退数步。

“好掌力！”

邓禹吃了一惊，他听出了这是吴汉的声音，不由得微急，他可不想与吴汉交手，不禁小声道：“你找错人了。”

吴汉在黑暗之中似愣了一下，邓禹却又感到另一股锐风袭来，显然是一个用剑的高手。他也顾不了许多，只得侧身而避，但黑暗之中那柄剑如长了眼睛一般，随邓禹之动而动。

“你跑不掉的！”那剑手似乎对这一剑极为自信，并感觉到邓禹的窘态，冷哼道。

邓禹再吃一惊，他听出这是哑虎齐冲的声音，显然哑虎齐冲也把他当成了劫法场之人，而他刚才与吴汉一对话，齐冲立刻误以为他是与吴汉一伙的。在黑暗之中，齐冲根本不敢乱出手，可是既知邓禹与吴汉相熟，他自然不会手下留情。

邓禹换了十八种身法，退了两丈仍无法避开这一剑的追势，知道若是还不出手，只怕真会死于哑虎的剑下。他之所以一退再退，便是不想暴露武功，但在危急之中，他也顾不了这许多了。

邓禹出手，指如兰花一般弹出，若是有光亮，定可见其指优美若灵蛇轻舞，但在黑暗之中却只有无数道劲风破空。

哑虎齐冲倏觉无数道劲风破过剑网反袭向他的身体，不禁吃了一惊，在刚才他这一口气紧逼之下，对方似乎没有还手之力，谁知又突然反击，而且一出手便如此凶猛！齐冲一惊之下，手中的剑势一滞，竟被荡至一边。

哑虎暗叫不好之际，一缕指风直袭他前胸，他骇然退回之时，挥手疾挡。

“哧……”哑虎一声惨哼，握拳的手背差点没被戳穿。

哑虎惨哼之际，那股劲风又至，骇得他一退再退。

邓禹也不再紧逼，迅速疾退，也不再去找那具尸体了。

而此时的刘秀正在着急，倏见白影一闪，邓禹已到了他的身边。

“大哥，快走！”邓禹一拉刘秀的手，便向人潮之中钻去。

“有没有毁掉尸体？”刘秀问道。

“这下可真是更糟了，我刚才和哑虎交了手，就是他不识我的天一禅指，只要他一说，齐万寿也定会立刻知道是我出的手！”邓禹急道。

“啊!”刘秀一呆。

“大哥，都怪我不好，为你惹了这个麻烦!”邓禹满怀歉意地道。

刘秀不禁叹了一口气，道：“我们兄弟哪用说这种话？看来，我们只有离开宛城了!”

“一人做事一人当，我自去投案，大哥便不必离……”

“胡说！我们兄弟五人，曾共同立过誓，我这点家业又算什么？我看还是去春陵我兄长那里好了。”刘秀打断邓禹的话，肃然道。

邓禹见刘秀这样子，只好不再说什么，突地，他低叫了一声：“沈青衣!”

刘秀循声望去，果见一眉目清秀的女子正与杜茂混在人群之中向外冲去，不时回头扬手，而官兵一个个地倒下，吴汉也自黑雾之中杀了出来。

吴汉所领的近二十余人，只剩下七八人杀出，在官兵的弩矢之下，能侥幸不死，皆是好手。

刘秀忍不住赞道：“好汉子!”

“他的武功不比我差!”邓禹道。

“哦。”刘秀望了他一眼，却没说什么，拉着邓禹也随人群纷散而去。

宛城大乱，吴汉诸人竟带着杜茂逃出了法场，而刘秀回到米行，立刻唤来老账房刘忠。

刘忠乃是刘秀的本家，原是其叔父刘良的管家，曾随其叔父走过许多地方，便是刘良任萧县（今江苏萧县北）县令之时，也把刘忠带着。而那时刘秀随其叔父在萧县念书，刘良罢官之后，刘忠又随其返回家乡，成为刘家管家，后刘秀到长安求学，遍访名师，后学业完成，更习得一身绝学返回家乡，便在宛城开了一间粮店，而刘忠便来帮刘秀理账。是以，刘忠乃是刘秀极为信任之人。

刘秀没有隐瞒邓禹之事，全都向刘忠说了。

刘忠听完脸色微变，但他毕竟是见过大风大浪之人，更对刘秀十分了解，自小便看着刘秀长大，哪还不明白刘秀的意思？

“少爷是要离开宛城去春陵？”刘忠问道。

“不错，我们必须立刻离开，迟恐不及！”刘秀断然道。

“好！我立刻打发走阿福，少爷你放心，这里便交给我打理好了。”刘忠淡淡一笑道。

“可是，他们不会放过忠叔的，你也要尽快离开宛城才是。”刘秀叮嘱道。

“我不会有事的，都这么多年了。公子一出城，我便立刻开门，将粮食以公子的名义分发给难民，即使是官府想查也不会留下半点东西！”刘忠平静地道。

“忠叔之话正合我意！齐家对我这个粮店早就眼红了，定不会放过这些粮食，与其给官府，还不如给难民！”刘秀欣然道。

“我立刻为少爷去收拾东西，我会将这里的金银送到二姑爷庄里。”刘忠道。

刘秀点点头，刘忠做事他极为放心。“忠叔，不要把这件事情告诉二姐，她会很担心的。”

“我知道。”

宛城四大城门紧闭，任何人都不得随便出入，除非有都统衙门的文书，或侯爷的手谕。当然，齐府中的重要人物又当例外。

刘秀和邓禹本欲快速出城，现在看来已经不可能了，除非他们自城头跃下，否则根本就不可能逃得出城去。

“怎么办？”邓禹问道。

“我们只好等到晚上再行动，但愿他们不会这么快便发现你出手之事！”刘秀吸了口气，无可奈何地道。

“有了，我们可以去西城法场！”邓禹突然面显喜色道。

“西城法场？”刘秀眼睛也一亮。

“不错，若是我们在司役庙中，他们保证一时想不到，只要到了晚上，我们便可以自西城而出！”邓禹道。

“好！那我们就来个置之死地而后生，赌他一次吧！”刘秀同意道，立刻拉着邓禹向西城法场而去。

而此刻的西城法场遍地血迹，尸体皆已被人拖走，现场显然已被清理，本来热闹至极的法场此时像死域一般沉寂。

刘秀可没敢自法场正面进入司役庙，无论什么时候，司役庙之中都有人看守，只不过是多少的问题。

司役庙之中所放的一般都是死囚的尸身，以及一些刑具与祭物，因此，并没有多少人看守，今日里面应该会放着许多尸首等待处理。是以，邓禹选择这样一个地方藏身确实绝妙，越是危险之地就越安全，自然不会有人怀疑到这里。

而邓禹在自南城门向西城赶来之时，便听说了他的酒坊被封，知道自己的侥幸已经不存在了，他和刘秀只会被当作与吴汉这等凶犯同等对待。

刘秀也知道，刘忠开始向难民散粮，只看那些难民人潮涌动的方向就可猜到。刘忠行事之利落，刘秀极为放心。

只凭司役庙中的那几个护卫自是不会发现刘秀和邓禹悄悄潜入，他们是自庙后方偷潜而入的，而这里正是停尸房，自然没有人愿意到这种地方来巡逻。是以，邓禹和刘秀轻易地潜了进去。

刘秀和邓禹刚潜入司役庙的停尸房，便听得一串脚步之声渐渐传来。

“有人来了！”邓禹向刘秀递了个眼色，低声道。

刘秀望了一眼四下摆着的数十具以白布掩盖的尸体，眉头微微一皱，指了指那木架之下。

邓禹立刻会意，两人一人选了一个靠窗的位置藏于木架之下，双手抓着木架底板的横梁。由于木架离地仅尺半，若不是有人刻意低头查看，绝难发现有人藏于其下。

刘秀和邓禹刚藏好身，便有人打开停尸房的铁门，只听一护卫的声音传来道："齐副总管请进，所有的尸首全都在其中。"

"好了，没你们的事了。"

刘秀识得这是都统府的教头胡彪的声音，他顿时也明白这护卫口中所说的齐副总管乃是齐府的第五高手齐子叔，不禁心中暗惊。

刘秀自然知道此人的武功可怕，虽然在齐府之中排名第五，但在江湖之中已是不可多得的高手，即使是他全力而为，恐怕也不一定能够胜齐子叔一招半式，只是他没有想到齐子叔会这么快便来到这里。

"这些尸体的伤痕他们可有动过?"齐子叔的声音微有些苍老，却很浑厚。

"谅他们也不敢乱动，乃是都骑军将人拖进来的!"胡彪道。

"嗯。"齐子叔的脚步声几乎是轻不可闻，但他似乎开始掀死者身上的白布。

刘秀和邓禹不敢有丝毫的喘息之声，生怕被齐子叔发觉，听那脚步之声，在这个房间之中倒有五人走动，另外三人要么是都统府的，要么是齐家的。

齐家派出齐子叔，看来南阳侯王兴还真的非常在意此事。

"我道是谁吃了熊心豹子胆，敢在宛城劫法场，原来沈青衣这贼婆娘也来了!"齐子叔冷哼着道，他似乎在验检着尸身的伤口，想必欲自伤口或兵器的特征来查知敌人究竟是何人。

"这个吴汉倒让老夫看走了眼，他竟是段老怪的传人!"齐子叔自言自语地道。

刘秀心都提到嗓子眼上了，所幸齐子叔只是稍看了一眼他上面架子上的死者，并未停留，便径直走了过去。

"这人是死在暗夜流星的暗器之下，宛城中会暗夜流星手法的人只有邓禹那小子，看来冲儿倒没有冤枉他，想不到这小子居然也是与杜茂一伙的，活该刘秀那小子跟着倒霉!"齐子叔似是在审视那刀斧手的伤口，摇头自语道。

邓禹心中反倒平静了下来，他早就知道，他的暗器手法瞒不过齐子叔，何况他早已是通缉犯，也不会在意齐子叔怎么说，他只是有些后悔当时不该太过冲动，以至于拖累了刘秀，不过事到如今也没什么好说的了。

齐子叔看遍了每一具尸体，似乎并不打算在这里停留太长时间，转头向胡彪道："教头可以让人去抓刘秀并抄他的家了！"

"是！"胡彪领命而去，现在证据确凿，他也不能袒护刘秀，尽管平日里他与刘秀的关系不错。

刘秀心中好笑，对方此刻赶去的话，只怕早已人楼两空，不会有任何东西留下了。他也明白，若单凭齐冲的那点猜测，没有谁敢轻易对他出手，就凭他在宛城的影响力，便是齐府想动他也要先估量一下。是以，他很放心刘忠的处理。

"哐当……"大铁门又关了起来。

刘秀和邓禹暗松了一口气，但在倏然之间，刘秀听到一个极为轻微的呼吸声便在自己身边不远处传来。

以他的听觉，自然不会出错，一时之间，即使是胆大如他者，也禁不住毛骨悚然。刘秀循声望去，却骇然发现与他不到一丈远的架子底下，如壁虎一般倒附着一人，却绝不是邓禹。

刘秀的目光才投注过去，便发现那人也在望着他，目光锐如利刃。

"你是什么人？"刘秀小声问道。

"你又是什么人？"那人反问刘秀。

邓禹于此时也发现了这第三者的存在，迅速自架子之下滚出。

"只好对不起了！"邓禹冷哼着出腿疾扫架底的第三者。

那人微怒，却也如树懒一样自架底滚落，在出架子范围之时，身形迅速弹起。

邓禹腰一借力，如一张大弓般弹射而起，双手化成千万朵莲影直取那第三者。

那人的年龄不大，与邓禹似乎也相差无几。见邓禹再次攻来，他神色间露出一丝愤然，冷哼道："你以为我会怕你吗?"

"那最好!"邓禹也不理会，他可不想让别人知道他兄弟二人藏于此地，而对方的身份不明，若是向外透露了他们的行踪，只怕他们还真的会困死于宛城之中，是以，他不能不用杀人灭口的手段来对付这个对手。

邓禹自不会将对手放在眼里，在宛城之中，他极为自负，虽然城中高手如云，各行各业之中都可能隐居着许多高手，不过，在同龄人之中邓禹可还没有遇上几个，加之他文采过人，除刘秀之外他还从不服谁。

那年轻人见邓禹的攻势，眼中显出一丝讶异之色，但却没有半点慌乱，双手一圈，在空中画了半个圆，指心一吞一吐之间有若灵蛇出洞，形象至极。

邓禹眼见便要击中对方的胸膛，倏觉右手臂一沉，他双手所化出的千万朵莲花顿时幻灭，对方的手如蛇一般搭在他的腕部，又像一条吸血的蚂蝗黏而不脱。

邓禹大吃一惊，急忙撤手，侧身以左肘相撞，一切都快若疾电。

那人似也没有料到邓禹变招如此之快，他只好撤招而退，事实上，他也太过轻敌，正如邓禹轻敌一样。

邓禹也不追，与那人同时后退两步，邓禹却发现自己手腕之上多了几道红印，显然是刚才对方手指搭上来的结果。

"好功夫!"邓禹低赞了一声，同时再次出手，这次他再也不敢稍有轻敌之心，刚才险些吃了大亏。

"你也不赖!"那年轻人也低叫了一声，不退反进，直迎邓禹。

"哗……"正在此时倏闻窗外传来一声炸雷般的爆响，暴风雨似乎也要在这个时候来凑热闹。

刘秀没有出手，但他的眼中闪过一丝惊讶之色，惊讶于这年轻人的武功，虽然他知道邓禹不会有事，可是他也看出两人的第一个回合，邓禹实际上已吃了一些亏，而且邓禹不一定能胜过这年轻人。

刘秀惊讶于这年轻人那古怪的招式，仿佛有着难以想象的威力。

邓禹这次学乖了，自不会再给对方黏腕的机会，出拳如风，快进快攻。

那年轻人也绝不示弱，仅在最初退了两步，后又立刻稳住身子，却是不紧不慢，以缓制快，整个身子仿佛是没有骨头一般，任意扭曲，双臂画着大大小小的圈子，泰然自若地接下邓禹所有的攻势。片刻之间，两人便交手了数十招，在架子上的尸体之间如蝶飞蜂舞般跃动，但都尽力不发出任何声音，而这阵及时的雷雨也给他们作了很好的掩饰，使外面的人根本听不见这停尸房内的动静。

“哗哗……”雨点洒落在瓦面之上，发出一阵脆响，这场雨也确实很大，而光线亦逐渐变暗。

刘秀一动不动地注视着邓禹与那年轻人的交手，仔细地观察着年轻人的招式和出手的角度，越看越惊。

这年轻人所学之博竟不逊于他，甚至有许多刘秀从未见过的招式，若非邓禹所学极纯，只怕会败在这年轻人怪异的武功之下。

正在此时，刘秀耳朵一动，隐隐听到又有脚步之声传至，不由大惊，忙低声道：“住手！”同时出手插入两人之间，将两人力分而开。

邓禹与那年轻人一惊，一怔之际，立刻明白刘秀分开他们的意图，因为他们也听到了脚步之声，而且来人似乎不少。

三人一怔，心头全都一沉。

“他们发现了我们的行迹？”邓禹微急道。

“都是你们！”那年轻人似乎也有些恼。

“你……”

“都别争了，先看看情况再说！”刘秀打断邓禹的话，小声道。

邓禹向那年轻人瞪了一眼，却只好依刘秀之意藏身于原地。

“这些尸体必须尽快掩埋掉，若京城来查问死伤多少人，你们应该怎么说？”一个阴冷的声音传了进来。

“死了五人，伤了七人!”几名护卫异口同声道。

“嗯，不过，还要报少一些，死了三人，伤了五人!”那阴冷的声音又传了进来，显然是在与众官兵串口供。

“那些劫匪又是些什么人?”那阴冷的声音又问道。

“只是几个不登场面的小贼。”一队护卫又齐声道。

“那为什么他们能够大闹法场而去?”那阴冷的声音又问道。

“是因为逆贼刘秀和邓禹使毒，这才趁乱劫走了重犯!”那队护卫道。

“好！你们说得很好!”那阴冷的声音赞道，但随即又问道：“如果有人问，听说这里贼乱极多，民不聊生，你们又该怎么回答?”

“那只是谣言而已，我们南阳郡可是百姓安居乐业，人心安定!”

“很好，不日，钦差便要来宛城，查问此事时，你们便依今日所述之法说，后果自有侯爷和都统大人承担，若有谁敢说半句坏话者，定斩不恕!”那阴冷的声音又传了进来。

刘秀和邓禹不由得面面相觑，他们似乎没有料到这些人乃是来串口供的，更将罪名嫁祸到他们兄弟的头上。他们当然明白王兴这样做的目的，那便是报喜不报忧，欺瞒钦差而制造出他治理南阳有方的假象。

其实，这种行为蔚然成风，天下各地都极为常见。

此际烽烟四起，王莽暴政已使四方动乱，每日王莽所听到的都是坏消息，这使王莽更暴戾，更疯狂，一些奸佞之臣则揣摩着王莽的心思，尽做一些假象哄上欺下。王兴如此做，刘秀也不觉得意外。

“好！你们便将这些尸体运到西城之外埋掉，动作要利索，不许让太多人的知晓!”那阴冷的声音又吩咐道。

“属下明白!”

刘秀与邓禹相视望了一眼，立时大喜过望，目光同时投向另一年轻人，那人也会意地笑了。

两辆马车迅速自西城门行出，虽然城门口把守极严，但是这两辆拖运尸身的马车有着都统的手谕，自然无人敢阻。

马车左右还有十余骑相随，人人披蓑戴笠，像一群会动的大稻草人一样。

坑早就已经挖好，就在西城外三里地的一个土坡之上，不过此时坑中积满了水，当然众官兵可不管这些，反正这群人不是自己的亲人，也懒得弄干坑中之水，便将一具具尸身抛入坑中。

“唉……”一声长而阴森的叹息自另一辆马车之中传了出来。

在雨后万籁俱寂之中，这声长长的叹息显得特别清晰，那群正准备搬运第二车尸体的官兵有一大部分听见了，所有人都静了下来，一个个面面相觑，却停在车厢外，没有人敢入车厢。

“怎么，快埋呀！”一个刚将尸体抛入水坑中的官兵行过来，见众人都停下了动作，不由得质问道。

“哦，我的脚有些抽筋。”距车厢最近的一人干笑道。

“瞧你这懒样！”那人毫不知情地便向车厢之中钻去，刚掀开车帘，便听到又一声长长的叹息自死人堆中传了出来。

“啊……”那人大吃一惊，吓得一声尖叫地退开来。

车厢边的官兵都听到了这第二声叹息，不由得也都惊呼着跳开，人人脸色苍白。

“有……有鬼……”那刚才掀帘子的官兵差点没吓得屁滚尿流，他这才明白何以这些人都不上车搬运尸体了。

一边的都骑军也凑了过来，问道：“发生了什么事？”

“有鬼，车上……”那些官兵们全都慌了，指着那传来叹息的车厢，恐惧地道。

那些都骑军也都吓了一跳，将信将疑，可是见这群官兵一个个脸都白了，也不敢轻易靠近车厢。

“会不会是诈尸呀？我们还……还是走好了。”一名官兵结结巴巴地道。

“不行！这些人没埋，怎么向统领交代？”一名都骑兵道。

"要埋你去埋好了。"一名官兵也有些气恼地道，事实上，都骑军与他们的地位是平等的，可是都骑军却总像高人一等，连待遇也都高些。是以，城中的其他兵种对都骑军的战士并不十分客气。

"去就去！谁像你们这帮胆小鬼！"那都骑军傲然不屑地道。

"你……"那官兵大怒，欲动手，却被一老兵拉住了。

那都骑军不屑地望了那人一眼，策马便向马车边走去。走到马车前，那都骑军稍犹豫了一下，以枪挑开车帘，他立时怔住了。

只见车厢的尸体堆上盘坐着一具蓬头白衣、浑身血污、脸色苍白如纸、双眼流血的尸体。

不仅如此，那尸体的脸上似乎带着一种古怪的笑容，眼睛向那都骑军眨了一下。

那都骑军挑开车帘之时，所有人的目光都聚于车厢之中，自然都看到了这一幕让人汗毛倒竖的场面。

"鬼呀……"那都骑军战士愣了半晌才知道尖叫一声，手中的枪都吓掉了，而便在他尖叫欲掉转就走时，那具尸体突地平平飞了起来，十指如戟，以快得不可思议的速度捏住了那都骑军战士的脖子。

"鬼呀……诈尸呀……快跑……"那群官兵和都骑军一个个回过神来，立时吓得魂飞魄散，没命地向宛城奔去。

那名被捏住脖子的都骑军还没等那双鬼爪用力，便已吓得口吐白沫，两眼发直，昏死过去，但那尸体一直紧捏着他的脖子不放。

一直到其余的官兵逃得一干二净，那复活的僵尸这才松开手爪，长长地吁了口气，那都骑军战士的尸体轰然落马之时，他才"扑哧"地笑出声来。

"你们出来吧！这群胆小鬼，都跑了！"僵尸竟然开口说起话来。

"真够沉的，这些人差点把我给压扁了！"刘秀自车厢之中钻了出来，伸了个懒腰。

那陌生的年轻人也自车厢之中跳了出来，"僵尸"立刻跳过去，道：

“你的化妆可还真厉害，这小子就这样被吓死了！”说着指向地上的那名都骑军战士。“僵尸”自然便是邓禹。

“这都是你朋友的计策好！”那陌生的年轻人淡淡一笑道。

“哪里，兄台过奖了，在下刘秀，这位是我的义弟邓禹，敢问兄台尊姓大名？”刘秀谦虚地笑了笑，客气地道。

“在下姓秦名复，原来二位便是他们所要通缉的英雄人物，久仰了！”那陌生的年轻人十分讶异，旋而又客气地道。

“听秦兄口音似是宛城人，不知秦兄何以也要以此手段出城呢？”刘秀有些讶异地问道。

“有些事情是没有为什么的，若硬要问为什么，那便会失去乐趣，是以请刘兄恕我卖个关子！”秦复淡淡地笑了笑道。

“哦，秦兄所说甚是，我入俗了！”刘秀毫不介意，淡然笑道。

“咱们今日就此别过，若有机会，他日相逢定会请两位仁兄喝上几杯！”秦复又道。

邓禹见秦复这般神秘兮兮的，心中有些不快，而且刚才与秦复交手未分胜负，出于少年心性，自然看不惯秦复这拒人于千里之外的态度，不禁冷冷一笑道：“我看他日再说吧，但愿秦公子不要太贵人多忘事，他日擦肩而过都不识得我们了。”

秦复神色微微一变，却并没有回敬邓禹，只是一拱手道：“后会有期！”说完再也不看邓禹一眼，径直向远处行去。

“秦兄弟不要一匹马代步吗？”刘秀扬声道。

秦复一怔，驻足望了望那套住马车的几匹马儿，笑道：“谢刘兄提醒！”说完，还真解了一匹健马扬长而去。

“我们也走吧！”刘秀望着秦复远去，向邓禹道。

邓禹心头忿然，秦复确实很不领情。他本也是一个心高气傲之人，可是秦复比他似乎更傲一些，这确实让他心里不是滋味。

“何必要生气？生气只是拿别人的幼稚和无知来折磨自己，你也看不透吗？”刘秀拍拍邓禹的肩头，望着气鼓鼓的邓禹笑道。

邓禹一怔，顿时也笑了，钦服道：“还是大哥的话深刻透彻，邓禹还要再去游学数载了！”

“别瞎拍马屁了，走吧，说不定城中会发现问题派人来追呢。”刘秀好笑道。

邓禹回头望了一下宛城那高大的城墙，不由得叹了口气，自语道：“这真是祸由心起，唉，别了，宛城……”

秦复静静地伏下，他听到了马蹄声，急促地向他这个方向奔来。而他在宛城之外得到的那匹马乃是官马，他不敢骑着招摇过市，所以在离开宛城之后便只得舍弃了，此刻，正急需要马儿代步，因此他便像是个猎人一般，静静地等待着这途经的骑士。

地上微有些潮湿，深夏的草密而青，秦复伏于草丛之间，几乎完全被草浪淹没。

飞驰而至的是一骑，但似乎还有另外一队人马也在向这边赶来，微昂首的秦复看清了马背上之人的面目和打扮。

官兵，至于属于哪队的官兵就不是他所能知道的，他仅是最近一个多月才真正涉足江湖，是以，他并不是很了解官兵的事。

“驾……”马背上的官兵打马扬鞭，倒像是自边疆传捷报一般飞驰而来，茫然不知正在草丛之中伺机而动的秦复，或许他根本就没有想到会有人在等候着他。

五丈……三丈……一丈，秦复像腾起的苍鹰，斜撞而出。

“呀……”那名官兵在没弄清楚是怎么回事的情况下，便已经跌下了马背，快速冲倒之下，差点将他给甩晕过去。

“希聿聿……”秦复一带马缰，马儿人立而起，他却已踏足鞍上。

“对不起了兄弟，先借马一用！”秦复扭头，见那官兵竟然惨哼着爬了起来，嘴角都流血了，却也是个年龄相仿的少年，倒觉得有些不好意思。

那官兵气恨的眼里都吐出火来，可是此刻却根本没有力气夺回马儿，不禁愤然道：“你他妈的狗杂种，抢老子的马，老子跟你拼了！”说完就向秦复扑去，但刚才那一摔好像扭了脚骨，才扑上一步，便已歪倒，惨哼哼地抱着膝盖。

秦复不禁大感好笑。

“你这杀千刀的，还笑，老子操你十八代祖宗，他妈的，真是流年不利，无论到哪儿，都是走背运，老子好不容易逃出来，又遇到你这丧门星……哎哟……”

“对不起了，这马算是我买下来了！”秦复见对方说话怪怪的，便丢下一块银子。

那少年倒不客气，一把抓起银子却又诅咒道：“你最好留点银子买棺材，别以为抢了老子的马有什么好处，待会儿你就知道了！”

“这个不用兄台操心！”秦复不由得笑道，同时一扬鞭，驱马就走。

“我叫林渺，如果你能不死，再后会有期！”那少年捂着膝盖向着秦复的背影高喊道。“我记住了，后会有期！”秦复倒觉得这人确实有趣，自然不会在意对方所说的话，便是换作是他，他也会诅咒这夺马之人。

“妈的，林渺失马焉知非福！既然你小子愿意帮忙，老子也不介意……”那少年望着秦复的背影自语道，但他很快抬头向不远处望去，却见一片扬起的尘土越来越近，更有一阵急促的马蹄声由远而近。

“妈的，好快！老子可不陪你玩了，拿了银子还不走，那才怪呢。”那少年说话的同时，不顾腿伤，拖着身子急忙向身后山坡上的草丛中奔去。

秦复只觉得身后的蹄声极紧，开始他并没怎么在意，可是后来细想又觉不对。他连改几次道路和方向，那一群人马似乎也都跟着他改道和改方向。这群人显然是追他而来，不仅如此，这些人之中还有追踪高手，否则不可能如此准确地把握到他奔行的方向，紧紧地跟着他。

秦复倒想看看这些人是谁，他不相信宛城齐府的人会如此快而准地追袭他！也许这时候齐府之人还不曾发现被盗之物，也非没有可能！

秦复一带马缰，冲上一座山头，在这里，至少不会惧怕敌人人多的威胁，除非对方都是如锦衣虎和邓禹之类的好手。

一队快骑很快便进入了秦复的视线，竟有二十余骑之多，只看那些人在马背上追风逐月之势便可知这群人都是极擅长马背上的生活，也让人不能小视。

“在山坡上，不可以让他逃掉！”那一队骑兵见秦复带马立于山坡之上，不由得高呼，而马队顿时也向四面散了开来。

秦复愕然，这群人并不是官兵，其打扮倒有些像一群劫贼，看来这群人真还将他当作目标了。不过，他肯定这群人会失望的。

“你们为何对我紧追不舍？”秦复高声喝问道，同时也仔细打量着这群骑士。

“快将宝物归还给我们，否则别怪我们乱箭无情！”一名壮汉策马逼近，向山坡之上的秦复高喝道。

“我不明白你们在说什么，你们肯定是认错人了，我们以前见过面吗？”秦复一带马首，高声质问道。

秦复的话的确使山坡下的群贼愣住了，此刻他们已经可以看清秦复的面容和打扮，可是这根本就不是他们所追之人，怎叫他们不愣？

山下群贼顿时面面相觑，有几人还在低声细语，显然他们也给弄糊涂了。

“你的马分明是我天虎寨的坐骑，你也一定便是姓林那小子的同伙！哼，别想在大爷面前要什么手段！”

“二寨主，别跟他啰唆，先将他拿下再说！”一名山贼呼道。

秦复这下暗暗叫苦，这才想到那少年最后的话是什么意思。看来这群天虎寨的人是在追击林渺，可是他误打误撞竟然为林渺引开了追兵，现在这些人把一切都记在了他的头上，此时即使想解释也解释不清楚了。

“我想你们误会了，这匹马只是我自一个姓林的官兵手中抢来的，我可不知道这就是你们天虎寨的战马哦。”秦复仍试图解释道。

“你以为这话骗得了我陈通吗？拿去骗三岁小孩吧！”那二寨主冷笑道。

“二当家的，这小子跟姓林的一样狡猾，不要跟这种人啰唆，杀了他好了，就不信姓林的不出来！”一人提醒道。

“听到没有，小子，乖乖地束手就擒吧，或许还可以放你一条生路，否则休怪我们手下无情！”陈通冷哼道。

秦复不由得摇了摇头，他知道无论怎么说这些人都不会相信，这下子可是自己找的麻烦，实在是怪不了别人。

“驾……”天虎寨的战士齐齐策马而上，个个弯弓搭箭，看样子真的要赶尽杀绝。

秦复心中暗惊，虽然他不惧这群人，但是对方若是一阵乱箭射来，可就非常不好对付了。即使是他武功好，对这么多的强弓硬弩也是防不胜防。

“你们不讲理！失陪了！”秦复自不会傻得去挨箭，一掉转马首，便向山坡的背面飞驰而去。

“嗖……”一群劲箭如飞蝗般自后方罩来，秦复低喝一声，身子后仰，倒贴马背，长长的马鞭反卷而出，顿时如千万条灵蛇，织出一幕鞭影，将射向他和战马的劲箭悉数卷开。

“好身手！”陈通赞道。

“过奖了，不过你们确实找错人了，我只想先借你们的马儿一用，他日定加倍奉还！”秦复说话间已冲下山坡，身后的劲箭三三两两地落下，但已失去了准头，即使有几支没有失去准头，却也不能对秦复够成威胁。

秦复选好淯阳的方向，策马狂奔，只要进了淯阳城，这群人便不能凭弓弩逞凶了，因为这种年代，诸如弓弩之类的是不准带入城内的，皆因这类兵刃可以远距离杀伤人，官府也怕对城中官方人物不利，因此禁止带弓箭入城。

驿道边，古木下，酒旗飘扬，酒肆的老板是一对老夫妻。

这是淯阳通往宛城和棘阳的岔路口，在此地设酒肆，备清茶粗菜，倒也方便行人，生意不赖。

老夫妻有一傻儿子，但很少见人，只在那简陋的厨房烧火打杂。

小酒肆能在此地长盛不衰倒也是个异数，官兵不欺，山贼不劫，在这种世道之中已经是极为难能可贵了。当然，没有人会去追究这种情况的原因，路人所在乎的，只是酒好，茶好，饭能吃饱，钱账两清就行了，也不会在乎那几个铜板。

刘秀倒不是很欣赏这对老夫妇所酿的酒是如何好，他只是想借此地歇歇脚，正午的太阳毒辣得让人受不了。

这是夏日，长途奔涉，不仅人难受，便是马儿也直冒汗，因此，在这个小酒肆之中打打尖，也是一件极为舒爽的事。

“掌柜的，快拿茶来，渴死我了。”一极为狼狈的少年一瘸一拐地走进凉棚，高声喝道。

刘秀斜瞟了他一眼，见对方一身官兵衣服，但衣服却破破烂烂，像是被什么东西剐破了一般，满面风尘的，便没有再多看。

邓禹的目光却向凉棚之外毒辣的阳光望去，此时阳光正盛，只怕还要在这里歇息个把时辰，天才就稍凉一些。

那少年一走进凉棚，便将破裂的官兵衣服脱下，揉成一团，口中恨恨地自语道：“妈的，这倒霉的衣服，怎么穿怎么倒霉，老子不要你了！”

“客官，这是你要的茶，老汉备的都是凉茶，不知客官还要别的什么？”那老头极为客气地道。

“不知掌柜这里可有合身的旧衣服？只要干净一些就行了。”少年道。

老汉望了望少年那赤裸上身的结实肌肉，有些为难地道：“有是有，只怕不怎么合适。”

“没关系，只要不是女人穿的，不像这件裹尸布一样倒霉都行！”那少年满不在乎地将手上的官兵衣服向桌上一放，没好气地道。

周围众人见那少年说的那么有趣，不由得都笑了起来。

“那我去找找看……”老头子说完就要走。

“哎，慢来，这裹尸布拿去点柴火吧。”少年将破军装一推道。

老头拿起军装抖开一看，只见上面除了两道划破的口子和有些脏之外，一切都是好的，不由惑然问道：“客官，这衣服只要补一下还可以穿呀？”

“你别管这么多，这件衣服太倒霉了，不能穿，不能穿，穿这种衣服的人没一个好东西。因此，你还是拿去烧了为妙。”少年似乎深有感慨地道。

邻座的人听了，不由得都笑了，有人打趣道：“小兄弟说这话可是犯罪的哦，要是被官兵听到了，可就要脑袋不保了!”

那少年也笑了，道：“我脑袋已丢了好几次了，也不在乎多这一次，那些蠢蛋爱穿就让他们穿去，我可是不稀罕这狼皮和裹尸布一样的东西。老子今日既能逃出军营，便不再去沾惹这晦气的玩意儿，最看不惯那种欺善怕恶的熊样!”

“说得好！我这里有些衣服，想来合兄弟的身，不如拿去试试!”

众人不由得循声望去。

说话之人是喜欢热闹的邓禹!

那少年抬头看了看邓禹，却见邓禹已经提着一个包袱送了过来，他不由得忙立身而起。

“这里是我自己的几件换洗衣服，若兄弟不介意，便穿上吧。”邓禹坦诚地道。

“哦，那我就不客气了。”那少年也不作过多的言辞，坦然接过邓禹的包裹，抖出衣服，不由得微讶道：“这么好的缎料，那可真是多谢了，敢问兄弟尊姓大名？我林渺可不是知恩不报之人!”

邓禹拍了拍他的肩，“哦”了声，道：“何必这么客气，快穿上吧，我可不是想你报什么恩，只是觉得兄弟你活得挺有个性，这点东西算什么!”

林涉也笑了笑，拍了拍邓禹的肩头，道："情我领了，你今日的茶酒钱我请了，可别推辞哦，否则那可就是看不起我了！"

邓禹与刘秀相互望了一眼，邓禹笑道："好，今日你就帮我们付账好了，那便与我同坐一桌又有何防？"

众人看着这两个年轻人，都感有趣，不过，这并不好笑，倒使大家都变得客气起来。

第五章　无赖手段

正当众人说话间，蓦地一阵急促的蹄声惊起，众人的目光不由得向蹄声传来之处望去。

邓禹的脸色微变，来人竟是齐府的副总管齐子叔和一干安众侯府的好手。

刘秀的神色也微变，若是齐子叔此刻发现他们的身份，那可不好玩，对方人数是他们的十倍，以两人之力根本就不可能对付得了齐子叔这群人，如何逃走也将是个大问题。

邓禹扭头望向刘秀。

刘秀哪有不明白邓禹的意思，但是此刻自己已是在对方的视线之内，若是立刻便走很可能会引起对方的怀疑，一个不好，还可能弄巧成拙。

“客爷，衣服来了！”那老头子佝偻着腰行了出来。

“谢谢掌柜的了，这位兄弟以此衣相赠，无须再要了，今日我心情好，这里几位仁兄的账全记在我头上！”林渺似乎心情大畅，掏出一块银子塞到老头的手中，爽快地道。

老头子一怔，哪有人喝点茶给这么一块银子的，一般仅一两个铜板而已。

“若多了不用找，少了再补。不过，这新来的不包括在内哦。”林渺笑道。

一旁喝茶的人见林渺出手如此豪爽，而且说话也十分风趣，皆大生好感。

掌柜也不说话，只是望了林渺身上的衣服一眼，捏着银子默默地退了开去。

林渺和众人皆有不解，不明白老头子连个表示也没有就退下了，倒真有些愕然。

林渺倒也没有特别计较，只是觉得这老头子在退走的时候那最后一眼有些怪怪的，但是其注意力很快便被齐子叔及那群侯府的人马给吸引了。

“掌柜的，快备几大壶凉茶来！”齐子叔诸人一下马便立刻呼道。

“让座！让座！”那群侯府的好手一见酒肆之中没剩几个位置，不够坐，顿时呼喝着叱道。

林渺大怒，欲立身喝骂之际，却被邓禹踩了一脚，他不由得看了看邓禹，有些不解。

那些路上歇脚的多是行脚客商，就算有几个江湖人物，也不敢与这二十余名如狼似虎的人对着干。

江湖人自然最能看行色，单见这些人大步走入，便知这群人没一个是好惹的。是以，只好忍气吞声地起身让座，也有的起身愤愤不平地离去。

那群侯府的好手不禁趾高气扬地放声大笑，将刀剑横在桌上，或将脚踏在凳子上，其威风大有不可一世之态。

邓禹向刘秀打了个眼色，刘秀也趁机起身，沙哑着声音道：“林兄弟，我们先走了。”

林渺大愕，顿时更是怒火上涌，他当然不知道刘秀和邓禹要走的真正原因，他只道刘秀和邓禹也怕了齐子叔这些人，不禁“腾”地一下站了起来！

刘秀心中刚叫不好，还来不及出言阻止，林渺便已愤然骂出了口：“妈的，什么东西！”

邓禹大叫坏事，那几位正要走的茶客也暗叫不妙。

果然，林渺话音一落，便有一名侯府家将站了起来，怒叱道："臭小子，你骂谁？"

林渺正在火头上，不理刘秀的眼神，身子一横，不屑地望了那人一眼，道："我只是在骂一群横行的狗，关你什么事？"

"妈的，找死！"那家将大怒地挥刀飞扑而上。

林渺愤然道："别以为人多老子就怕了！"说话间抓起一只板凳猛砸而出。

刘秀心中暗叫坏了，但事已至此，他也阻止不了事态的发展，这下他和邓禹想走也不行了，总不能让这新认识的朋友就这样惨死吧？何况这个叫林渺的年轻人确实是一腔热血，极具正义感，他们岂能见死不救？

另外一些本来准备离开的人，此刻也都停下脚步观看，虽然这个世上的人心已经逐渐麻木，可也还明辨是非，知道林渺只是在为他们争气。何况，他们对这一腔热血的年轻人的确有些好感。

齐子叔和众侯府家将也全都停下来，作观望状。

"哗……"长凳被劈下一截，林渺退了一步，那侯府家将竟连退四步。

众人不由得都骇然，刘秀更是讶异，林渺凳子挥出去根本就没有任何招式可言，简直可算是破绽百出，但是这一击竟反将对方逼退了四步，这不仅出乎刘秀的意料之外，也让齐子叔大感意外。

林渺一击将对方击退，更是心头大定，却不抢攻，望着那名家将道："你占兵刃优势，有种的就不要用刀剑！"

林渺此话一出，齐子叔和那群侯府家将也都笑了起来，便是刘秀和邓禹也觉得林渺傻愣愣的。

"老子先宰了你再说！"那名侯府的家将一招吃了亏，面子挂不住，杀气腾腾地扑了上来。

林渺无奈，只得再次挥凳猛劈，同样是破绽百出、毫无变化的一击，仿佛他就只知道这个动作一般。

“噗……”那侯府家将这次却未能劈断长凳，反而把刀嵌在板凳之上。

所有的人都为之愕然，他们皆不明白，林渺这直来直去的打法可以说是因为他不懂武功招式，而那名侯府的家将居然也是硬拼，直来直去不以招式取胜。

林渺这次没退，倒是那侯府家将差点跌了出去。

众人骇异林渺的力道，更好笑的是，这却像两个根本不会武功、只用蛮力的人在打架。

“哼哼，别以为你有刀我就怕了你，有种再来，有什么了不起！只要你们不厚着脸皮一齐上，老子打架还从未怕过谁，不信你们去宛城问问！”林渺见两下子便将对方打败，不由得意扬扬起来。

刘秀和邓禹不由得相视一眼，他们在宛城可没听说过林渺这号人物。

“哦，你也是自宛城来的吗？”齐子叔冷然问道。

“老子现在回宛城，都好几个月没回家了，老头，你是从宛城来？”林渺似乎根本就不知道齐子叔的身份，极为不客气地道。

“大胆……”一名侯府家将听林渺出言如此不逊，不由得怒叱道。

“切！”林渺不屑地道：“你算什么，在天和街一带还从来没有人敢像你这样跟老子说话，你也不去访一访，难道你连林渺大爷的名字也没听说过吗？”

刘秀和邓禹不由得哭笑不得，说来说去林渺竟是天和街一带的地头蛇。他们昔日好像听说过这个名字，只是一时想不起来，而眼下林渺却狂妄得连齐子叔和侯府的人也敢骂，真是不知天高地厚。

“小子，你知道我是谁吗？”齐子叔也觉得眼前这小子狂妄得可以，同时他也明白林渺的身份，与刘秀一样，有种哭笑不得之感。

“管你是谁，你今日这么做就是不该，亏你这么大的年纪，竟连这点礼貌都不懂。出门在外，与人方便，大家都是花钱休息，你也不能因为人多就欺负人呀？做事也不讲些原则，你年纪大，我们让你座没话说，但与你一起的这一帮身强力壮的汉子却如此不讲理，总得论个先来后到吧……”

“你说完了没有？”齐子叔喝止那要攻击的侯府家将，打断林渺的话，冷然问道。

“自然还没有说完，不过你要是有不服的理由，可以先说，然后我再说！”林渺像是一个长者在教一群无知少年做人的道理一般，认真而严肃的样子直让刘秀、邓禹为之捧腹。

刘秀和邓禹自然没有笑出口，那些本欲走而未走的茶客却忍不住低笑了起来，确实觉得眼前这小伙子有意思，不过很快便止住了低笑。他们也知道这样只会惹恼对方，到时候可就不好玩了。

“老夫见你年少无知，今日可以不与你计较，你立刻给我离开这里，不要再让老夫看到你！”齐子叔似乎也觉得与林渺这种小孩子计较有损颜面，毕竟他不像侯府那群欺行霸市惯了的家将，在江湖中也算是有头有脸，而林渺如此义正词严，确实让他心中微感羞愧，所以他这才不欲与对方计较。

林渺还要说什么，却被刘秀一把拉住，道：“走吧！”

林渺心中仍稍有不忿，但是现在让对方一人吃了些亏，而且数落了对方一顿，心中的气也消了不少，此刻见刘秀拉他，也便不想再闹下去。不过，他也是一个不服输的人，仍不忘回头道：“抬头不见低头见，这次我林某人也不与你计较了，下次若再会，你们还自以为是，我可就要不客气了，到时别说我以壮欺老就是了。”

齐子叔不由得怒笑起来，但却没有起身，冷冷地道：“小娃娃有志气，但愿下次你能如此有种！”

林渺不屑地扫了那些怒视他的侯府家将一眼，冷哼一声，大摇大摆地与刘秀、邓禹及那几位赶路的茶客走出了树荫之下。

刘秀和邓禹刚解开马缰，突听齐子叔喝道：“你们两个站住！”

刘秀和邓禹暗叫不好之时，齐子叔已施施然行了过来。

“怎么，你还有什么事？不会想抢人家的马吧？”林渺有些不耐烦地望着行来的齐子叔，反问道。

“你们两个好面熟呀？”齐子叔并不理会林渺，淡淡地向刘秀和邓禹道。

“是吗？可是我好像从来没见过老先生！”刘秀淡然回应道。

齐子叔冷冷一笑，目光一瞬不瞬地盯着刘秀的脸，只使刘秀心底直发毛。

“干什么这样看人家？”林渺也被齐子叔的表情弄得莫名其妙。

“不关你的事，你走开！”齐子叔不耐烦地道。

“怎不关我的事？他们是我的朋友！”林渺也有些恼怒地道。

“哦，是你的朋友吗？那你愿意陪他们一起株连九族吗？”齐子叔脸色突地一沉，充满了冷峻的杀机，其强大的气势，只让林渺惊得倒退了三步。

“不会吧？”林渺也吓了一跳，打量了刘秀和邓禹一眼，有些忧郁地道。

“无知小娃娃，还不到一边去！”齐子叔叱道。

“你有没有搞错，看他们怎么也不像是坏人，你倒像个坏人！都这么大年纪了，也不收敛一些！”林渺不服气地道。

刘秀和邓禹心中明白，齐子叔定是已经看出了他们的破绽，不由得淡淡地笑了笑道：“林兄弟，这不关你的事，你还是不要插手的好。”

“谁说的，如果你们还当我是朋友的话，那么你们的事就是我的事，朋友有难，岂能独善其身？”林渺断然道。

“很好，老夫并不介意多加你一个！”齐子叔望了林渺一眼，转对刘秀道：“真是踏破铁鞋无觅处，得来全不费工夫。你何不揭下这张假面具？刘秀从来都不是一个畏畏缩缩的人，难道不是吗？”

刘秀和邓禹这下再无怀疑，齐子叔确实是看出了他们的破绽。

齐子叔说到这里，那群侯府家将立刻放下解渴的凉茶，包抄过来，顷刻便将刘秀和邓禹围在其中。

刘秀爽然一笑，摇了摇头道："世上许多事是很难让人想象的，正如齐副总管竟也会成为王兴的走狗一般!"

林渺大吃一惊，愕然地望着刘秀和齐子叔，神色古怪地问道："你就是刘秀?"

"不错，我就是刘秀!"刘秀淡然道。

"你是安众侯府的人?"林渺舌头微微有些大地道。

"不，他是齐府的副总管齐子叔，你身后的那些人才是安众侯府的人!"邓禹也笑了笑道。

林渺的脸色顿时煞白，喃喃道："惨了，这回真的玩完了。"

"小子，现在知道后悔了吧?"齐子叔冷笑道。

"你怎么不早说你是齐府的总管呢? 天哪，现在才告诉我!"林渺双手抱着头，似乎有些痛不欲生，更似乎极为害怕，且害怕得毫无主张。

那群侯府家将全都哄然大笑起来，更多的却是鄙夷和不屑，他们本以为林渺是个人物，但此刻一听他们是齐子叔和侯府的人，竟然怕成这样。

刘秀和邓禹也为之愕然，没想到林渺表现得这般激烈，不禁也有小觑之心。

"无知娃娃，现在才知道怕，老夫还以为你是个人物……"齐子叔说到这里，倏然顿住，只因他的腰际多了一柄短刀。

所有的人都愣住了，短刃竟然是林渺的，而出手的人也正是林渺。

"你早说嘛，早知道你是齐府的齐子叔，我就不用这么客气地对你了。唉，真是没办法，虽然我是怕得要命，不过，朋友之义却是不可舍弃的。人说，生命诚然可贵，但情义之价更高……"林渺说到这里，突地向那群侯府的家将喝道："别乱动哦，否则，我就让这老家伙给我们陪葬!"

事发突然，不单是侯府的人不知所措，即使是刘秀和邓禹也为之愕然，齐子叔更是骇异莫名，他怎么也没有料到林渺出手竟然会如此之快，使他连反应的机会都没有。

当然，齐子叔也暗恨自己太小看了这个年轻人。事实上，林渺演戏的功夫确实是高明至极，以他在宛城的身份，见到齐家的人，所表现出那一副害怕欲死的样子，几乎将所有人都麻痹了，试问谁又会想到此时此刻怕得要命的林渺会突然出手呢？

林渺的做法根本就不依什么江湖规矩，完全像一个街头痞子，若是有头有脸的人绝对不会这般装模作样……

林渺的刀轻抵齐子叔腰际，笑了笑道："我记得奇郎中说过，这里是命门穴，只要在这里捅一刀，那这个人就会玩完，也不知道他这话是不是真的，真想验证一下。"

"老夫确实是看走了眼，想不到阁下还是个高人。"齐子叔自嘲道。

"也不是什么高人啦，在我们那里这叫作扮猪吃老虎，我是猪，你是老虎，打是打不过你的，这我知道，那便只好用点手段啰。好了，今天茶也不喝了，你叫他们让开点，我们要走了。"林渺满不在乎地道。

刘秀和邓禹心中大喜，眼下这神秘莫测的林渺竟然擒住了齐子叔，只要齐子叔受制，这群侯府家将自然不敢动手。他们也没有想到，这个林渺竟是一个深藏不露的高手。

"你知道包藏钦犯是要株连九族的大罪吗？"齐子叔冷然问道。

"知道哇，不过没关系的，我九族也只剩下我一个，不必麻烦，诛了我，便等于灭了我九族！"林渺丝毫不在意地道。

齐子叔和众人皆愕然，没想到林渺的回答竟是这样。

"还不让开！"邓禹也在齐子叔的脖子上加了一把刀，冷叱道。

齐子叔这下可真的有些绝望了，他知道邓禹的武功，若想在邓禹的手中寻求侥幸，那简直是不可能。

酒肆的老头这时又提出几只茶壶，见这番阵仗，不由得微微呆了呆，却也不是太感意外。

那群侯府的家将虽凶，但也不敢将齐子叔的生死弃之不顾。他们此次出行，本是由齐子叔指挥的，因此，这些人只好让开一条路让刘秀诸人行出。

刘府在宛城比之安众侯府更具声望，如齐子叔之辈，在侯府都是上宾之位，而林渺这手擒贼先擒王正用得恰到好处。

“只好劳烦副总管送我们一程了。”邓禹冷然笑道。

刘秀却已解下三匹马，正在此时，倏地又是一阵蹄声大作。

邓禹和刘秀心中微惊，道：“走！”他们不知道这次来的究竟是些什么人物，是以不敢久留。

林渺向酒肆的老头挥了挥手，笑道：“掌柜的，下次我过来喝茶，可不能再收费哦。”

刘秀和邓禹不禁大感好笑，在这种时候林渺还有心情开玩笑，确实让人有些哭笑不得。

“追！”侯府家将恼恨至极，哪有心思再喝什么茶，呼喝道。

林渺却在此时低呼了声：“不好！”

刘秀不明所以的当儿，却听一声大喝：“那小子在前面，别让他跑了！”

邓禹也吃了一惊，却见一队骑兵自不远处的山坡上狂涌而下，向他们衔尾追来。

“这些人不是官府中人吧？”刘秀在飞驰之时，自语道。

“他们是天虎寨的人，是来追我的！”林渺苦笑着回应道。

“啊……”邓禹和刘秀都吃了一惊，此时侯府的家将与天虎寨的人竟并排而追。

“他们加起来共有五六十人，咱们可斗不过他们！”邓禹无可奈何地道。

“斗不过，那便只好逃了！”刘秀耸耸肩，苦笑道。

“嗖嗖……”身后劲箭竟如雨般洒射而来。

“不可以放箭！”侯府家将大急，呼喝道。

刘秀和邓禹诸人避开几箭，大喜，暗自庆幸，幸亏有齐子叔在手上。

“你们是什么东西？老子就是要放箭！”天虎寨的高手极为不屑地呼道：“儿郎们，给我射死他们的坐骑！”说话之人正是天虎寨三寨主李霸。

侯府家将也大怒，不过听这群人只是想射坐骑，也便放下了一些心。

“三当家的，寨主要抓活的！”一人提醒李霸道。

“老子比你清楚，射马！”李霸不悦地喝道。

刘秀领先驰过一座小山坡，避过了李霸的视线。在邓禹迅速带着齐子叔跟来之时，他却隐隐感到一丝不安。

刘秀也不知为何突然有此感觉，林渺却已策马自他的身边错身而过。

“轰……”蓦然之间，地面在邓禹的马下竟四散炸开。

“希聿聿……”

邓禹的马儿人立而起，在邓禹还没弄清楚是怎么回事的时候，四射而飞的泥土之中泛出一片潮红。

“小心！”刘秀惊呼之际，已飞身旋出，正是那片潮红之所在。

邓禹也感到危机的存在，可是他座下战马竟向泥土之中陷去。

“嘶……”一抹残虹斜出。

邓禹并未看清是什么，但却已经感觉到了那似乎是无坚不摧的剑气，于是他想都未想，翻身而落。

邓禹身形刚落地，便听得齐子叔一声惊惧绝望的惨号声，更带着一汪热血洒了邓禹一身。

“叮叮叮……”刘秀以快绝无伦的身法出手，目标是这神秘莫测的伏击者！但他快，对方也同样快，只在瞬间，彼此便交击了十数招。

邓禹一时之间愣住了，他只看到一抹红影在与刘秀交手，像是一团晃动跳跃的火焰。

“不奉陪了!”刘秀在击出第三十六剑之时，竟被对方逼得退了四步，而那神秘人物仅以这点空当，抽身如风影一般带起一抹红光退去，像是一条顺风而行划过草原的火龙。

“快走，他们追来了!”林渺最先回过神来，急呼道。

邓禹和刘秀几乎都愣住了，他们怎么也没有料到有人居然能这么轻易地在他们手中击杀齐子叔。

“残血!”邓禹脱口蹦出两个字。

刘秀回头一看，却见安众侯府的家将和天虎寨的好手已只距二十余丈远了，不由大惊，迅速上马，呼道:“走!”

邓禹也没有办法，此刻不走，根本就来不及，只好舍弃齐子叔的尸体，策马便驰。

“那家伙简直太伤我们的自尊了，居然敢在我们面前杀人，我们跟着他追，看是他快，还是我们的马快!”林渺刚才几乎看呆了，那红衣人的攻击速度简直匪夷所思，而且装扮更是怪异莫名，红发红衣，长长的红发飘洒间，竟将头面掩映其中，林渺居然从头到尾都不曾看清其面目。

刘秀也没能看清其面目，两人之间的交手也都是以快打快，在对方强大剑气的催逼之下，他根本就没有时间细看对方的面目。

邓禹也给恼坏了，但他明白，眼前的红衣神秘人物定是传闻之中的残血，可是他不知道何以残血会在这种地方、这个时刻突然出现。

残血的目标究竟是自己还是齐子叔呢？为何会如此精确地算准自己会自这里经过？所有的这一切，都让邓禹难以理解。

刘秀也无法理解，他自问他与邓禹跟残血并没有什么过节，何以残血要在这种环境之下施以杀手？当然，他估计，残血针对齐子叔的可能性要大一些，可是残血是在他们手上杀死齐子叔的，这等于是给他们种下了一个巨大的祸根，使他们与齐家结下了难以化解的冤仇。

有齐家这样一个大敌，确实使刘秀不能不头痛，这也使他对残血动了杀机，若非残血，怎会弄至这等地步？

侯府的家将发现了齐子叔的尸体，所有的人都大惊，更有人高呼："杀了他们，不要让他们逃了！"

"这下可惨了，他们已没有什么顾忌了！"林渺无可奈何地道。

"他们可以，我们也同样可以！"刘秀深深地吸了口气，他不想再处于被动，既然已经与齐家结下了怨，又必须生死相见，那不是敌死就是我亡，他自然不想再隐忍。

"嗖嗖……"两支劲箭自刘秀背后追来。

刘秀腰一曲之际，鞍后的大弓已弹跳而起，在背后划过一道美丽的弧线。他根本就不用回头，那大弓的弯角便已准确无比地绞在射来的一支劲箭上，同时探手，又抓住了另外一支。

林渺回头之际，那支被大弓绞落的劲箭已落在刘秀的弦上。

"嗖……"刘秀呈一百八十度后转，形如满月的大弓已将劲箭怒射而出。

"希聿聿……"刘秀的目标不是人，而是后面奔驰的战马。他明白，即使他的箭法再准，要对付这群好手，仍没有十足的把握，但若射伤对方的马却不是一件十分难的事，至少，眼下没有失手。

"嗖……"又是一箭，刘秀根本就不给对方反应的时间。

"好！好箭法！"林渺禁不住高声叫好，刘秀两箭都准确无比地使两匹跑得最快的健马折蹄，而在健马折蹄之际，马背上之人摔落还没来得及爬起，便被自后面奔来的健马踏得骨折肉裂，惨不忍睹。

天虎寨的人和侯府家将也都吃了一惊，这两箭都是他们射过去的，可是他们射过去无法威胁到对方的劲箭，却回头成了他们的致命之物。这对于侯府家将和天虎寨众人来说，确实是一种讽刺。

"嗖嗖……"邓禹刚搭箭，身后的箭矢已如飞蝗般飞来，不过，邓禹根本不想去挡，身子一滑，以双腿夹住马腹，大弓自下斜张而开，手中三支怒箭连珠而出。

与此同时，当刘秀射出第四支箭时，马股已中了一箭，受惊吃痛的战马狂嘶着急冲而出，倏然加速，这使刘秀的箭矢失去了准头，却自李霸的耳边擦过，吓了他一大跳。

“希聿聿……”邓禹的坐骑惨嘶而倒，虽然邓禹之箭折损了对方三四战马，可也无力保护自己的马儿。

“这里!”林渺在邓禹身子快要落地之时，策马斜擦而过，一把拖住了邓禹。

邓禹借力翻上林渺的马背，也惊出了一身冷汗。

“进前面的林子!”林渺呼喝道，带马急速向前方不远处的密林之中冲去。

刘秀心中也大喜，此时他距前面的密林仅有百余丈的距离，只要入了密林，便不再惧怕对方人多箭密，而且在林中凭借的，不再是马快箭利，更多的仍是依凭自身的修为。

李霸显然也看出了刘秀和林渺的意图。

邓禹一上马背，与林渺靠背而坐，弓弦连放，以快极的手法射出数箭，将对方奔在最前方的几匹快马射倒。

事实上，邓禹面对对方大有优势，那便是他可以任意对着马首射，马儿前冲追击，便等于是迎箭而上，这样一来，使箭的准头更精确，力道更强一些。而对方自后方追射，在力道和准确度上，却要差上一些。

李霸也不敢逼得太近，刘秀和邓禹的两张大弓，使他们在片刻间损失了十数骑，怎不叫他心惊和气恼？但是又难奈其何。当然，他自不知道自己的对手是宛城赫赫有名的刘秀和邓禹，甚至还不知道与他们同追的人是哪一路人马，尽管猜到对方可能是官府中人，可他并不在意官匪一家的说法，他所在意的，便是绝不想让林渺逃脱!

事实上这并不值得奇怪，在拥有共同敌人时，往往一些虚妄的成见会放在一边。是以，侯府的家将自不会在意天虎寨的众人是劫匪的身份，在他们的眼里，刘秀和邓禹才是最重要的钦犯，而眼下更是击杀齐子叔的凶手。

林渺的目光盯着已经奔入密林之中的残血，他没有想到残血的速度竟快愈奔马，仅在盏茶的时间中便将他们甩开近百丈，这种速度确实惊人。

邓禹和刘秀自然也吃惊，暗忖难怪对方有做杀手的本钱，由此思来，那个冷面盖延也定是个极为可怕的人物，只凭这等身法，便不难想象官府何以一直都无法找到这两人的踪迹，更无法将两人拘捕！

刘秀和林渺策马皆借疏林中稀稀朗朗的林木作掩护。

邓禹都有些惊讶林渺的骑术之精，每每都能借树木之利避开那一簇簇劲箭。

刘秀的马儿却中了两箭，若非刘秀功力高绝，只怕战马已经失控，不过现在仍能勉强将马儿控制。

“断树！”林渺呼喝一声，一边策马飞驰，一边挥刀便向身边那些不大不小的树木狂砍而下。

“咔……嚓……”林渺所过之处，那些树木纷纷折断，竟将追兵挡得七零八乱。有些树木并非立刻就倒，而是缓缓倒下，等到追兵追近之时方倒落地上。

夏末的树木极为茂盛，这一路乱七八糟的横倒之树相互交错，密密的树叶更使追兵的视线大为受阻，箭矢也失去了准头。

“干得好！”邓禹和刘秀不由得大为赞赏，这个高深莫测的林渺确实是机智至极，更是妙计迭出。刘秀和邓禹欢喜之余也学林渺一般，挥刀斩树。以他们的功力，那些碗口粗的树木尽皆摧枯拉朽般轰然而倒。

李霸和侯府家将只得分散，自两旁狂追，但这样一来却与刘秀诸人拉开了些距离，更不能让乱箭起到应有的效果。

李霸诸人赶到密林之际，刘秀几人的身形已经没入密林深处，仅有蹄声和断枝之声清晰依旧。

“大家小心，那小子狡猾至极，不要给他溜了！”李霸提醒道。

不用李霸说，这里的每一个人都显得很紧张。

天虎寨的人是惊于刘秀和邓禹的箭法，而侯府的家将则是担心刘秀和邓禹的武功。

“伙计，你们是哪条道上的？”李霸上前询问道，这个时候他才记起要问一下对方的身份。

“在下王统，乃安众侯府的亲卫队长之一，诸位不知是哪路英雄？”一名侯府亲卫客气地抱拳道，他们可不想与这群人闹僵，在人数之上，对方占着绝对的优势，而且在实力上也似乎并不比他们弱。因此，他显出前所未有的恭敬。

李霸一听，眉头微皱，虽然他知道对方是官府中人，却没想到竟是安众侯府的人。天虎寨乃是黑道上的帮派，与官府自然经常发生冲突，因此，他们并不欲与官府中人套交情。

天虎寨的众兄弟一听对方是安众侯府的人，有些人竟发出了一阵冷哼。

“诸位与他们也有过节吗？”王统问道，他可是个明眼人，一看便知道对方没有多大诚意与他们套交情，可他却不能在此时与对方翻脸，只好忍气吞声强装笑颜，而且直接自关键的问题入手。

“不错，可不知几位官爷追他们又是所为何事呢？”李霸也并不想与对方正面冲突，虽然他们恨官府中人，但是权衡之下，倒不如先合作办完正事，再来正面冲突比较划算，是以，他也不冷不热地反问道。

“他们乃是朝廷捉拿的钦犯，我等奉命将之捉拿归案！”王统道。

“朝廷钦犯？”李霸微愕，王统的话确使他有些愕然，他倒没有意识到王统所指只是刘秀和邓禹，并非林渺，是以，他感到极为愕然。

“他所犯何罪?”李霸不解地问道。

“劫法场……”一名侯府家将正欲答话，却被王统一拉，那人立刻噤声。

天虎寨的众兄弟顿时为之愕然，旋又哄然叫好。

李霸也由衷地道：“好汉子，真想不到他们有这般胆量和手段!”

王统和众侯府家将顿时一脸愤然，但是他们却不想在这时候与对方闹僵，那样，形势将对他们大大不利。

“林渺，本寨主敬你是个人物，只要你愿跟本寨主一起回天虎寨，我可以保证不伤你半根汗毛!”李霸突地高喊道，声越林野惊得鸟雀四飞，声势极为惊人。

“既然不伤我，又何必要跟你返回天虎寨呢?”林渺的声音自密林深处传来。

王统一听，顿时明白眼前之人竟是天虎寨的群盗，他不由得暗暗吃了一惊，忖道：“难怪这些人的态度如此之差，这并非无因。”

天虎寨的战士每个人都警惕地盯着众侯府家将，同时也缓缓向密林深处逼去。

侯府的家将也都散开向林中逼去，而目标正是林渺声音传来之处。

“我们请林公子回天虎寨，只是想共商大计……”

“回去告诉刑风大寨主，便说林渺是我刘秀的朋友，他日若有闲暇，定赴天虎寨请罪!”刘秀的声音便像是空山回音，自四面八方扩散而来，让人根本就摸不清方向。

刘秀这一开口，李霸顿时吓了一跳，不禁高声问道：“阁下可是宛城刘秀刘公子?”

“不错，正是在下!”刘秀的声音依然飘飘荡荡，让人难以捉摸。

“原来是刘公子在此，那李霸可以回去复命了，不过，若刘公子有闲，还请与林公子同来我天虎寨一叙。”李霸语气变得极为客气地道。

“多谢三当家赏脸，刘秀铭记此情!”

“在下还有一事要提醒林公子，若是你已服下那圣物，定要加倍努力勤练，才能够完全开发它的效用，否则便是暴殄天物，与服下参丹无异!”李霸倏然说出一句莫名其妙的话。

不过，许多人都可以猜到之中定另有隐情，当然，想自李霸的口中得出什么结果，只怕是极难。

“撤!”李霸说完，低呼了一声，竟领着人撤出了这片密林，这一下子倒大出王统的意料之外。

李霸说撤就撤，来得快，去得也快。

王统及其手下不由相互望了一眼，在这片刻之间，林子似乎显得无比空落，即使是王统，也似乎感觉到有一丝冷意。

事实的确如此，刚才人多，整个密林之中闹哄哄的，可是现在突然走了天虎寨的那一大帮人，只剩下十余名侯府家将在不知尽头的密林之中，自然显得很冷清。何况，他们想到有刘秀和邓禹两个高手在密林深处相候，心里哪有不发毛之理?

安众侯府的人对刘秀和邓禹自是不会陌生，对刘秀和邓禹的厉害也深深知晓，是以，他们心里充满了阴影。

“王统，我便在这里，要想抓我，何不快来?”刘秀的声音中似乎充满了恐吓的意味，飘飘荡荡的声音使密林更显得阴森。

“刘秀，你是逃不了的，就算可以逃得了今日，也休想得到安宁!”王统声色俱厉地道。

“嗖……”、“哚……”王统话音刚落，一支怒箭自密林深处射出，却钉在了王统身边的大树干之上，只让所有人都吓了一跳。

“撤……”王统脸色一变，他很明白，在这种环境之中，想抓住刘秀，那是势比登天。而且一个不好，将会损兵折将，因此，他不能不退。

“既然你们不出来，那便让你们变成烤猪好了!”王统狠狠地道，并立刻点火。

很快，密林迅速燃着了几处火头，对于这样一个充满了原始气息的森林，并不是很难燃着，而且此时正是夏日，密林的地面之下那厚厚的枯叶和一些枯死的灌木很轻易就可以点燃。

王统迅速撤离，他并没有指望这把大火能够烧死刘秀和邓禹，只是他咽不下这样一口气。他知道，即使是他在这头点燃了密林，但刘秀也有机会自密林的另一头走脱。事实上，王统诸人根本就不敢深入林中点火，他们害怕将自己也困入火海中。

这把大火一直烧了三天三夜，这才被一阵暴风雨给浇灭，方圆几十里的密林全被烧得一片狼藉，只剩下炭桩木灰。

森林大火不仅惊动了棘阳、淯阳，甚至连宛城都给惊动了，森林附近的村落全都被迁走，更成了许多野兽的避难之所。

大火虽灭，但那浓浓的烟雾却飘至了宛城的上空，使宛城的天色显得异常暗淡，那场暴风雨降下的水滴之中都含有烟灰，这确实是一场灾难。

而刘秀和邓禹三人被这场大火的烟熏得要多狼狈就有多狼狈，由于树林过于浓密，马匹最后都很难走动。

值得庆幸的却是大火蔓延得不是很快，因此，他们有足够的时间行出这片密林。

在大火被暴雨烧灭之前，他们赶回了宛城。

绝没有人想到刘秀和邓禹会重返宛城，官府的注意力都聚在南行的路上，反而对宛城的戒备和搜寻松弛了下来，连路上的盘查都要少多了。

这几日，刘秀、邓禹和林渺三人同行同宿，倒成了患难之交。

原来，在军营中，林渺待了半年，却被强化训练了四个月，无论是骑射还是搏击。

廉丹自所征之兵中挑选出最为精壮者作为中坚力量，而林渺被选中了。所以，他要接受最艰苦的训练，这使他并没有觉得在军营中白待。

林渺随军参加了两次大战，三次小战，见识了战场上的残酷，却侥幸活了下来，在最后一次大战中，他装死得以逃脱，却没料到在经过天虎山的路上被天虎寨的人给擒了去。

天虎寨之人以为他是奸细，这才擒住了他，被囚在地牢中的林渺，再次狡计逃脱，更潜入了天虎寨禁地偷走了天虎寨刚刚成熟的圣物“烈罡芙蓉果”，这才被天虎寨的人一路追杀，却没想到半途居然遇上了刘秀和邓禹，而且还被秦复抢走了马儿。

终于得以返回故地，林渺心中有种说不出的轻松和舒畅。自他偷吃了烈罡芙蓉果后，他感觉到自己确实发生了很大的变化，无论是内在的还是外在的，整个人似乎有使不完的力量，而且双眼看任何东西都显得清晰无比，连脑子都似乎开了窍，更为灵活。不过，林渺并不奇怪，因为刘秀和邓禹已经告诉了他，烈罡芙蓉果乃道家奇珍，一百年才开花一次，再过百年才结果。传说当年奇人东方朔曾发现一株，因此，在书上有所记载：“花开三十七瓣，初为绿花，再为粉红，后成深红，再后会逐渐呈紫黑色，并逐渐萎缩，内卷成实。再过五十年，果实成熟可食，修道练气之人食之则事半功倍，以资质而论，多者可增甲子之力，次者也可增二十载修为；凡人食之，则可延年益寿，脱胎换骨……”

刘秀昔日曾读过这本载有天下奇物的书，不过书中所载并不尽全，仍有许多功效是著书之人所无法知道的。

听刘秀这般说，林渺自是兴奋雀跃，他并不知道这被天虎寨所称的圣物究竟有什么功效，不过，他却知道，这正是当年东方朔所发现的那一株烈罡芙蓉果，因为在那禁地之中有当年东方朔留下的字迹，也难怪天虎寨之人会如此兴师动众地追缉他。

刘秀和邓禹自然不会惊羡林渺，只会表示欣喜。

林渺一入宛城便即与刘秀二人分道而行，刘秀和邓禹有他们自己重要的事，而林渺则是急于回家见自己心爱的人。这一别半年多，也不知道天和街究竟发生了什么事情和变故。

天和街，一个熟悉却肮脏的地方，再次踏足此地，林渺有一种久别重逢之感。

天和街，依然是那般狭小，路面坑坑洼洼，到处都是垃圾，也可以说，这里根本就不能算是一条街，只是一个已经被人遗忘的角落。冷冷清清，萧条得像是寒冬腊月冷风瑟瑟的日子。

脏兮兮的路上，并没有一个行人，倒像是坟场死域。

林渺的心中再多了一层阴影，他有一种极为不祥的预感，事实上当日他被强征入伍前也有一点预感，但今日这种不祥不安的预感却比当日强烈多了。

林渺突然停步，从这里只需再拐过一个弯便可以看到梁心仪居住的那间小瓦房。

林渺深深地吸了口气，他感到一种潜在的危机正在向他逼临，那是一种玄之又玄的感觉，说不出那是因为什么。

但不管是因为什么，林渺已经开始后退，他不想自这一条路去梁心仪的家，这是他倏然间所作出的决定，因为他嗅到了杀机。

在天和街中，居然存在着如此强烈的杀机，这不正常，而今日的天和街本就已经不正常，再加上这不正常的杀机，更让林渺觉得突兀。而且这杀机又是存在于梁心仪的住处附近，这使他不能不慎重。这些日子以来，被天虎寨的人追杀，使他不敢再把问题看得太过单纯，是以他退。

林渺退，但是他还没退出几步，却发现在他视线的尽头出现了一个人。

是王统！

林渺骇然，他再回头，退路的尽头，却已退无可退。

是官兵，这里已是一条死胡同，他便是这死胡同中被堵截的猎物。

林渺知道了这究竟是怎么回事，知道了为什么天和街会如此冷清，这一切，只是因为他！

确实，是因为林渺，若不是他告诉了王统他是天和街的人，要不是他助刘秀脱困，要不是齐子叔惨死在那残血的手下，要不是他……怎会惹来这些官兵？怎会惹来王统？怎会被人当猎物一般围堵在这条胡同之中？

王统的身边又冒出了四人，杀气，便是自这几人的身上飘散出来的，林渺没有嗅错，可是……

林渺唯有苦笑。

“我们又见面了！”王统冷笑着逼视林渺，充满杀意地道。

林渺发现自己好傻，竟然把这样一件重要的事情给忘了，在见到天和街如此状况之时，他便应该想到可能与官府有关，只是他没有料到官府中人来的如此之快，抑或他太急切地想见到心爱的人，这才没有考虑太多。不过，现在想到这些却是太迟了。

“你把他们怎样了？”林渺努力地让自己平静下来，厉声问道。

“他们只不过被请到一个安全的地方去了而已，只要你交出刘秀和邓禹，便可以见到他们，而且侯爷还会给你赏赐！”王统并不想轻视眼前的对手，说话仍很客气。

林渺知道眼下之事已经不可能善终，也终于明白王统的目的。不过，他当然明白，即使是他供出刘秀和邓禹所在，这些人也绝不会放过他，至少齐府的人不会放过害死齐子叔的凶手！若不是因为他，齐子叔绝不会轻易死去，他只恨那日没有早些知道齐子叔和王统的身份，那样，他便不会透露自己的住址了。可惜，此事已经没有挽回的余地，还因此害了许多人，他心中的后悔自是无可想象的。

“不用想着溜走了，整个天和街，到处都是官兵，你是不可能溜得了的！”王统似乎看破了林渺的心事。

“如果我告诉你刘秀和邓禹的下落，你会不会放了这条街上的所有人？”林渺突然不加考虑地道。

“那要看你的合作态度和诚意了。”王统冷然道。

林渺目光斜扫，见身后的官兵正紧逼而至，不由得露出一丝淡淡的笑容。

王统清晰地捕捉到了林渺的笑容，他正感不妙之时，林渺已转身直向胡同边的墙上撞去。

“轰……”胡同一旁的墙立刻倾塌，而林渺也没入了墙另一边的民宅之中。

“封锁路口，不要让他跑了！”王统高喝道，他怎么也没有料到林渺如此狡猾，竟破墙而逃。

王统迅速跃上民房之顶，向另一边的胡同掠去，而此刻林渺的身形也正出现在另一条胡同之中。

“哗……”林渺丝毫不加犹豫，破开另一家民宅的窗子跃入屋中。

侯府的亲卫好手立刻如王统一般跃上房顶，有的没有这跃来跃去的本领，便只好追着林渺撞破的墙洞追进，也有的绕道相追。

都骑卫也派了人来，但这些人所乘之马可不能飞檐走壁，更不能自民宅中横穿，只好顺着胡同拐弯追赶了。

林渺知道，自己必须离开天和街这个是非之地，此时此地，根本就不可能见得了梁心仪，那便只有想其他的法子了。

王统大恼，林渺尽沿民宅穿行，便是想以弩箭相射都难找到对方的身影，这些民宅，便成了林渺最好的掩护。不过，他也暗惊于林渺的天生神力，居然能穿墙破壁。他哪里知道，林渺对这里的一砖一瓦、一草一木都熟悉得不能再熟悉，这里的墙，哪里厚，哪里薄，哪里坚固，哪里疏松，他都了若指掌，更对这里的地形成竹在胸，想在这里抓住他，绝不是一件易事。

让王统略略安心的却是天和街的每个路口都已设下了哨卡，在他发现林渺返回天和街时，立刻封锁了所有的出路，他绝不能让人溜掉！否则，只怕是无法向王兴和齐府交差。但很遗憾的却是，他追过几条胡同，竟把林渺追丢了，仿佛林渺在瞬间完全没入了整个天和街的民宅之中，唯有马蹄声与官兵奔走的脚步声乱响……

很快，都骑卫和侯府家将将整个天和街都搜查了一遍，却没有发现林渺的踪迹，倒是找到了四具都骑卫的尸体。

这四人显然是被人偷袭致死，他们是分处两个哨口的哨兵，结果连一声警告都没能传出，就被人扭断了脖子。出手之人，不问可知便是林渺。

王统最后在这四具尸体附近找到了一个地道，通出天和街的地道，出口之处却是在他的封锁之外。

这一发现，几乎让王统气得吐血，辛辛苦苦布下的局却仍是让林渺给溜了，这怎么不叫他惊怒？而齐府的高手则在天和街外围封锁线上白费力气，也是怒极，但这却是没办法的事。

宛城再一次热闹起来，四处张贴着的刘秀、邓禹的画像旁边，又加上了林渺的画像。

大通酒楼，在宛城并不入流，但在大通街却是数一数二的。

大通酒楼分上下两层，上层雅座，下层则为比较普通。这里最有名的便是菜，因为酒楼中有一个好厨子兼老板小刀六。

小刀六今日没有亲自掌厨，他只是在厢房之中独自喝着闷酒，仿佛有种说不出的心思，或是心绪甚坏。

没有人来打扰小刀六，大通酒楼中的店小二和其他厨子及请来的掌柜都很明白小刀六的脾气，因此没有谁来理他，只是为他准备了一大坛烈酒和一桌菜。

小刀六吃喝之际，并不在乎有没有人陪，他只喜欢静，安安静静地去品尝酒的辛辣和菜肴的鲜美。所以，在某些人的眼中，小刀六也是一个很有趣的人。

其实，只有小刀六自己知道，他并不是在乎吃喝，尤其是今天，他只是在等，等待一个人！只要对方没有死，没在大牢中出不来，这个人便一定会来见他，这是小刀六的自信，所以他今天不想掌厨。

也不知过了多久，小刀六依然闷头喝酒，但是他已感觉到有人掀开了帘子，因为有一丝凉飕飕的风吹了进来，还使厢房之中多了一丝光亮，只是这些又很快消失。

脚步声很轻，然后是椅子挪动的声音，进来之人便坐在小刀六的对面，仿佛是在静静地看着小刀六。但是小刀六仍没有抬起头来，不过他也停止了喝酒，只是定定地望着碗中的烈酒。

沉默，厢房之中，如死寂般的沉默使人有种窒息的感觉，抑或是因为即将降下的雷雨使得整个天地变得十分沉闷。

这是一间独立的厢房，却绝对清静洁雅，里面的布置还颇有几分诗意，泛着古典的气息，只是在沉默之中，这点诗情画意全都似在酝酿着风暴。

来人取下竹笠轻放在一旁的椅子上，发出了一声淡淡的声响，却有种惊心动魄的效果。

小刀六终于长长地吁了一口气，双手搓了一下盛酒的碗，缓缓抬起目光，却有些愤然和气恨！印入他眼帘的正是那张熟悉得不能再熟悉的面孔——林渺！

小刀六便是在等林渺，他知道，只要林渺回了宛城，只要还未死或没被关进大牢，哪怕只有一点点的时间，林渺都会来见他，一定会！

林渺仍然没有说话，可是他却避开了小刀六那咄咄逼人的目光，不敢与其正视，但是他仍看清了小刀六那愤怒和伤感的表情。

他愧对小刀六！

这是没有多少人知道的秘密，林渺曾经答应过小刀六，一定会给梁心仪幸福，一定会好好照顾梁心仪，因此，小刀六走了，离开了天和街，在大通街开起了大通酒楼。爱情与友情，小刀六选择了后者。

当然，林渺很清楚梁心仪爱的人是自己，而非小刀六，可是他佩服小刀六的勇气，他欣赏小刀六的作风，更感动于小刀六的诚恳和对梁心仪的一片爱意。所以，林渺向小刀六保证，绝不会让梁心仪受苦受累，要好好爱她一生一世，可是……

可是……林渺仍没有说话，只是低着头不与小刀六的目光对视。

第六章　宛城风云

“你究竟犯了什么罪？为什么他们会抓走整个天和街的人？为什么他们会到处通缉你？”小刀六又深深地吸了口气，但仍无法让自己的心绪真正平复下来，有些激动地质问道。

林渺却长长地吁了一口气，半晌未答，却有些气弱地反问道：“心仪和梁伯他们在哪儿？”

“你还没有回答我的问题！”小刀六并不客气，依然固执地道。

“可不可以待会儿再回答？先告诉我心仪和梁伯在什么地方好吗？”林渺有些乞求地道。

小刀六神色微微黯然，吸了口气道：“梁伯死了！”

“什么？那心仪呢？”林渺神色大变，眸子中闪过一丝不安。

“你那天走后，府衙衙役看见了心仪，而后都统大人之子孔庸便常去纠缠心仪，心仪被逼得没法，只好在老包的帮助下偷偷地搬出天和街，谁知孔庸早让人盯梢，于是伤了老包，更抢走了心仪，梁伯也死了！”小刀六眸子里闪过一丝仇恨，伤感地道。

“那是什么时候的事？”林渺指关节一阵爆响，双眼内闪过骇人的杀机。

小刀六也微骇然，但是他并不感到意外，当他第一次听到这个消息时，同样是想杀人，同样想闯入都统衙门，可是祥林挡住了他。

“一个月前。你是不是想去都统衙门？你斗不过他们的！”小刀六痛心疾首，却又无可奈何地道。

“无论他是谁，我绝不饶他！”林渺腾地一下立身而起，杀意冲天地道。

“眼下你自身都难保，又怎么去对付他？要知道，你是朝廷通缉的重犯！”小刀六提醒道。

林渺不由得有些泄气，几近呻吟道：“难道你们就没有想办法救回心仪？”

“怎么没有？虎头帮的人不敢得罪孔庸，青蛇帮也推三阻四，最后我们只好联盟去找孔庸要人，但是他不承认，我们请了好手去救，可是这些人全被抓了！我们什么法子都想了，但人家是都统大人的儿子，手中有满城的都骑军，还可以调动全城的大军，我们能怎么办？要造反吗？可哪有这么多的兵器？谁来领导我们？这里可是人家的天下！”小刀六义愤填膺地道。

“那心仪还在不在都统衙门？还在不在孔庸的手上？”林渺冷然问道。

“在！心仪还活着，都统府中有我们的兄弟，我着他买通了孔庸身边的丫头，自他那里得到的消息称，心仪以死相胁，使孔庸不敢乱动，更称，孔庸若想得到她，便必须先得到她的心，否则就算得到一个空壳，还不如一具行尸走肉！孔庸这小子极为自负，被心仪这么一激，竟真的不再有非礼要求，却对心仪百依百顺。因此，眼下心仪还没有什么危险！”小刀六道。

林渺不由得微微愕然，不过，他极为相信梁心仪的机智和聪慧，更知道梁心仪这种做法只是想拖延时间，找机会逃脱而已。

“你究竟是犯了什么大罪？他们竟悬赏五百两银子进行通缉，还抓走了乡亲们！”小刀六质问道。

“因为我救了刘秀和邓禹，而且齐家的副总管齐子叔也因我而死！所以，他们才会通缉我。”林渺叹了一口气道。

“什么？”小刀六吃了一惊，有些不敢相信地望着林渺。

“老包和祥林也被抓了吗？”林渺心情大坏，问道。

“好样的，连齐子叔都对付不了你，那刘秀和邓禹可是个人物，值得！”小刀六有些答非所问地道。

“我问你老包和祥林怎么样了？”林渺有些窝火地又问道。

“哦，老包和祥林先接到了侯府内部的兄弟通告，因此，他与阿四等人先避开了，带走的只是其他一些人。”小刀六回过神来答道。

“老包他们现在哪里？”林渺稍感欣慰地道。

“他们避在六福楼，这几天风声很紧，你也得快些出城，否则他们迟早会查到你的！”小刀六提醒道。

“要出城还不简单，如果我出城了，心仪怎么办？乡亲们怎么办？”林渺断然道。

“那你留在城中又有什么用？难道以你一人之力还能够斗得过满城的官兵？能够劫得了大牢？能够把孔庸给宰了？要知道，你所犯的是杀头大罪。”小刀六劝道。

“若是我一人独活，你认为我会开心吗？没有心仪，你认为我可以心安理得地活着吗？就算是死，又有什么大不了的，我林渺已经死过几次了，能活到现在，已经不亏了！”林渺固执地道。

“可是你能有什么办法？便是加上老包、祥林和我及阿四几位兄弟，我们也不过十几人，这又能起到什么作用？”小刀六苦闷地道。

“去帮我查一下孔庸这些日子会经常去哪里？”林渺突然道。

“你真的想对付孔庸？”小刀六吃惊地问道。

“你只要告诉我孔庸这段日子以来的常去之所就行了，其他的不用你操心。我先走了，明天给我消息！”林渺一把抓起竹笠沉声道。

小刀六默然地望着林渺，却不知道该说什么。他明白，林渺决定的事情，没有人可以改变。

“轰隆……”一个炸雷在外惊起，电火如一道银蛇般泻落于窗外，厢房之中似乎逐渐变得黯淡起来。

电光之下，林渺的背影拖得极长，但还是消失在门帘之外。小刀六没有将其留下的意思，他甚至不知道林渺是否已经吃过午饭，不过，那已经不重要。

同仁行，乃是宛城最大的铁铺，地偏城西，这里却是极富盛名的商业地带，各种店铺横摆两条街，而同仁行是其一。

因大雨的原因，这本繁华的街道也变得有些萧条，行人寥寥，商铺许多都关了门，但同仁行却未关。对于他们来说，天下不下雨并不重要，他们只管铸兵造刃。

同仁行的兵刃远近闻名，其铁质过硬，绝不会造出废铜烂铁。

老铁，是同仁行的当家之人，手下有五位弟子，整个同仁行便由这六个人操作着。他们不仅锻造农具，更会为官府锻造兵刃铠甲，因此在宛城之中很吃得开。

老铁已经很少亲自铸造兵刃和农具，因为他有弟子，除非真正有老铁看得上眼的绝佳好铁，那时老铁才会手痒，欲一显身手。此刻的老铁已不再年轻，但没有人敢说他老，皆因没有几个人抡得动老铁的重锤，那只重锤便像是老铁的标志，只要它仍悬在同仁行的大堂之上，便不会有人怀疑同仁行会铸出劣品。

火焰跳跃，同仁行内的空气都是炽热的，尽管外面下着大雨。

老铁的弟子似乎根本就不在乎天气怎么变化，也不关心除手中顽铁之外的事物，包括那冒雨走进的客人。他们的全副心神都在跃动的炉火和那飞舞的铁锤之上。

“叮当……”不绝的敲击声夹着汗珠的飞溅，在偶闪的电火和炉火为背景的勾勒中，一切都充满着莫测的动感和力感。

那冒雨而来的人依然戴着深深的斗笠，水珠缓落，但他的目光却停留在那飞舞的铁锤和跃动的炉火之上，若有所思。

炽热的气浪充斥着铺子中每一寸空间，便像那赤膊抡锤者肌肉上绽放的生机，那奔涌的力感，使生命变得真实而又简练，正如那逐渐成形的刀！

陌生人的衣裳仍在滴水，尽管他戴着斗笠，但却无法完全挡住那似乎无孔不入的雨水。他立了良久，才淡淡地说了一句话："我找老铁！"

打铁的人没有回答，却有一个年岁不小的女人自内厢走了出来。

女人看上去犹有风韵，皮肤白皙，让人很难想象是在这烟火熏烤之下生活的人物。

"你找老铁?"女人的话很直接，淡淡的，柔柔的，不像烈火铁锤般爆烈，倒像是一阵拂过的春风，让人心底舒服。

"是的，我找老铁!"陌生人肯定地道，却没有摘下斗笠的意思。

女人虽比对方矮一点，却仍无法自斗笠之下看清对方的脸，是以，她迟疑了一下，道："我是他的夫人，他不在铺中，有什么事跟我说也是一样。"

"有些话只能跟老铁讲，事实上也许你可以替代，但在我的眼里，那却是两回事，是以只可与老铁说！"陌生人有些固执地道。

女人再次打量了陌生人一眼，她很想低下头去看看对方是什么样子，但很快她便抑制了自己强烈的好奇心。不过，听声音，她知道对方定是很年轻。

"好吧，请跟我来。"女人吸了口气道。

陌生人没有再说什么，对于这样的结果他并不在意，也不会意外，只是紧跟着女人的背后向后院行去。

女人带着陌生人到了后院，便指了指正在一个亭子中观雨的人道："他在那里。"

老铁静静地立着，仿佛是在思索什么，但他的目光却紧锁着那豆大的雨点。

老铁的年纪似乎不小，头发有些灰白，也不知道是因为烟火的熏陶还是因为他真的已经年岁不小了。

陌生人只是望着老铁那犹如铁铸的背影，挺拔、高昂、稳立，给人一种高山仰止般的崇敬之感。

一亭，一人，被雷雨环绕在庭院之间，似孤立又与天地融为一体，竟有一种说不出的韵调，连陌生人也都看呆了。

陌生人只是迟疑了一会儿，便举步向亭中走去，并没有再看那女人一眼，或者是没有这个必要。在他的眼中，只有老铁……

脚步声惊动了老铁，他缓缓转过身来，脸上的皱纹如刀刻一般，一道道，棱角分明。浓眉似剑般斜插上鬓角，细长的眼中闪烁着似带锋芒的神彩。面黑如铁，却无胡须之赘，整个人便像是一尊精铁铸成的巨像，自有一番超然而凛冽的霸气，若一柄回火的古剑。

陌生人脚步停了一下，似慑于老铁的气势，但仅只是瞬间的停顿，陌生人又大步跨入亭子之中，并轻摘下斗笠，悠然与老铁对视。

“你就是老铁？”陌生人问道。

老铁笑了，认真地点了点头，悠然道：“我知道你一定会来，所以我在这里等了很久！”

“你知道我是谁？”陌生人微讶道。

“林渺，现在满城都贴着你的画像，老夫自然认识，只是没想到你居然不化装便直接前来！年轻人确实有胆色！”老铁口气极为温和，让人很难想象他是个打铁的。当然，那是在不看外表的情况下。

“刘兄已经跟你说过？”陌生人正是林渺。

“不错，三公子猜到你这两天一定会来找我，昨天你没来，那今天你一定会来！”老铁悠然笑道。

“我想见他！”林渺肃然道。

“可以，今晚，我便可带你去见他。”老铁满口答应道。

林渺露出了一丝欣慰之色，尽管明天将发生什么事他不知道，至少，在这风雨飘摇的宛城之中他不会孤独。

林渺早早地便醒了过来，尽管昨夜他很迟才睡。

老铁早已将林渺所要的刀备好了，不仅仅有刀，更有极为小巧的弩箭，可藏于袖中杀敌于无形，最妙的还是一张人皮面具。

当林渺大摇大摆地走进大通酒楼，让他感到意外的却是，老包和祥林也都在这里，显然是小刀六把他们召唤了过来。

老包和祥林的神色并不好，林渺进入厢房之时，几人都在沉思，却不知在想些什么，不过，没有一人说话。

小刀六对林渺的出现很意外，但他并不识得林渺的这一张面孔。

“你找谁？”小刀六的口气有些不太好。

林渺没有答话，却反手闩上门，这才在三人的目光之下缓步来到圆桌边，轻松地揭开面具。

老包和祥林及小刀六全都愕然。

“孔庸的消息查得怎么样了？”林渺一开始便切入正题。

小刀六诸人这才如梦初醒，仍有些惊异地打量着林渺。

“他的行踪很难确定，不过，他常去醉月楼，因为他对醉月楼新来的小幽很是迷恋，这几天定会去的！”小刀六道。

“你小子回来了，也不先去见见我们。”祥林一把伸手揪住林渺的衣襟，有些愤然地道。

林渺望望这自小一起打闹大的好兄弟，心中升起一丝暖意，但对祥林的质问唯有投以苦笑，道：“六福楼人多口杂，我若是贸然去见你们，岂不是害了你们？”

“妈的！”祥林狠狠地给了林渺一拳，又坐回自己的位置上，故意气愤地道：“你不是已经害得我们如过街老鼠了吗？要不是见你平时够哥们，今天定要揍扁你！”

林渺心下歉然，老包却伸手拍了拍他的肩头，笑了笑，安慰道：“这些算什么，昔日我们不也是过街老鼠吗？只要人活着，这点困难算不了什么，现在我们几人来想个办法去把乡亲们救出来吧！”

“大家别担心，乡亲们不会有事的，李通和李轶答应去帮我们救出乡亲们！”林渺安慰道。

“李通和李轶？”三人不由得微怔，有些不敢相信地望着林渺。

“你什么时候与这两个人攀上交情的？”老包也有些不敢相信地问道。

“昨天我去见了刘秀，他们答应帮我。”林渺并不想对这三个人隐瞒什么，他相信，如果这三个人都不值得信任，那这个世上便没有几个可以相信的人了。

“那就好，有这两个人出面，都统衙门自不会不给面子！”老包松了一口气道。

“我要去救心仪！”林渺却没有半点高兴可言，只是平静而坚决地道。

老包的脸色立时变得很难看，叹了口气，有些歉意地道：“都是我不好，没能照顾好心仪，为那贼子所乘！”

“这不是你的错！”林渺反而宽慰老包道。

“你为什么不叫刘秀的人帮忙？”祥林有些惑然地道。

“这只是我的私事，必须由我自己去办。心仪是我的女人，她的幸福不能建立在别人的施舍之上！”林渺回答得斩钉截铁，只让几人都愣住了。

几人望着林渺那平静而肃然的表情，半晌未语，最后还是老包打破沉寂，吸了口气，问道：“那你打算如何去救心仪？都统府上守卫森严，若是我们贸然而去，岂不是自寻死路？”

林渺深深地吸了一口气，半晌才道：“我仍没想到最好的办法，不过你们放心，我绝不会鲁莽行事！能不能给我弄两匹快马？”

“你要马干吗？”小刀六不解地问道。

“当然是逃命用的，我知道城东有一条地下水道，可以通向城外，也许，我们会用得着。当然，还要给我准备几套衣服！”林渺想了想道。

老包神色一动，道：“也就是说，只要能把心仪带到城东，那我们就有可乘之机了？”

林渺赞许地望了老包一眼，点头肯定地道：“不错，只要将心仪带到了城东蚩尤庙，我们便可由地下水道出城，这条水道官兵一时肯定想不到，只要将快马放在水道出口附近，我们便可远走高飞，或是南下去找绿林军，那时就不怕他们的追击了！”

“可是如何能让心仪到城东蚩尤庙呢？孔庸那小子也十分奸滑，对心仪看守得很紧，他怎么可能让心仪出府？”祥林担心地道。

“这就要看我们怎么做了，谁陪我走一趟虎头帮？”林渺突然问道。

厢房中的三人都不作声地望着林渺，不知道林渺这话是什么意思，在这种时候居然还有心情去虎头帮。

“你想让虎头帮的人帮忙吗？”老包问道。

“那群狗娘养的，平时有好处的时候，都称兄道弟，此刻我们有难，却他妈的一个个成了缩头乌龟！”祥林愤然道。

“这也不能全怪他们，他们虽是地头蛇，可这次的对手是都统衙门，若是他们得罪了都统衙门，还能在宛城混吗？”小刀六表示理解道。

“我要去见游老大，今次，他必须帮我，否则他也别想在道上混！”林渺冷然道。

“他们人多！”老包有些担心地提醒道。

林渺没作什么反应，只是又重复道：“谁陪我去虎头帮？”

“林渺去了虎头帮！”老铁的弟子铁二说道。

刘秀没有作声，他只是听着，邓禹仍没有回来，不过他绝对不会担心邓禹。

虽然眼下满城风雨，但那只不过是一种形式而已，官府并不会这么快便想到他们会回宛城。

刘秀离开宛城，又回宛城，只是想痛痛快快地干一场，他本想回春陵，但在路上却遇上了族兄刘玄，是刘玄让他改变了返回春陵的主意。

眼下，四处烽烟迭起，南郡已被绿林军控制，而他身为刘家宗室，岂能落于人后？是以，他再次返回宛城，并派快骑与春陵的长兄联络。林渺的出现，使刘秀更好地安排计划。

对于林渺的事，刘秀实已了然于胸，他早已派人打探清楚了林渺的底细，只是林渺并不知道这些而已。

“我们要不要去帮他？”铁二问道。

“不必，静观其变，虎头帮还不会对他怎么样。你去让铁叔把所存的兵器准备好，或许就在这两天，我们便要一举控制宛城！”刘秀断然道。

“如果南阳的大军来援助，我们该怎么办呢？”铁二仍有些犹豫地道。

“我自有安排，清叔已经准备好了大量的船只，我们并不需要占领宛城，只要制造出一种声势，便可以召引来许多的人。记住，声势越大越好！”刘秀叮嘱道。

“孔大先生正在赶制大筏，也是公子的吩咐吗？”铁二有些惑然地问道。

“不错，这也是一种手段！”刘秀道。

“林渺的武功并不高，又势单力薄，我怕他根本就闹不起来……”

“不要小看他，他的潜力无可限量，而且机智过人，他绝对不会让我们失望的！”刘秀肯定地道。

“宋义先生到！”门外传来一声轻报。

刘秀立身而起，门帘已被挑开，一高瘦的中年人大步行入。

“宋叔！”刘秀客气地打了声招呼。

“宛城的粮草已经装备好了，何时运出城外，但听三公子吩咐！”宋义肃然道。

“可以即日出发！”刘秀平静而肯定地道。

“难道三公子不留下一些吗？”宋义有些惑然地问道。

刘秀悠然一笑道：“不必，我们并不是要在此长住，只要这里的粮草够吃就行，府库里还有粮草，若不够，我们大可去借！”

宋义望了望刘秀，再望了望铁二，拱手道：“我明白该怎么做，我先走了！”

刘秀点了点头。

虎头帮，并无十分气派的据点，若说其地盘，应是指城中的神农祠。

神农祠，地处宛城的中心，依山而建，不算雄伟，但是却很有名气。昔日，这里的香火最盛，只是近年来，战乱纷起，民不聊生，人们对神农的祭拜已不是那么殷勤了，只因每年的乞求都不能盼得福至，人们也心淡了。不过，每年立春和立秋时节，这里仍是全城最为热闹的时候。

此刻的神农祠，很冷清，在这里活动的，多是虎头帮的人。

虎头帮平日里靠收一些保护费，也做点小买卖挣些钱，有时候还会为别人收收账。只是这段日子以来，城里的风声极紧，虎头帮也收敛了许多。

当祥林出现在神农祠门口的时候，立刻有人进去通报了帮主游铁龙。

对于祥林，虎头帮上下并不陌生，都是道上混的，天和街的几大天王，在宛城的混混之中还是很吃得开的。

祥林没说什么，只是与林渺大步踏入神农祠，林渺当然是戴着面具的。

“哈哈，我以为是哪路稀客，原来是祥林呀！”游老大带着不太自然的笑容迎了出来，大步向祥林走来。

祥林只是淡淡地笑了笑，略带讥讽地道："近来游老大似乎修心养性了，都没听到你的消息，兄弟我以为你病了，所以今日才来看看。"

游老大的脸色微微一变，他身边的几人脸色也微有些不自然，却不是对祥林的话不满，而似是含着一丝愧意。

"我想与游老大好好谈谈，找个清静一些的地方吧。"祥林平静而坦然地道。

游铁龙环望了一下周围的十几名兄弟一眼，干笑道："好吧，我们去后厢说话。"于是领头便向后厢行去。

后厢是神农祠的偏厅，被游铁龙改建了一番，倒像是一间密室。

游铁龙身边仍立着四名虎头帮的兄弟，这仿佛在炫耀他的武力一般。

"这位是……"游铁龙见林渺大模大样地坐在祥林的身边，不由得微有些惑然地问道。

"游老大不认识我了吗？"林渺悠然摘下面具，冷然笑问道。

游铁龙和他身边的四名手下全都一震，失声道："林渺！"

"原来游老大并没有忘记小弟，真是荣幸之至！"林渺漫不经心地道。

"林兄弟什么时候回来的？"游铁龙的脸色难看至极地问道。

"这个并不重要，我今日前来，是要请你帮忙的。"林渺冷冷地望着游铁龙道。

"林公子与我虎头帮本就是自己人，何用说这样多余的话呢？"游铁龙身边的一名汉子出言道。

游铁龙白了他一眼，这才有些尴尬地望着林渺道："如果是关于官府的事，只怕我们也无能为力！"

林渺冷冷一笑道："游老大何时变得如此怕事，丑话说在前头了？"

游铁龙又干笑了两声，却不回答。

"我今日前来，正是为了关于官府的事，至于如何安排，暂时尚未决定。我现在就等游老大一句话，是帮还是不帮？"林渺说话的态度很坚决，却没有人认为林渺的话有些过分，事实上，林渺本可以成为虎头帮的帮主，只是他将之让给了游铁龙，这是虎头帮每个人都清楚的事。

游铁龙为难地道："这个，这个……"

"你就说帮还是不帮？"林渺逼问道。

"这个事关两百多帮众的安危，我不敢独自做主，必须征得大家的同意才能作出决定！"游铁龙眼睛一转道。

林渺冷冷一笑道："那我便只好抱歉了！"

游铁龙脸色一变，刚意识到怎么回事之时，林渺的手已经触上了他的咽喉，也不见林渺如何作势，竟将游铁龙提了起来。

祥林和其他几人也都吃了一惊，没想到林渺说动手就动手，而且速度之快，完全超出他们的想象之外，等他们反应过来时，一切都已成了定局。

"借你的令牌一用！"林渺右手捏着游铁龙的咽喉，左手已迅速地自游铁龙的怀中掏出了一块令牌。

"你这是什么意思？"游铁龙骇然，可是林渺的手如铁钳一般，使他不敢轻举妄动。

那四名虎头帮的弟子也愣住了，不知是该出手还是不该出手。

"什么意思?！祥林，把他绑了，我不想跟这种人多说废话！"林渺冷酷地道。

祥林先是一怔，继而忙用准备好的牛筋捆人。

"你们四个是跟我，还是跟他？"林渺冷眼望着那四名虎头帮的弟子，指了指游铁龙道。

那四人看了看林渺，又望望游铁龙，一时变得犹豫不决。

"不要听他的，他是朝廷要犯，只会害了你们……"

"啪……"林渺一掌击在身边的厚檀木桌上，桌面应声而裂。

"你如果再多嘴，我就让你与这桌面一样！"林渺冷冷地道。

林渺这一手倒真的镇住了所有人，祥林也像看陌生人一般傻傻地望了林渺一眼，又看了看碎裂的桌面，他发现今日的林渺与往日确实有些不同了，无论是气势还是威风都是昔日所不能相比的。

游铁龙真的不敢再多言了，那四名虎头帮的弟子忙道："我们愿意跟随林老大！"

"好，你们立刻传令帮中所有兄弟，等候命令！"林渺道，旋又转头对祥林道："把游老大看紧点，就先委屈他几天！"

老铁有些惊讶，望着林渺一本正经的样子，他不禁心中涌起一种难言的感觉。

"你真的很想学老夫打铁的手法？"老铁再一次问道。

"晚辈不是玩笑，请前辈指点！"林渺一本正经地道。

"为什么会有这样的想法？"老铁有些好笑，这个年轻人行事似乎总有那么一点出乎人意料之外。

"我仔细地看过你们打铁的手法，我知道，这不仅仅是一门技术，更是一种很高深的武学，是以，我想请先生指教！"林渺认真地道。

老铁不禁大笑，他确实觉得林渺很有意思，既然知道这是一门武技，却不提拜师便要人授其秘招，这岂不是有些好笑？

"那就是说，小兄弟你愿意拜在我的门下了？"老铁反问道。

林渺一愣，正欲回答，刘秀的声音却在一旁响起："铁叔，我看这拜师之礼就免了吧。"

林渺和老铁的目光不由得移了过去。

"哈哈，世上哪有此理？这岂不是明摆着占我便宜吗？"老铁大笑道。

林渺微一咬牙道："如果先生愿授，林渺这就行拜师之礼……"

"唉……老夫只是开个玩笑，小兄弟愿学我欢喜还来不及呢，总算有识货之人，我岂会再敝帚自珍？"老铁一把扶住林渺，欢畅地道。

“还不快谢过铁叔！”刘秀也欢笑道。

“谢谢先生！”林渺大喜道。

“其实，我也无甚可教，能授你的，也只有一套心法，小兄弟若能将这套心法融会贯通，打铁自然能得心应手。我们本只是用来对抗炉火的高温，若你能将之发扬光大，倒也是一件美事。”

林渺大喜之际，老铁却自怀中掏出一本小册子道：“这便是载有心法和我心得的东西，老夫不能亲自教你，就要看你自己勤练了。”

“还不再谢？铁叔的心法乃属道家心法的一种，由数大练丹大师所创九鼎玄功。本为练丹之人以抗炉火高温所创，但实为道家一珍，你可要妥善保存哦。”刘秀提醒道。

林渺再喜，赶忙大谢。

林渺并没有待在房里，是夜，宛城之中依然很热闹，只因夜晚比较凉快，又是朗月之夜，自然会有人享受夜生活。

林渺与祥林一道共探醉月楼，这是宛城之中有名的青楼，虽然无法与棘阳的燕子楼相比，但也是不可多得的好地方。

但因燕子楼距宛城太远，是以宛城的达官显贵和富家子弟也颇为青睐此地。

林渺对醉月楼并不陌生，但昔日只是游耍，今日却是截然不同的心绪。因此，他所在意的仍是醉月楼周围的地形，顺便也来见见那新来的小幽。

小幽确实是天生尤物，来到醉月楼不到十天，便让宛城的许多公子哥儿着了迷。便是林渺初见，也为之怦然心动，最让人难忘的却是那双会说话的眼睛，也难怪孔庸会留恋于她。

见了小幽，林渺也放心多了，他可以肯定，孔庸这几天一定会来此地，只要孔庸一来，他便可以实施他的计划。

他并没有在醉月楼过多的逗留，因为他尚要部署许多事情。刚才有消息称，李通和李铁真的让府衙放出了天和街的子民，因此，林渺还要去做几件事情。

不过，林渺尚没来得及与祥林分别之时，老包来了，还有阿四。

阿四身材十分瘦小，一副病态，却也是林渺在天和街的铁哥们。

老包见了林渺，没有说话，显得异常沉默。

阿四却似有些害怕对视林渺的眼神。

林渺有些莫名其妙，望着老包和阿四那阴沉着的脸色，他感到一阵莫名的不安，有一种极为不祥的预感在他的心中滋生、蔓延。

“究竟发生了什么事?”林渺终于忍受不了这比死还难受的沉默，打破僵局问道。

“阿渺，你要节哀!”老包终于带着悲腔道出了一句沉重得让林渺目瞪口呆的话。

“究竟发生了什么事?”林渺深深地吸了一口气，以最平静而沉缓的语调问道。

“心仪她……她死了!”阿四终于忍不住抽泣道。

“什么!”林渺顿时如遭雷击。

梁心仪死了!

孔庸知道林渺回来了，他更知道林渺乃是梁心仪的男人，因此他害怕梁心仪会走，或是林渺会来救走梁心仪，因此他不想再等。

在被逼无奈之下，梁心仪选择了死。

梁心仪死了，都统府中的人便立刻把消息传了出来，那是昨晚发生的事情。

林渺的脑中一片空白，他所有的计划根本就没来得及着手实施，梁心仪便与他永别了。

没有人知道梁心仪的尸体在哪里，唯有孔庸的亲信才清楚，这不是一件好事，是以，孔庸让亲信悄悄地将尸体埋了。

祥林的心也一片空白，每个人的眼泪都不自觉地滑了出来，所幸这是夜晚，更是一个僻静的地方。

对于林渺来说，整个世界都似乎在刹那间失去了生机，他不知道活着是为了什么。或许，在没有得到梁心仪之前，他会知道活着的意义，在拥有梁心仪后，他更清楚活着的含义，可是突然之间，他失去了最心爱的人，便等于失去了整个天地，失去了一切。他不知道自己还拥有什么！这一刻，他才知道，梁心仪是他整个世界的一切。

梁心仪死了，林渺无法接受这个事实，如天塌地陷一般，他竟无声地倒下，他似乎没有听到老包的惊呼，也没有听到阿四和祥林关切的呼叫……

林渺再次醒了过来，却已是在大通酒楼之中。灯火微弱的光亮中，他看到了老包、祥林、阿四和眼睛红肿的小刀六。

林渺知道，心仪死了，这是真的，小刀六刚才一定哭过，其实他也想哭，可是没有眼泪。他不知道为什么会突然置身于大通酒楼，他明明记得自己刚刚似乎只是从醉月楼中出来，仿佛一直都浑浑噩噩。

“你醒了?”祥林焦灼地道。

林渺目光有些呆板，似乎转动有些困难，但却突地坐了起来，这使围在周围的人吓了一大跳，但更让他们吃惊的却是林渺脱口而出的话。

“我要杀孔庸!”

所有的人都呆呆地望着林渺，他们怀疑此刻林渺的神智是不是出现了问题。

“我要杀孔庸!”林渺很平静地重复着这一句话，平静得让人不敢有任何质疑，平静得让人心寒。

老包和小刀六诸人都没有说话，只是惊于林渺的话，半晌没有回过神来。

林渺没有望身边的四人，而是站了起来，分开老包和祥林，大步就向门外走去。

“阿渺，你去哪里?”老包最先回过神来，一把拉住林渺，急切地问道。

“醉月楼!”林渺淡然答道。

“你要去找孔庸?”祥林也骇然道。

“是的!”林渺的声音没有半点感情色彩。

“你疯了，孔庸身边有很多家将，你这去不是等于送死吗?”小刀六也急了，一把拉住林渺急切地道。

“就算是满城的官兵护着他，我也要取其狗命!”林渺的声音冷而坚决，有种让人不能不信的力量。

“你怎斗得过他?”阿四急得直搓手，他此时根本不知道该用什么话去劝林渺。

“放开你们的手，没有任何人阻止得了我!”林渺仍不带半丝感情地道。

“也许孔庸并不在醉月楼呢?”祥林见林渺心意已决，知道难以相劝，不由提醒道。

“不，他今晚一定会去，事情是昨夜发生的，他今天便绝不会还待在府中守着那丧气的事。是以，他今晚绝不会不去醉月楼!”林渺的头脑竟超乎寻常地清醒，清醒得让人心惊。

老包和祥林诸人不由得面面相觑，他们本以为林渺已被悲痛冲昏了头脑，但此刻看来，林渺比他们任何人都要清醒。

“可是……可是你一个人怎敌得过他们那么多的人?”老包急得直搔头。

“没什么可是!请你们不要拦我，如果还当我是兄弟的话，就不要阻止我的行动!”林渺固执地道。

“那我们陪你一起去！”小刀六突地松手，冷然而认真地道。

“不，你们不可以一起去！”林涉断然道。

“为什么？难道我们不是有福同享、有难同当的兄弟？”祥林大为生气，一把扳过林涉，冷问道。

“是！但这不关你们的事……”

“你以为心仪只是你一个人的吗？你错了！心仪是我们大家的，是我们整个天和街的，这不只是你的事，更是我们天和街的事！”老包也道。

林涉不由得愣住了，怔了半晌，道：“好！但你们必须见机行事，接应我！”

“好，我们知道该怎么做，没有人比我们更懂得如何保护自己！”祥林自信地道。

林涉没有再说什么，只是望了望身边的四人，然后大步跨出大通酒楼。

醉月楼依然是灯红酒绿，热闹非凡。越是乱世，青楼的生意似乎就越好，尤其如宛城这样的大都市，富人们的危机感比谁都强，似乎只有纸醉金迷的生活才能够使他们空虚的心灵得以安稳，只有女人的怀抱才可以使他们暂时忘却这乱世的烽火。

孔庸今天的心情极为不好，或许是还没能自昨晚的丧气中回过神来。他怎么也没有想到，自己苦耗了一个多月，最后竟扫兴至这种程度！他气恨梁心仪，事实上，他真的是有些喜欢这个女人，否则，他也绝对不会等上这一个多月之久。可是，林涉回来了，也正因为如此，梁心仪才死了，他气恨梁心仪，却又有些可惜，但他最恨的人还是林涉，因为是这个人坏了他的好事。

孔庸想宰了林涉，可是官府却找不到关于林涉的半点消息。他绝不相信这个人能飞出宛城，直觉告诉他，这个人一定仍在城中，是以，刚才他还在都统府中发了一通脾气，骂那群酒囊饭袋办事不卖力。不过，现在他的心情稍好了一点，那却是因为小幽。

这确实是个尤物，宛城之中许多人都在打她的主意，可是他这个都统之子的身份却可以压倒许多对手。是以，他可以轻松地带着小幽回到自己的府上风流快活。

这倒确让孔庸的心情畅快了一些，至少，这使他天生的那份优越感更突显，也可以暂时抛开梁心仪留下的遗憾。

长街空寂，夜已经很深了，都统府的家将围护着孔庸的马车，张扬得厉害。他们并不怕惊扰百姓，隆隆的车轮声似乎并不能完全掩盖车厢之中孔庸与小幽的调笑声。

孔庸的派头很足，出入皆如众星捧月，家将一大群，这或许与宛城的不安宁有关。皆因近来有杜茂的例子及冷面残血的杀戮，使得许多人都不敢再如往昔一般张扬，谁都怕下一个死的人便是自己。

孔庸倒不怕这些，但是都统大人孔森却不敢让他这宝贝儿子冒险，要知道孔森就只有这么一个儿子，自是骄惯得不成样子，孔庸每次出门，必有八名家将相护。

都统府距醉月楼的路程并不近，却也不远，穿过三条街，拐四个弯便到了。这段路孔庸走过千万次，即使闭着眼睛也能摸回府上，而对其父孔森让这么多人护着他，使他深感不以为然。

事实上，不只是孔庸这般想，就是那群家将也这么想，试问谁敢在太岁头上动土？何况孔庸也绝非庸手，受过好几位师父的指点。

马车在转弯，孔庸已有感觉，虽然他沉迷于车厢内那醉人的温柔之中，可是他的心依然很明确，这一刻他更感到，小幽虽一身媚骨，可是与梁心仪相比，却仍差上许多，那是一种内在气质的差异。想到梁心仪，他竟有些怕返回府中，是以，他的心在默默地计算着回到府上的路程，只要拐过这一个弯，便只剩下一个弯和两条街了，他禁不住感到汗颜。以他的身份、地位和才华，居然得不到梁心仪的爱……

“轰……”孔庸的思绪还没平复之时，猛觉车厢狂震，整个车顶竟然塌下，裂为碎木。

“不好……”孔庸心中掠过电火一般的意念，一拖小幽闪身疾掠而出，马车也便在此时完全爆裂——那是因为一块自天而降的磨盘大石。

“嗖……”孔庸刚一掠出车厢，便觉冷风袭至，他根本就连喘口气的机会也没有。

“哧……呀……”孔庸只觉肩头一阵火辣辣的痛，而此时他怀中的小幽却发出一声惨叫。当他发现这是怎么回事之时，小幽竟已气绝，却是因为一根八寸长的弩矢。

惨叫的并非只有小幽，他的八名家将已有四人中箭而倒，另外四人怒吼着向大街两旁的屋顶上掠去。

杀手，正是伏在长街两边的屋顶之上，黑暗的夜，黑暗的瓦面，根本就难以发现这群如幽灵一般潜伏的敌人。

“孔庸，纳命来!”怒喝声中，一条人影如大鹰展翅般自屋顶上飞扑而下。

孔庸心中涌起了无限的杀机，这刚才还与自己缠绵的如花似玉的美人儿，竟在顷刻之间变成了一具没有生命的躯体，怎叫他不怒？怎叫他不杀机狂涌？不过，他也被刚才险死还生的一瞬给惊住了，若不是他闪得快，或不是小幽，只怕此刻死的便是他了。不过，他的肩头也被弩矢掀开了一块皮肉，也正是这一矢准确地钉入小幽的咽喉，夺走了她的生命。

“嗖嗖……”那四名都统府的家将身形刚刚腾空，便立刻迎来了第二轮弩箭。

孔庸在怔神的刹那，听到了那一声怒喝，也感到了那来自上方强大的杀气，根本就不容他多想，抛开小幽，双足在车辕上一点，迅速蹿开。

孔庸的反应确实够快，仅以毫厘之差，他所立的车辕便化为一堆木屑。

木屑纷飞之中，孔庸只见一道黑影迎面而来，快得让他没有回气的时间。

“保护公子！”那剩下的四名家将骇然自空中沉落，有两人险险地避开弩箭，另外两人却也带伤而落。这一刻他们才后悔太过大意，如果不是太过大意，根本就不会出现这样的状况。以他们的身手，要避开这几支夺命的箭矢并不是一件很难的事情，可是平日的安逸使他们失去了应有的警觉。

“叮……”孔庸极速拔剑，准确无比地截住那迎面而来的黑影，但交击之下，他手中的剑几欲脱手而飞，对方的力道之猛完全超出他的想象。

“林渺！”孔庸骇然惊呼，这一刻他才看清对方的面目，竟是自己的大冤家林渺，而林渺手中的兵刃更让他吃了一惊，竟是一只硕大的铁锤，仅锤头就如小孩脑袋一般大小，也难怪会有如此沉重的力道。

孔庸被林渺一锤震得倒跌数步，被逼得紧贴街边的厚墙。

“孔庸，今天是你的死期！”林渺没有任何多余的招式，大锤一挥，以最狂野的方式狂挥而去。

孔庸发现林渺的眼睛在黑暗之中闪烁着一缕幽暗的厉芒，宛若暗夜里的死神，那强大的气势使他心寒之余更有窒息之感。在倏然间，他似乎忘了自己的武功，完全震慑于林渺那一往无前的气势之下。

“公子！”都统府的家将大声惊呼，更飞扑而至。

孔庸被人这样一喊，立刻回过神来，慌忙再举剑相挡。

“当……轰……”孔庸的剑被砸得如一张铁弓，强大的冲击力使他撞穿身后的墙壁而陷了进去。

孔庸确实见机得快，若非他借力撞穿墙壁，只怕此刻已是铁锤之下的一堆碎骨了。不过，他仍没能完全躲过林渺这一锤的落势，他的趾骨几乎全部碾碎，手臂差点脱臼，虎口渗血。

林渺也微感意外，倒没有想到孔庸如此狡猾，竟然借墙而遁。不过，他今日已抱必杀孔庸之心，绝不会让孔庸躲过此劫。

"阿渺，小心后面!"老包大惊喊道。

根本就不用老包提醒，林渺也已经感觉到背后袭来的两道锐利劲风，只是他根本就没有在意自己的生死，甚至连回救自保的动作也没有，迅速自破墙洞之中扑入，急速挥锤，他的直觉告诉了他孔庸的方位。

"哧哧……"背后的两柄剑在林渺的背上划出了两道长长的血槽，但因林渺的身形迅速没入屋内，倒使这两柄剑不能将战果进一步扩大。

林渺不回身反救倒确实出乎了所有人的意料之外，事实上，只要林渺回身反救，这两剑根本就伤不了他，不过，那便会给孔庸以喘息之机。所以林渺放弃了自救，他宁可自己受伤，也不会给孔庸任何机会，即使与孔庸同归于尽也在所不惜。

孔庸惊骇若死，林渺是一步不让，一步不松，他连喘口气的机会都没有，林渺的大锤便又砸来，这时他手无寸铁，欲挡不能，便是有兵器，也难以抗拒林渺的天生神力，何况此刻他的虎口已裂，双臂麻木。

"轰……"孔庸就地一滚，双脚倒踢。

林渺一声闷哼，黑暗之中，他倒没有看到孔庸攻来的脚，竟被踢得倒退两步，而大锤却砸在了地上。不过幸亏孔庸脚趾趾骨被大锤砸碎，这一踢的力道并不是很重，也没让他受伤。

孔庸死里逃生，忙爬起就向屋内冲，此时屋内的人早已被惊醒，小孩啼哭，大人尖叫了一声，所有的声音便都没了，显然是大人将小孩的嘴给捂住了。

林渺大怒，正欲追赶孔庸，那两名都统府的家将也追了进来。

林渺无奈，反手挥锤猛击。

"当……"那两人仓促入屋，根本就看不清屋内的状况，哪料林渺的锤劲如此之猛，竟被击得倒撞到墙上，心下骇然。

林渺此时也适应了黑暗，见孔庸的影子正向一小门外溜去，不禁大喝道："孔庸，去死吧!"

孔庸听林渺这一大喝，不由吓了一跳，一惊当下倏觉胸口一痛，一股锋锐的力量深植入他的体内，一种难以描述的感觉伴着一阵麻木迅速自胸前传至五脏六腑，这时他才来得及发出一声惨号。

林渺不再追杀，挥锤便向那两名家将砸去，沉猛无比的强大气流只让人差点窒息。

那两名家将也不敢硬接林渺此招，只好迅速闪开，他们刚才尝过林渺重锤的厉害，自然明白对眼前这个敌人不宜硬拼。

“轰……”那两名家将避开，林渺大锤又在墙上砸出一个大洞，连人带锤一起冲出屋子，滚落大街。

“公子！”那两名家将不知道孔庸究竟怎么样了，哪有心情追击林渺，全向孔庸所在之处赶去。

林渺此时才感觉到背上的剧痛。

“阿渺，快走，官兵来了！”老包和祥林等几人迅速自屋顶跃下，夺过都统府的几匹马，一拉林渺，便向小胡同之中冲去。

他们刚没入胡同之中，街道拐角处便亮起了官兵的火把。

那群受伤的都统府家将只好眼睁睁地望着凶手远去，他们根本就没有力气追击。

“快追！他们从这里跑了！”

林渺诸人早就已经准备好了行囊，在半路上丢下马匹，迅速潜向蚩尤庙。待他们快到蚩尤庙时，全城的官兵都已经动员了起来，几乎所有的路口都被封锁。

林渺的伤势很重，失血又极多，尽管老包给他早早地包扎了一下并上了些药，但是这番奔逃，却使鲜血渗了出来。他们知道，用不了多久，官兵便会顺着血迹找到这里来，因此他们必须以最快的速度离开宛城，否则唯有死路一条。

林渺诸人躲开几路巡视的官兵，便听到不远处马蹄声响起。

“不好，他们已经追来了！”老包焦灼地道。

“让我把他们引开！”阿四坚决地道。

“不行，这里离蚩尤庙不远了，我们完全可以闯过去！”林渺一拉阿四，沉声道。

“那快走吧！”祥林不多说话，提刀便率先冲出胡同。

“他们在那里，快追！”四人一出胡同，就立刻被官兵发现，都掉头向他们追来。

林渺诸人已经管不了这么多，迅速向蚩尤庙奔去……

“你们跑不了，快点束手就擒吧！”

林渺诸人倏地刹住脚步，并不是他们不想走，而是他们根本就走不了，因为路已经被挡住。

“希聿聿……”战马低嘶，林渺回头望了快速追近的官兵一眼，又狠狠地瞪了瞪前面十丈外的十数名都骑军，倏地爆出一声巨吼：“杀！”

林渺大步连跨，倏然间似是完全变了一个人。

那些都骑军倒吓了一跳，旋又冷笑道：“找死，给我杀！”说话间，驱马迎着林渺便冲了过来。

阿四几人见林渺如此不顾一切，也全都豁出去了，因为他们知道，即使自己不战死，也终会被处死，这便激起了他们拼死一战的决心。

“当……”林渺大锤极速迎上横切而来的长戟。

巨震之下，马背之上的人竟然被一股强大的冲击力掀下马背。

“砰……呀……希聿聿……”马嘶、人嚎，紧接着便是重物落地之声，林渺的大铁锤所过之处，犹如摧枯拉朽一般，枪折、人亡、马死……

没有人能想象得到疯狂的林渺竟会有这般的威势，即使是老包、祥林等熟悉林渺的人也都呆住了，他们几乎不敢相信自己的眼睛，尽管昔日的林渺也很厉害，可那仅是与混混打架，但是半年多不见，林渺却多了一种难以名状的气势。

在杀孔庸之时还没有感觉，可是此刻林渺诛杀都骑军却是那般具有震慑力。

“嚓……”林渺的左袖间突然滑出一柄平头之刀，右手的大锤依然不知疲惫地出击，他没有退后一步。

林渺每一步都在推进，每一步都如自人的心头踏过，具有无与伦比的震撼。那绝不像是一个将死之人，倒像是一个不死的战神！

当林渺推进了八丈时，已有四匹马、八个人倒在他的身前，而他的身上却多了十余道伤口，但他浑然未觉。

“你们快走！”林渺低吼，如受伤的雄狮。

老包诸人只是稍稍怔神便立刻清醒，他们明白如果此时不走，待到追兵汇聚过来时，他们便是插翅也无法逃脱了。

“上马！”祥林拉过一匹失去了主人的马，喝道。

老包和小刀六立刻明白其意，四人迅速上马，追在林渺身后向挡路的都骑军冲杀而去。

林渺犹如一只完全失去理智的猛虎，见人杀人，见马屠马，左刀右锤，浑然不顾敌人的进攻，只杀得那些挡路的都骑军心胆俱寒！加之林渺一身是血，却不知是敌人的还是他自己的，在火光之中尤显恐惧狰狞。

林渺并不是感觉不到痛，而是他早已不将生死放在心上，梁心仪死了，而孔庸也死定了，他并不觉得这个世上还有什么好留恋的。为了老包这几人，他死了又有何憾？所以，他根本就不惧死亡。

“挡我者死！”林渺身形猛地向再次迎来的四名都骑军扑去，如展翼的蝙蝠，锤风拖起一阵尖利的锐啸，人未至已使那几匹战马惊得低啸。

“砰……”一名都骑军连人带马给击得横跌而出，林渺在一矮身之际又断了一匹战马的前蹄。

“噗噗……”林渺虽连破两敌，却也被两根长戟刺中。

“去死吧！”老包和祥林刚好赶到，长枪飞掷。

“呀……呀……”那两名都骑军在刺中林渺之时，心下大喜，可是还没有来得及得意，便被两杆飞来的长枪扎下马背。

林渺也惨哼一声，倒退两步。

“阿渺，快上马！”阿四和小刀六心中大痛，急切地道。

“不，你们快走！我挡住追兵！”林渺竟甩开小刀六和阿四伸来的手，不进反退，直迎向追来的官兵！

十余名挡路的都骑军已经被放倒了十二个，剩下的那些人早已心胆俱寒，哪有心思恋战，竟然掉转马头便向后逃去。

小刀六和阿四被林渺挣脱，全都大愕，禁不住焦灼地呼道：“阿渺……”

“快，把他拉回来！”老包和祥林也全都大急，惊呼道，掉转马头就向林渺背后追来。

第七章　生死之劫

林渺突地止步，转身对老包大吼道：“你们若还当我是兄弟，就给我走，越远越好！再过来，我便自刎在你们的面前！”

老包和祥林诸人大愕，全都怔住了，他们知道林渺说得出做得到，而且此举更是用心良苦，四人不由得全都黯然流下了眼泪。

仅沉默片刻，老包突地一咬牙，呼道：“走！”

林渺的眼眶顿时也湿润了，但他心中却有一种难以陈述的轻松感。

“珍重！”林渺深沉地道。

“阿渺……”小刀六和阿四禁不住泣出声来，大声悲呼，祥林却冷静地以一种异乎寻常的声音呼道：“阿四，走！”

阿四和小刀六见林渺心意已决，而追兵又已迫近，知道不能再迟疑，痛呼一声：“阿渺，我们不会让你白死的！”说完掉转马头便向长街的尽头冲去。

林渺露出了一丝欣慰的笑，毅然转身，扬刀横锤，如一株古木般挺立于杀气漫空的长街之上。

追兵的步伐因为林渺的横立而变缓变慢，且变得沉重！脚步整齐划一，连战马也停止了嘶叫，仿佛被长街上空那股沉重的气息压得喘不过气来。

林渺傲然屹立，虽感到身上的鲜血缓缓外流，可是却有一股莫可名状的力量支撑着他立而不倒。

生与死，已经完全被抛至脑后，生亦何欢，死亦何惧？此刻他心中唯一存在的信念便是——杀！

这个世界已经太过冷酷，为什么好人不长寿？为什么总有许许多多的不平？奸人当道，天理不存，王法无道，这已经不能称之为一个完整的世界。既然如此，活着又有什么意思？

想到心仪在黄泉路上等候着他，林渺心中洋溢出的不是悲哀，而是一种苦涩的幸福。

不管幸福是哪种类型，那总是一种幸福！活着的悲哀，怎比死了的幸福要好呢？

林渺对这个世界已经有一种仇恨，那是在他知道心仪死去的那一刻萌生的，他恨世道的无情，恨天理的不公，恨自己的无能！连自己心爱的人都保护不了，他恨……所以，他坦然地去面对死亡，那只是离开这个他恨的世界。

长街静寂，清晰可闻的脚步声和呼吸声使这种静寂显得更为诡异。

林渺浑身是血，却散发出一种浓得让人窒息的气势，那完全是一种超越生死的气势，并不是因为他身怀惊人之技。

事实上，林渺根本就算不上一个高手，甚至连稍上乘的功夫都不懂，但最强大的气势并不是来自武学的本身，而是来自生命的本身。任何武学的形式，都无法超越生命的本身，这是一种限制，也是一种境界，只有生命才能创造奇迹，因此所有的人都震慑于林渺的气势。

这并不是一种怯懦的本质和表现，而应表现在对生命的敬畏和尊重。是以，千百道目光全都聚集在林渺的身上，许多人都明白，这个人已经没有了威胁，可是每人在对视林渺目光的刹那，都选择了回避，且心情变得沉重。

“喳……”长街中，所有的箭矢全都上了弦，弓如满月，箭头皆指向林渺，只要有人一声轻喝，林渺就会变成一只万箭穿心的刺猬。

林渺没有动，依然如一株傲立的古树，嘴角边反而扬起了一丝让人难以察觉的笑意。这一刻，他感到死亡离自己是如此的接近，死亡的感觉是如此的清晰，就像呼吸的风，轻轻地进出于他的思想、脑海、身体之间。其实他知道，即使这些箭不会要他的命，他的生命也将随着血液的流失而远逝。

"要抓活的，必须查出其同党的下落！"不知道是谁在人群中这样喊了一声。

所有的箭矢随着这一声喊缓缓地垂了下去，官兵分开了一条道，一骑自人群中迅速来到了最前方。数百官兵挤在长街之上，场面竟显得异常寂静，这不能说不是一个奇迹。

"造反了，造反了……"一阵高喝突然自官兵的背后传了过来。

官兵突地一阵骚乱！

"轰……"官兵的后方倏然升起一团烈火，众官兵全都惊呼着向四面分开，竟是几头牛拉着着火的马车迅速奔来。

车上似乎涂满了油质之物，因此大火烧得极烈，火苗更自车厢之中喷出，来不及闪避的官兵要不是被莽牛踢倒，便是被烈火引燃。

"呼……呼……"不仅如此，自长街两旁的胡同之中此时也蹿出几辆着火的大车，但这却不是由牛所拉，而是由人推着，车上全都是火炭之物，也有燃起的干柴。

正被牛车冲得大乱的官兵哪想到竟又冒出这几辆着了火的大车？

从两个胡同之中蹿出四辆大车，一入长街，便有两辆大车飞翻而出，车上炭火如雨般自上洒落。

"啊……"官兵这下可就惨不堪言了，他们还没有来得及还击，便被这自上而下的火炭火星烫得惨叫不已，战马也被烫得狂乱起来。

"给我放箭！"有人高呼，可是这当儿所有官兵都只顾掩面和拍打身上的火苗以及落在身上的火炭，哪里有人响应那人的高呼？而且，那两辆大车也直闯过来，这些人走避都来不及，根本就无心对付制造混乱者。

“轰……”两辆火车在长街当中相撞，立刻断了官兵与林渺之间的路。

“呼呼……”不仅如此，在长街两边的屋顶上更有人将成捆成捆的干柴向长街之上抛落，那些官兵还没弄清是怎么回事时，便已被重柴砸得昏头转向。

见机得快的官兵立刻知道是怎么回事，全都大呼：“快逃呀……”

“呼……”这些干柴一遇那火车和火炭，便立刻烧了起来。

一时之间，长街变成了火海，惨呼声、惊叫声、马嘶声、怒吼声……一切的一切交织在一起，使整个天地都变得混乱不堪。

林渺也被眼前的变故弄得错愕至极，怔怔地不知如何是好。

“林公子，走！”正当林渺愣神之际，一人推着一辆空车向他冲来。

林渺一怔，那大车已在他身边停下。

“上车！”林渺还在发怔，那人急道，同时伸手将林渺提起横放入车中。

林渺只感到一阵晕眩，根本就无力反抗。

“走，我为公子包扎伤口！”林渺一上车，立刻又有一人赶来跃上大车，向推车者吩咐道。

“走！”推车者向大街后高喝，立刻有十数人提刀跟了上来，那屋顶上掷柴火的人也迅速翻下屋顶，追了上来。

林渺这才惊觉，这些人竟是天虎寨的人，一急之下竟昏了过去。

林渺再次醒来，只觉得伤口处凉津津的，却极度乏力，四处都是喧嚣声，他明白这次自己可惨了，落入天虎寨的人手中比落到官兵手中好不了多少。尽管他不怕死，也不在乎死亡，可是在内心深处仍有一种求生的本能。

林渺睁开眼，只觉得天地一片漆黑，看不见天，甚至什么都看不见，不过直觉告诉他，有一层什么东西盖在他的身上，而他停身之处还是在一个僻静的地方，只偶尔有脚步声和马蹄声自他身边不远处经过，显然是追他的官兵，可是这些人似乎并没有发现他，而他也没有感觉到身边有人的呼吸声，那么，天虎寨的人呢？难道这些人被抓了或是……想到这里，林渺动了一下。

并没有什么限制林渺的自由，甚至连他的刀都在身边，冰凉冰凉的感觉使他的脑子似乎清醒了许多，他伸手轻轻地推了一下盖在他身上的东西。

松软松软的，竟是一条毛毡之类的东西，并不甚沉重。

林渺仔细地倾听着外面的动静，并无人声，远处的呼喊声更使他相信这附近并无人。是以，他轻轻地推开毛毡一角，视线竟与地面相平。

林渺不由得吃了一惊，他所处之地明显是在地面之下，也便是说，他所躺的这辆大车正在地面之下，相对而言，他所处之地应是个濠沟。

长街空寂，视线所及，林渺赫然发现这是通往蚩尤庙的大街。顿时，他立刻明白自己所处的位置正是蚩尤庙不远处的雷坑。传说这里曾是一条蛇精修行之所，只因蛇精得罪了蚩尤大神而遭天雷所击。因此，这里便留下了一个坑。

这当然只是乡间愚人的话，不过，这个坑一直都没有人去填它，林渺对此地并不陌生，因此他可以断定，这里已距蚩尤庙很近了。

想到这里，林渺不由得大喜，只要他到了蚩尤庙便可以自水道潜出城外，那时候便不会落到官兵或是天虎寨之人的手中了。

林渺艰难地翻身，发现身上的伤口一阵火辣辣的痛，浑身乏力，一阵阵疲弱和痛楚袭上他的心头。

想到仍有生的希望，林渺绝不想仍待在这里苦守天虎寨的人来抓自己或是被官兵杀死，尽管他不明白为什么天虎寨的人会把他藏在这里，可是他却明白天虎寨的人一定会回来将他带走。因此，他必须离开这里。

虽然林渺以涂有剧毒的弩箭射入了孔庸的身体，但是他在没有完全肯定孔庸身死之前，仍想活下去，甚至想连孔森也一并杀了，才可解心头之恨，这是他一贯的作风。

此刻，他可以说是已经死过一次了，他得知梁心仪的死，整个心神都陷入了一种沉痛的绝望之中，可是在他经历过生死之后，才发现死亡并不是最终的方式，他还有很多事没有做，至少他要知道心仪埋骨于何处，至少要为心仪修座墓碑……

痛，并不能阻止林渺的行动，他终还是自大车之中爬出了那毛毡，骇然发现那毛毡之上竟还洒有一层似乎是倒长上去的青草，正是因为这些青草使过往的追兵忽略了他和那辆大车的存在。而在这黑夜之中，又是在全城慌乱之下，几乎没有人想到这里原应有一个雷坑。这也正是林渺何以能安然无事的原因，这之中确实有些侥幸的成分。

林渺不能不暗叹这个掩体真是妙绝，不过，他却没有心思去想这么多，而必须赶到蚩尤庙。此刻，他连那只大锤也拿不动，只好带着刀和小弩举步维艰地向蚩尤庙挪去。他心中只祈愿这时候千万不要来人，否则的话，只要一个五岁的小孩也足够对付他，这确实是一种无奈。

蚩尤庙已在望，平时仅数息的距离，这一刻便像是走了几个世纪那么漫长，仿佛是无尽无期的路。林渺的额角渗出了一丝丝冷汗，不仅仅是因为紧张，也是因为这段艰难的路程牵动了他的伤口。在与敌交战之时，全凭一种坚强的信念支撑着他，更有仇恨和斗志成为他内心的支柱，那时，他似乎并没有感觉到伤口的疼痛。

可是这一刻，他心中的支柱已经失去，虽为生存苦忍，但是痛楚却是那么的刻骨铭心。

林渺知道，绝不可以去想伤口，只有不将注意力放在伤口之上，才可能转移痛楚对身体和思想的折磨。他似乎没有料到自己的身体此刻竟这般疲弱，连走这样一段路都如此费力，待会儿如果要走那地下水道又该如何呢？

想到这里，林渺心中不禁打了个冷战，那长长的水道是直通城外护城河的，而且自己要蹚过护城河才能脱离险境。但是以他此刻的身体状况，根本就没有可能游得过去，眼下唯一的希望便是老包他们会在护城河外等他一段时间，而他们也将早准备好的浮木给他留下了一段，那样或许还可以安全过关，可是，这只是一种希望而已。

满城风雨，那确实是一点都没错，都统大人之子孔庸竟然于昨晚被人诛杀，而凶手一个都没有抓到，虽然杀了几人，但官兵也因此损失了一百余人，甚至烧掉了半条长街。

宛城之中的各种猜测都有，不过，今日官府把捉拿钦犯林渺的赏金变成了三千两，活要见人，死要见尸，在倏然间，林渺的身价似乎比刘秀和邓禹都高。这确实是让人不能不猜测昨夜的事与林渺有关了。

宛城之中侦骑四出，城内城外，四处搜寻，都统孔森确实大动肝火，发誓要把林渺碎尸万段。他只有孔庸一个儿子，却就因林渺，使他绝嗣，这怎不让他恨意如潮？

整个都统府中都陷入了一片悲哀之中，都统夫人更是哭得昏厥五次。

孔庸致命的伤是一支射入体内的弩箭，弩箭所射之处偏离心脏一寸，这并不致命，致命的却是箭矢之上淬有剧毒，毒入心脏，这便使得孔庸无可救药了。

最让人痛惜的，并不是孔庸的死，而是醉月楼小幽的死，许多还未来得及一亲芳泽的公子王孙们都大感遗憾，小幽的死，对醉月楼也是个沉重的打击。

昨夜的恶贼竟然以火攻使得官兵损兵折将，死伤近两百人，这可算是宛城中最窝囊的一仗，有些人怀疑是绿林军来捣的鬼，有些人则认为是当日杜茂和吴汉等人的余党，既然当日吴汉可以劫法场，今日自然可以在这里杀人放火。

在这件事上，齐府的人似乎没有什么表示，他们似乎已经不太关心宛城之中的事了。

刘秀诸人也大为愕然，他们一直都在注意林渺的行动，却没想到昨夜仍是疏忽了。林渺竟然杀死了孔庸，而且在官兵的围追下逃脱，这确实有些出乎他们的意料之外。不过，刘秀知道林渺一定会干出让人吃惊的事，尽管他与之相处才几天，也尽管知道林渺生活在社会的最底层，却明白这个人很聪明，极有头脑，更是诡计多端，是以，他很看好林渺。

"要不要去查探一下林公子的下落？"铁二问道。

"你可以到天和街去看一下，看看是否可以得知他的下落，不过，最关键的便是不要让官府中人起疑。"

林渺只感乍寒乍热，所有的知觉都似乎已经不存在，只剩下虚无缥缈的灵魂在不着边际地受着煎熬，那种感觉似醒非醒，又像是在做着一场亘古不醒的梦。

林渺梦到了死去的娘，尽管那是很模糊的印象，然后他又梦到了父亲、心仪和梁伯，似乎这些人都在他的身边守候着他，又在呼唤着他的名字。

在虚无缥缈中，他似见到了许许多多的人，熟悉的，不熟悉的，一个个都似在向他招手，向他呼喝，但是他又无法靠近对方。他急，他惊，可是那似乎是一种身不由己的感觉。他说不了话，不能喊，也不能动，唯有无尽的孤独和无奈……

他想到了死，想到了地狱，他唯一庆幸和悲哀的便是他的思想仍是活的。

能思考，这是一种幸福，但是因为可以思考，他才会感到孤独，感到无奈和苦闷。他不知道自己究竟身在何处，也许正是在地府的六道轮回之中，是以，才会有这种种莫可名状的经历。

“公子……”林渺在混混沌沌之中，仿佛听到了一阵阵自遥远的天外传来的呼唤，仿佛有一点点光明自黑暗中照来，逐渐清晰……

“醒了！醒了！公子醒了！”

林渺缓缓睁开眼，却发现了一张极为陌生的面孔出现在他眼前，由模糊变得清晰。

“这是哪里?”林渺的神志稍清了一些，虚弱至极地低声问道。

“小子，你果然醒过来了。”那陌生人身边又出现了一个老者。

林渺的目光有些呆滞地望了那老者一眼，有些虚弱地道：“老先生，请问我这是在哪里呀?”

“这里是隐仙谷!”最先出现在林渺面前的陌生人面带笑容地道。

“哼，你这小子真是存心与我作对，都死了七天还要活过来！纯粹是想我风痴在那老不死的面前抬不起头来嘛!”那老者气哼哼地望着林渺，没好气地道。

林渺微一呆，不明白老者说的话是什么意思，什么死了七天还要活过来，什么让他抬不起头之类的话，确实让他有些莫名其妙，抑或因为身体太过虚弱，脑子仍没完全清醒，是以他仍不明白这究竟是怎么回事，不过他却知道这老头叫风痴，这个名字倒也很怪。

“老先生，我不明白你在说什么。”林渺有些虚弱地道。

“哈哈……”一阵朗笑自门外传来，林渺目光横扫之处，又见一名白须银髯的老者背着药篓大步跨入。

“让我来告诉你是怎么回事吧。”那白须银髯老者说话间已经来到了林渺的床边，速度快极。

林渺不由得愣了，望着那老头却不知道该说些什么。

“你已经昏迷了七天七夜，但你最终还是醒了过来，没枉费老夫所用的奇药和心力!”那老头欢快地道。

林渺大吃一惊，他竟昏迷了七天七夜！待知道是眼前的这个老头救了他，不由得感激道："多谢前辈相救之恩！"

"你不必谢我，老夫救你，并不是为你，而是为了老夫自己。你活着，也为老夫赢回了面子，说真的，老夫还要感谢你呢。"那老头放下药篓，不无得意和兴奋地道。

林渺不禁大愕，这两个老头似乎都有些古怪。正当他不知该如何回答时，那白须银髯老者扭头向风痴道："风老儿，你输了，快把《神农本草经》的第二卷给我！"

风痴脸色顿时发白，向后倒退了两步，厉声道："这小子只是回光返照而已，也许待会儿就会死。火老儿，你也太急了吧？"

"你想耍赖？当初你不是说只要我能救醒他，你就给我《神农本草经》第二卷吗？"那白须银髯老者顿时急了。

"嘿，我的意思是他必须不死！"风痴狡猾地笑道，并露出一丝怪异的表情。

"你……"

林渺不由得微惊，他曾经听说过《神农本草经》的传说，那还是在他小的时候，朝廷颁下皇榜征天下各路奇人名医入宫汇编而成。

他曾听父亲讲过，那是平帝之时，天下的名医、药士、丹家全都汇聚京城，便是为了汇编这本可称得上是前无古人的奇书，之中不仅汇聚了各种奇方妙术，更包含了炼丹之方，甚至有人说，这之中还包含有绝世武功。

朝廷之所以要汇编此书，也有各种不同的说法，有人认为是王莽为求长生不死之术，也有人认为这只是一个阴谋，王莽想借此机会招揽贤才，以作篡位之用。

但不管这些猜测是真是假，就只那天下招贤的皇榜，已使《神农本草经》蒙上了一层神秘的色彩，已成了天下拥有好奇心之人欲一睹为快的绝世奇物。

林渺此刻听到这两个怪老者居然提到《神农本草经》，确实吃惊非小。

“好，老子要你输得心服口服，当老子医好这小子后，看你还怎么耍赖！”白须银髯老者愤然道。

“哼，你要是能将这小子救活，我风痴绝不会说话不算数，就怕你没这个本事救活这小子！”风痴冷笑道。

林渺只感觉眼皮极为沉重，有一股奇异的热流自他的心口向四肢百骸流冲而出，禁不住呻吟了一下。

“小子，你怎么样？”白须银髯老者听林渺一声呻吟，不由得问道。

“好热，好像有一团火在烧！”林渺的额头竟渗出了汗珠，体内那股热流似乎迅速加快，更越来越强烈。

白须老者见此，脸色微变，忙搭林渺腕脉，神色顿变，自语道：“怎么会这样？”顿了顿，又向风痴怒问道：“你对他做了手脚？你给他服了火蟾涎?!”

风痴怪怪地笑道：“你不是总说比我厉害吗，看你怎么救他，哼！”

“你卑鄙，以为用这种手段，老子就会怕了吗？哼！”白须老者怒道，同时向立在床边的中年人叱道：“火奴，给我准备金针！拿我的大圣金丹来！区区火蟾涎又能怎样？”

“你慢慢治吧，老子失陪了。”风痴说完扬长而去。

林渺被体内的那股异热冲得再次昏死了过去。

在这期间，林渺数次被难以忍受的痛苦惊醒，然后又数次痛苦地昏死过去，他只感觉到这个躯体已经完全不属于他，可是所有的痛苦都深深地折磨着他的灵魂和思想，他多想快一些死去，可是那却成了一种奢望。

比死还要痛苦千百倍的折磨像是把他的身体剐成千万截，而每截的神经仍牵系着他的思想和大脑，并且将各自的痛苦传输到他的脑海中。

那一万截身体有一万种不同的痛苦，然后交织在一起，使林渺求生不能求死不得……

林渺也不知道是第几次痛醒过来，那白须老者却已是满头大汗，仍在以金针不停地扎入他的身体，让他享受着无尽无期的痛苦，他想死，可体内却生机澎湃。

“杀了我吧！让……我死……死得痛快一些……”林渺虚弱地乞求道。

“你别担心，你不会死的，老夫说什么也要把你救活，我火怪岂会输给风老儿？哼!”那白须老者不服气地道，他似乎根本就无法了解林渺此时所受的痛苦。

“不，你还是杀了我……求求……你杀了我……”林渺浑身没有一个地方可以活动，只能靠气流冲出犹如蚊蚋一般的声音，他甚至连咬舌自尽的能力都没有。

“奇怪……真是奇怪，怎么玄阳又转为至阴了呢？难道火蟾涎之中还有别的东西……究竟是什么呢?”火怪把住林渺的腕脉，拍着脑袋自语道。

“求……求你……杀了……我吧……”

火怪似乎根本就没有听到林渺的话，只是一个人在皱着眉，自语思索，仿佛只是这短短的一些时日，他便已经苍老了许多一般。

“火老儿，都两天两夜了，没辙了吧？我看还是趁早认输好了!”说话间，风痴已大步跨了进来，得意至极地道。

“呸！向你这种卑鄙的人认输，没门！别以为你那点雕虫小技就可以难得了我，至少这小子享受了你的剧毒火蟾涎没死便是个证明！他没死，老子就一定可以救活他!”火怪愤然而又极为自负地道。

“哼，你别枉费心机了，老子用了三十六种混毒合施于他的身上，三十六种毒物相冲相克，若你只是治愈其中一种，必引发另一种毒性的变异，如此循环往复，可以引出四万六千六百五十六种不同的毒性，你根本就不可能救得活他!”风痴得意至极地道。

林渺和火怪不由得全愣住了，林渺从来都没有听说过世间有如此可怕的毒性，即使是火怪的医道通神，也对这闻所未闻的奇毒目瞪口呆，一时不知该说什么。

风痴见火怪如此表情，不由得意无比地怪笑道："其实，这只怪你老儿太笨，事实上我最初给他服下的是聚三十六种剧毒所炼成的奇丹，性烈近火，所体现的虽是火蟾涎的症状，但却并无毒性，反而是可以使武人增强近甲子功力的圣品。可惜，你越老越糊涂，以为老子下了火蟾涎剧毒，果不出我所料，你会用大圣丹和金针导脉大法，使本来的好事变得无可收拾……哈哈哈……"

火怪的脸色难看至极，半晌才问道："正是我解了这三十六种剧毒之中的火蟾涎，才使本来的无毒变成了剧毒吗？"

"不错，只要有人在这丹丸没有完全散开之前破坏了这三十六种剧毒中的任何一种毒性，立刻便会发生变异，无穷无尽地演变成不同形式的毒性，根本就没有人可以治好他，包括我在内！"风痴断然道。

"你何时研制出的这种药物？"火怪似乎一下子又苍老了十几岁，有些疲惫而无奈地问道。

"五天前，但很可惜，一百零六颗，却只有一颗成功！"风痴脸上闪现出悔恨不已的神色。

"哈哈哈……"火怪突地放声大笑，声震屋宇，他笑得前俯后仰。

"你笑什么？"风痴怒道。

火怪大笑良久，才收住笑声，可眼泪都笑出来了，道："老儿呀老儿，你花了一生心血才炼出这么一颗丹，却因跟我打赌，就这样给废了，我火怪输了又有什么不甘心的？想来这便是你一生的心愿——七窍通天丹了。"

风痴脸色更是惨白，悔恨的表情再也掩饰不了，被火怪这么一说，风痴都差点想狠狠地给自己几拳或是抱头痛哭一场。

火怪说完，又大笑起来。

风痴恨恨地盯着火怪，半晌才沉声道："我想请你帮忙！"

"什么？"火怪笑声戛然而止，简直不敢相信自己的耳朵。

“我要你帮我一个忙。”风痴再次重复道。

“你请我帮忙？”火怪简直不敢相信这个与他相互唱对台戏唱了几十年的对头居然会请他帮忙。

“是的，本来，这七窍通天丹还剩有五颗，给了这小子服下一颗，还有四颗。因不知药性如何，我不敢轻服，放在丹炉之中仔细研究了几天，谁知道，这种丹丸在出炉三天之内必须服用，否则便会失效，更会变成绝毒之物。这之中究竟发生了什么变化，我无法明白，我想，你定然可以帮我！”风痴叹了一口气道。

“还有四颗，却变成了绝毒之物？”火怪又感到一阵好笑，但他却没有笑出声来。他确实也对这东西生出了极大的兴趣，甚至有些同情风痴。

“我估计，这种丹丸绝不可以见风过久，甚至不能在空气中存放时间太长。我开炉之时便有气进入炉中，又见了风，所以才会在这几天之中变了性质！或许在《神农本草经》的第一卷上有答案也说不定，所以我要你帮忙！”风痴想了想道。

“好哇，说来说去，你只是想老子的这一部分《神农本草经》呀，没门！”火怪听到这里，不由得警惕地吼道。

“别以小人之心度君子之腹，老子这七窍通天丹包含了《神农本草经》第二卷的精华，我让你来共讨问题症结所在，都没有怕你窥得其秘，你还怕我拿你的第一卷？”风痴有些恼火地道。

火怪自不甘示弱，有点恼羞成怒地吼道：“你说谁是以小人之心度君子之腹？你今天给老子说个明白！”

“我不想跟你多啰唆，到底帮不帮，一句话，你若不帮，我就去找毒龙那杂毛！”风痴不耐烦地道。

火怪顿时咽住了，眼珠一转，赔笑道：“有话好说嘛，别动这么大的肝火，虽然我们吵了几十年，但人是有感情的，对吗？你有事，我怎能不帮呢？”

风痴冷眼望了火怪一眼，他哪还不知道火怪是想自七窍通天丹中找出《神农本草经》第二卷的精义，不过，他并不在意这些。

“求求……你们……杀了……我吧……”

林渺那痛苦不堪的乞求声提醒了风痴与火怪二人。

“这小子怎么处理?”风痴指了指林渺，向火怪问道。

“他妈的，救回他算是老子倒霉了，早知如此，就让他随江水漂走好了，害得我浪费了那么多奇珍异草，简直是把我的圣药都吃遍了，要是就这样让他死了，真是太可惜!”火怪望着林渺，似乎有些后悔不迭。

“那你打算怎么办?”风痴有些不解地问道。

“我要拿他去喂我的宝贝，想来这小子一身是药，那群宝贝一定会很喜欢的。”火怪神情怪异地道。

林渺大吃一惊，这两个怪老头可真是怪得恐怖，竟要拿他去喂什么东西，那岂不是残忍至极？偏偏他又丝毫不能动弹，连半点反抗之力也没有，想自尽都不可能！此刻，他所受的痛苦已够多了，他不明白这两个老头究竟是什么人，但他尚隐隐记得自己自蚩尤庙中逃出后，从水道中借浮木漂出，却并没有遇到老包诸人接应，后来他已无力让自己靠岸，只好顺浮木漂流。因护城河外接淯水，他竟被冲入淯水中，后来他就昏迷了过去，至于是怎么来到这里的，他就不知道了。

“如果你想你的那些宝贝死得快些的话，就尽管用这小子的肉喂好了。”风痴突地冷笑道。

火怪一愣，不明所以。

“这小子此刻全身是毒，而且各种毒性在他的体内不断演变，你的宝贝吃了他的肉，一定都死个干净，不信你试试!”风痴断然道。

火怪这才想到林渺体内的毒性，虽然他不想向风痴认输，可是也不敢拿自己的宝贝们做赌注，不禁有些愤然地道：“那我的那些珍贵圣药便这样给浪费了?”

“那有什么办法？我的七窍通天丹都被浪费了，也没有叫屈呀！”风痴不屑地道。

火怪大感沮丧，怒道：“都是这小子，害得老子大半生的心血浪费了一半，可不想让他痛快地死去！”

“那你打算怎样？”风痴问道。

“火奴！”火怪呼道。

“请主人吩咐！”那中年汉子大步行进，恭敬地道。

“把这小子给我活埋了，但为他留点透气的空间，我要他埋而不死，慢慢地享受死亡的折磨！”火怪残酷地道。

“你这老怪物，你……你……你不得好……好死！”林渺听火怪这般一说，差点昏了过去。这老头也太狠毒了一些，竟用这种狠绝的方式来泄愤，他禁不住骂道。

“哈哈哈……老子从不在乎这个！”火怪大笑回应道。

此时火奴已将林渺提起大步行出。

刘秀的神情不是很好，邓禹刚回来，他听说了近来宛城所发生的事情。尽管他很难相信不精于武功的林渺能杀得了孔庸，更使官兵折损了近两百人，但这些都是事实。

刘秀自然不是因为林渺的事而烦心，毕竟，这件事情已经过去了近十天，他倒不担心林渺的安全，至少在这一刻仍没有发现林渺的行踪。他所烦心的事乃是春陵传来消息称，他的叔父刘良病危。

刘秀自九岁便跟随叔父刘良，更随叔父在萧县（今江苏萧县西北）读书，刘良便若他的亲生父亲一般。是以此刻的刘秀自是归心似箭，但刘良给他的信中，显然已经知道了他起事的决心，让他以大局为重……

刘秀心中自是矛盾至极，他明白叔父用心良苦，可是他能置孝义于不顾吗？

"我必须回春陵!"刘秀断然道。

"如果你此刻回春陵，这十几天的布置和筹备将付之东流，更会错过眼下最好的机会!"老铁肃然道。

"这里可以由四弟及三弟他们主持，有铁叔从旁相助，还会出什么问题吗?"

"你别忘了，你所要恢复的是你刘家天下，是你汉室的江山，若如你所说，我们就看着樊崇去推翻王莽的政权，再看着樊崇称帝为尊还不是一样?"老铁的口气极为严厉地道。

"可是，我怎能……"

"'弃孝道于不顾'是吗?"老铁打断刘秀的话替其说道，旋又接道："但是，你以为你回去看良兄一眼便是尽孝吗?你能让他不死吗?你要是心存孝义，就要抛却一切私情，还汉室江山，这才是对列祖列宗尽孝，也不枉良兄对你的养育之恩!"

刘秀不语了，他心中虽痛，但老铁的话句句犹如石入水中，使他心中泛起了层层巨澜。

"大孝忠国，小孝敬慈!大丈夫立世应能弃轻就重，以大局为重，良兄给你这封信也便是提醒你不要感情用事!我话已至此，如果你还执意要立刻返回春陵的话，我不拦你!"老铁义正词严地道。

邓禹忙一拉刘秀道："大哥，铁叔所说极是，宛城之事，必须由你出面，这也是开你刘家之先河!让世人知道，刘家从此与王莽奸贼势不两立!唯有你出面，才会更具号召力!"

"多谢铁叔提醒，我知道该如何做了。"刘秀诚恳地道。

老铁露出了一丝微笑，但旋又叹了口气道："我与刘良兄交往数十年，也是看着你长大的，岂有不明白他的心意之理?不过，往后可能还有许许多多两难抉择的事情，我也不能时时刻刻提醒你，希望你始终记住一点，你是汉室宗族，乃正统王族血统，做任何事都必须以大局为重，不要因小而失大!”

“铁叔教诲的是，侄儿定当谨记铁叔之教诲!”刘秀突然如变了个人似的。

“各分行的兄弟安排得怎么样了?”刘秀旋即向邓禹问道。

“已经全部布置妥当，汝南分舵已遣四百秘训的兄弟分批潜入城中，只等大哥你一句话，便可立刻攻陷都统府!”邓禹自信地道。

“李铁和李通他们已联系好了各大豪族，可凑出家将三千人，这些人足够一举控制宛城!”老铁也回应道。

“但是，我们好像忽略了齐府的存在，齐万寿绝对不是一个容易对付的人!”刘秀忧心地道。

“齐府我并没有忽略，只是齐府的许多高手都被派出去了。据我的探子相报，是因为一个叫秦复的年轻人偷了齐家的重宝，齐万寿已遣侦骑四处追查秦复去了。否则的话，林渺也很难刺杀孔庸得手，因为孔庸身边总会有齐府高手!”老铁淡然道。

“哦，没想到那秦老弟居然还帮了我一个大忙，他日倒真要好好感谢他了!”刘秀不由得笑道。

“不知道秦复那小子现在怎样了?”邓禹倒有些怀念起那个神秘兮兮的秦复来，想到秦复神鬼莫测的易容之术，他也不能不服气。

“可是，我们仍不能小看齐万寿这老家伙的力量!”刘秀提醒道。

“齐万寿并不是一个不明事理之人，更不会不识时务，他与官府并没有真的有勾结，只要我们制造出一种强势，他便绝不敢轻举妄动！这老狐狸比谁都会审时度势。”老铁淡然道。

“铁叔是说，只要我们以最快的速度控制了宛城，那么齐万寿也便只好充聋作哑喽?”邓禹问道。

“事实应该是这样，如果齐万寿不识好歹仍要干涉的话，老夫只好去见识见识他的无妄腿了!”老铁冷然道。

“有铁叔出手，我就放心了，那四弟你便负责攻破侯府，我要拿王兴的人头以儆效尤！”刘秀悠然道。

“好，大哥放心吧！”邓禹充满自信地道。

沉重的压力，使得林渺的身体几乎要爆炸开来，体内似乎有着无数股气流外冲，而外面的压力又向内挤压着肌肤。

林渺觉得自己很快就要死了，可是却偏偏又死不了。他尚能呼吸到稀薄的空气，这是火奴遵照火怪的吩咐而做的。

林渺从未听说过隐仙谷这个地方，更没有见过比火怪和风痴更为怪异的人物，但他的心中却将这两个老不死的怪物骂得狗血淋头。

当然，此刻他并没有多余的力气骂出口，他连呼吸都困难。他唯一的愿望便是速死，但可恨的却是他的体内似乎充盈着昂然的生机，那千万道或冷或热的怪异洪流，仿佛便是受着这昂然的生机所牵引，这才以无法收拾的形式在他体内四处横冲直撞。

林渺不明白，既然风痴说他身中剧毒，但是为何体内却仍有如此蓬勃的生机呢？最初他醒来之时，只觉得身体空荡荡的，似乎什么都没有，唯有飘浮的灵魂与思想。可是后来，他逐渐感觉到了躯体的存在，虽然痛苦从未间断地对他进行摧残折磨，但他对躯体的感觉反而越来越实在，肉体反而越来越充实，仿佛生机在以一种难以名状的形式激增、奔放，使他清晰地捕捉到生命的形式。

林渺四肢百骸都在受着怪异莫名气流的冲击，他反而是使不出半点力道，就像是拥有无数宝物，却不知道如何将宝物变卖一般。而且，在他的身体之上还存在着极为矛盾的两面，体内发生洪灾，而体外却是旱灾。林渺根本不知如何将之互补，如何将之调和，所以，他只能咬紧牙关独自品尝这无与伦比的痛苦了。

“大人，在城外发现大批敌踪！”陈奢行入都统府，肃然道。

孔森这几日的精神极为不好，更是无心打理城务，甚至有些厌烦有人来打扰他，但是眼前这个陈奢却是例外。

陈奢是孔森手下的一员勇将，曾在平匪之中立过大功，而且此人素来足智多谋，很会揣摩人的心理，是以孔森对陈奢的印象特别好。当然，这还有另外一个原因，因为陈奢乃是南阳大豪陈通的弟弟，这便使得孔森也不能不对陈奢另眼相看。

在宛城之中，虽然官府能办很多事，但尚有很多事情由陈通这种大豪去做更为方便，尤其陈家在朝中朝外都有极硬的后台，便是孔森也不得不对陈家客客气气的。官场就是这么现实，孔森作为一地之长，若想治理好自己的领地，便必须巴结当地的豪强。因此，孔森这些日子对陈奢极好，城防各方面的事都交给陈奢、孔奄两人去管。

孔奄是孔森的内侄，这人倒不是特别有才干，但就凭他与孔森的关系，孔森也不会不重用他，其实也正因为孔奄没多大能力，他才会委任陈奢与其合作。

“大批敌踪？”孔森有些愕然，他有些不敢相信，居然会有人敢来宛城捣乱？宛城驻军万人左右，而且附近的联城之中又各有部分驻军，整个南阳军有近十万人，试问谁敢如此长途跋涉地来攻击宛城这样的坚城呢？

“据观察，应该是绿林军的人马，属下怀疑这些人很可能便是钦犯林渺的同党！”陈奢分析道。

一听说很可能是林渺的同党，孔森腾地一下子站起身来，浑身充盈着一股浓烈至极的杀气。

“带我去看看，我要亲手将那小子碎尸万段！”孔森说完大步外行。

有雨水渗入泥土之中，林渺也听到了雷声，他知道，下雨了。

地下的空气越来越稀薄，因为雨水的原因，泥土之间可以透气的缝隙已被渗入土中的雨水所充斥，而泥土的黏性变得更强。本来稀松可以透气的泥土，突然之间仿佛被覆盖上了一层黏膜，阻隔了空气直通入泥下。

林渺无法呼吸，窒息的感觉使他体内四处冲击的气流更是狂野，其痛苦已经不再是因毒物的刺激而绞痛，而是心脉和全身的脉络难以承受那四处奔闯，犹如洪流的奇怪气劲。

他不知道体内为何有如此之多、如此之强的气流，直觉告诉他，这绝不是毒物的因素，而很有可能是刘秀和邓禹所说的内家真气，而这内家真气的来源，则极可能是风痴所说的那颗什么“七窍通天丹”发挥了作用。可是他无法明白，风痴不是说过那颗丹药因火怪解了火蟾涎一种毒性，而又变成了无穷演变的剧毒吗？难道风痴会说假话？何况，即使是风痴说假话，以火怪的医道修为，难道还看不出来这里面的问题？

这自是不可能！可是，那究竟是什么原因，使他不仅不死，还身具如此强大的内家真气呢？突然之间，林渺想到了另一个原因——那便是烈罡芙蓉果！

原来，烈罡芙蓉果也是至刚至阳之物，但其性却阴寒，火怪虽解了火蟾涎至阳的毒性，但是烈罡芙蓉果的刚性却正好替补了火蟾涎的属性，使那七窍通天丹的药力得以发挥。而烈罡芙蓉果的药性比火蟾涎更强数倍，是以在林渺体内的症状很快便由大热变成了大寒！火怪不明白这之中的因素，是以他也以为林渺已经毒发。

事实上，火怪为解除火蟾涎之毒，不仅用了许许多多的奇珍异药，更以金针导脉大法为林渺打通了全身所有的经脉，以让火毒能轻松泄出体外。是以，火怪耗损的功力极巨，后听风痴这般一说，便大为泄气，因为他很了解风痴绝不会说假话，且又应了风痴之请，就再也不想理会林渺了，他可不愿再浪费自己的奇药和精力。

其实，只要火怪再对林渺多观察一个时辰，便定可察觉林渺绝非是中毒了！但世事总会这么凑巧。

林渺当然也不清楚这之间的内情，但是他却知道这一定与烈罡芙蓉果有关。可是，他已经没有什么好想的，他能够呼吸到的空气已经越来越少，而脑子也逐渐混沌，整个人仿佛就要爆裂开来一般。

林渺不想死，他知道自己不是中毒，还有活的希望，他自然不愿再被无辜地活埋地底。老天要与他过不去，他却绝不能坐以待毙，这是在天和街培养出来的倔犟性格，也是一个混混生存的最基本的条件。只有在逆境之中求得生存，方能体现出生命的价值，才能够出人头地。

尽管梁心仪的死对他的打击很大，可是，这些日子以来，他经历过了无数次在生与死边缘挣扎的生活，反而更激起了他的斗志与求生欲望！他也想去黄泉路上陪梁心仪，可他明白，若他是那样没有志气的人，梁心仪就绝不会爱上他！梁心仪爱上的，是那个在绝境之中仍不屈服并战胜一切困难求得生存的林渺！是以，此刻林渺决定要活着，而且必须活出个人样来。

"轰……"一个巨雷似乎劈中了某地，使得整个地面都在发抖。

林渺感到一阵麻木传遍全身，体内的气流再也不受控制地激涌而出。

"轰……"地一声爆响，林渺只觉得一阵无可描述的轻松，仿佛身体已经完全不存在，只剩下虚无缥缈的灵魂。

林渺的眼睛紧闭，心头涌出了一阵莫名的悲哀，他不想死，可最终还是免不了被强大至无与伦比的真气爆成粉碎的命运……

良久！

林渺似乎感到脸上有一阵冰凉的感觉，而且呼吸极为畅通，顷刻间他竟感到身体的存在，冰凉的感觉似乎一直渗入了他的心底，他禁不住一阵狂喜！

是的，身体仍在，而且是在雨水之中，本来已经麻木的肢体已能够清晰地感应到周围环境的刺激。

林渺好怕这是在做梦，他感觉不到痛苦，只有一种莫名的轻松，一阵莫名的欣喜，在他清楚地捕捉到这雷声、这雨声、这水流声、这树叶的沙沙声之后，他终于缓缓地睁开了眼睑……

天空暗云低沉地压在头顶，大雨如瓢泼一般，偶有电光划过，远近的树木苍翠，尽管隔着雨雾，但林渺依然可轻易地发现垂在每一片叶端的水珠。

林渺觉得整个天地有着前所未有的生机，那清晰而又鲜艳的色彩，便如重生的喜悦一般，让他涌上了一种莫名的感动。他不想动，并非不能动，而是想再多体会一下这种重生的感觉，没有任何笔墨可以形容他此刻这种感觉。

林渺张大口，让雨水直灌入他的喉中，而后吞入，化为一股凉意深入心田。

良久，林渺突然想起自己本是被埋入地下的，刚才因有感于重生的喜悦，竟差点忘了刚刚经历的险境。想到这里，林渺不由得愕然，因为他发现自己此刻是躺在一个大坑之中，而且土坑中已轻积了许多雨水，而那些压在身上的泥土呢?

是呀，林渺抬了抬腿，伸了伸手，仍有种莫可名状的惬意与轻松，仿佛这一抬腿挥手之间有一股无形的力量相托。

“呼……”林渺想站起来的念头刚产生之时，身体竟自土坑中弹射而起，这把他自己也吓了一跳，他吃惊地望了望土坑，却并未发现什么古怪，一时之间，他倒有些摸不着头脑了。

土坑周围散落着许多疏松的泥土，林渺明白，这些正是曾压在他身上的泥土，而此刻这些泥土却散落得到处都是，最远的竟射到五丈外的树干之上。而刚才他被埋的地方，形成了一个长达七尺、宽约半丈、深及半人高的大坑。

一切都像是置身梦中，林渺不由得摸了摸头，根本就弄不清这究竟是怎么回事，但他却知道，这定与他体内刚才爆散而出的真气有关，不过他倒没想到会有这般强大的威力。

雨水淋在身上，林渺似乎并没有什么感觉，倒是在思考着自己怎会来到这个地方。而这个莫名其妙的隐仙谷究竟处于何地呢？距宛城又有多远？……而在自己身上又有些什么样的变化呢？

他记得当日自己受了严重至极的伤，几乎已经到了濒临死亡的地步，后来却被天虎寨的人救了，再后来他却又没有发现天虎寨的人，倒是身上的伤被包扎了。他终于躲过了官兵和天虎寨的人的追袭，却无力远逃，只能顺水而漂，没想到最终会来到这样一个古怪的地方，而且身上伤势尽好！

林渺举目四望，只见四面皆是树木野花，似有条小径通向远方，但他却知道那是通向火怪和风痴所居之地的路径。

“轰……”又是一个炸雷响过，强大的电火竟像无数道狂舞的银龙直射而落。

林渺骇然，并不是因为雷声，而是因为闪电，他从未见过如此大束的闪电，不仅如此，闪电竟然落在不远处的山头久久不散，这种怪异的现象怎不叫他吃惊？

不远处的山头，仿佛完全罩在一层水幕之中，其景物似乎与外面的世界完全隔离，大束电火便是射入那一层水幕之中，而在电火刺入水雾之时，那整个山头仿佛都透着一种透明的色泽，也便是在那一刹那，林渺看到了另外一番奇景——那是两道黑影！

两道黑影，犹如两条飞舞盘绕的巨龙，在透明的水气之中，借电火之声势闪动……

仅只一闪而过的一幕，可是却让林渺心头涌起了无可名状的震撼。

直觉告诉他，那满山弥漫的水雾正是那两道飞舞盘旋的黑影造成的。

难道这个世间真的有神龙这般异兽？抑或那两条黑影是另一个世间的奇物也说不定。他不由得想起了蚩尤庙前那个雷坑，难道那座山头之上也隐藏着两条成了精的大蛇，这才引来巨雷劈击？

在强烈的好奇心驱使下，使林渺不自觉地向那山头奔去，而他刚移两步，便发现自己犹如踩着云雾一般，顺风而飘，整个人轻得如飞絮，差点没一下子蹿上树顶，横撞到三丈外的树干上。倏然间，他发现自己仿佛不会走路了。

林渺不由得骇然自己的变化，他居然像是会飞，在他的身上究竟发生了一些什么事？为什么会这样？“难道便是因为自己体内的变化吗？”林渺这样想着。

正自思忖和不解之间，林渺又发现了一件更为惊人的事。

那本来水雾紧裹的山头，在突然之间竟有一缕缕阳光洒下，本来厚厚地压在那座山头的密云竟如巨斧所劈一般，裂开一道长长的狭缝，露出一块狭长泛着湛蓝色的天空，而阳光便是自那道裂隙间洒下。

这像是一个莫名其妙，却又荒诞无比的梦。

那道积云的裂隙像是被一双无形的大手强力撕扯，裂隙越来越大，那山头的水雾很快便变得透明，再接着慢慢消散……

两道如巨龙般盘旋的黑影在无迹可藏之下，终于现出了原形，竟是一红一白两条人影……

是人！一定是人！林渺敢百分之百地肯定，尽管那两道身影如旋舞的风，如翻飞的巨鸟，但没有水雾的阻挡，林渺的目力锐利得惊人。

金色的阳光自湛蓝的天空洒下，化为一片凄迷，一半雨，一半晴……林渺竟看得有些痴了，浑不觉阳光已经洒到了他的身上，那本是瓢泼的大雨在突然之间便刹住了。

“轰……”又一道闪电极速划过，竟是自晴空划落，直落在那座山头，本飞舞着的两道人影竟然胶合于一起，而电火便击在他们的身上，使之散发出一阵耀眼的金芒。

林渺骇然，今天确实是他有史以来最为难忘的一天，所见之奇，所遇之怪，是他以前想都没有想过的。他本以为这道电火足以使任何人粉身碎骨，但是那两人没有。

不仅没有，而且更似有一股强大无伦的气流自那山头爆散而出，即使是他在这十里之外，也仍清晰地感应到了，因为他面前竟无缘无故地洒下一地的树叶。

“轰……”一声比十个炸雷更惊魂动魄的巨响，那山头上的两道人影如弹丸一般飞弹而开……

这一切，林渺竟然一丝不漏地捕捉到，尽管这之间的距离已够远，可是却似乎不再限制林渺的目光，也限制不了。

林渺内心的震撼是无与伦比的，这两个人是在决斗，即使是他从未涉入江湖，也知道这两个人的武功已经达到了无法想象的境界，抑或可以说是通神了，更非刘秀、邓禹之辈所能够相提并论的。而这二人又是什么来历呢？难道这个隐仙谷中真是隐居着一群通神通仙的人物？

想到这些，林渺立刻又嗤之以鼻，忖道：“就凭火怪和风痴那两个老不死的怪物，也能通神通仙？那还不是狗屁，一个个阴阳怪气的！”

正想间，林渺倏然发现又有两道身影以极速掠向那座山头，其速之快，简直像是滑翔的夜莺。

“风痴！火怪！”林渺吃惊地自语道，他看出了这两道身影正是风痴与火怪，他没想到这两人竟有如此骇人的速度，可想而知，其武功不用说也是可怕至极了。

那红影似乎也发现了正赶去的风痴和火怪，在那白影快速逼上之际，竟飞速向山的另一端掠去。

那白影紧紧相追，似乎绝不肯放过那红衣人！而火怪和风痴则分散自两个方向朝红衣人包抄过去……

林渺不由看得痴了，眼望着这几个人消失在视野中，久久不能回过神来。

第八章　宛城起义

“大人，铁如云先生求见！”一名官兵横在孔森的马前，恭敬地道。

“铁如云！”孔森眉头一皱，他不明白铁如云何以在路上挡住他，不过，他却明白这个人并不能轻视。

铁如云，便是老铁，在官兵的眼中，老铁是个极有身份的人物，不仅仅是因为老铁昔日做过将军，但后来退隐宛城打铁，更因为这些官兵手中的上乘兵器，有很大一部分来自老铁的炉火锻造，因此，宛城的兵将对老铁极为尊重。同时，老铁更是宛城的豪强之一，家财万贯，在宛城之中更是大善人，声誉极好，便是官府，也不能不给他面子。

“让他来见我！”孔森淡淡地道，他带住马缰，在众家将及一些都骑军的相护之下，使整个大街都堵住了，不过倒也是气派非凡。

陈奢相伴在孔森的右侧，高驻马首，稍落后于孔森。他的神情冷峻，不露出半点情绪，目光微微低垂，显得冷静而沉稳，颇有一派高手的风范。

陈奢是个好手，孔森从来没有怀疑这一点，陈家出高手并不稀奇，他不怀疑陈奢就像陈奢不怀疑他也是个高手一样。

孔森很少出手，但却没有人敢小觑他，从来都没有！无论是江湖上还是朝廷中，因为，许多事情都不需惊动他。

老铁只身而来，步履沉稳而矫健，所到之处，官兵纷纷给他让开一条通道。

不可否认，老铁仍有一种难以抗拒的气势，那黑铁般的面孔，如刀刻斧凿般纹理清晰，蕴含着一种沧桑而又深邃的内涵，让人感觉其坚忍不拔的心性！

“不知先生欲见本官有何要事啊？”孔森极力显得客气地问道。

“小徒刚才出城，说城外似乎有许多不明来历的人马，因此老夫这才前来通知大人，望大人明察！”老铁沉声道。

“哦。”孔森捋须淡笑道，神情更是显得客气。事实上，他对老铁这般关心城防之事倒真有些感动，因为他刚刚已经得到消息，便知老铁并不是在说谎。而以老铁的身份，居然亲自前来相告，这份热情确实难得。

“大人已经知道了此事，这便正要去城头察看一番，铁先生费心了。”陈奢代孔森客气地答道。

“哦，如此最好……”

“大人，不好了！”一名都统府的家将策马飞驰而来，仿佛不怕撞着路上的行人一般，高呼道。

众人的目光不由得全都投了过去，孔森也不例外。

“大人府上失火，有贼人入府捣乱……”那家将跌跌撞撞地自马上翻落而下，高呼道。

“什么？”孔森差点没自马背上跌下，抬头向都统府方向望去，果见有烟雾升起。

“何人敢如此大胆？”孔森厉声喝问道。

“这些人身份不明，而且全都见人就杀……我们……”

“走，回府！”孔森急吼道。

“大人，我看不必回府了。”老铁突地笑了笑道。

“你什么意思？”孔森冷声问道。

“因为那些都是我的人。”老铁淡漠地笑道，神色变得冷厉至极。

“你想造反？”孔森怒问道。

“大人没有说错！”老铁说话间，身形倒转，如陀螺般直撞向孔森。

那些官兵似乎还没能作出任何反应，老铁的身形已经到了孔森的面前。

“噗噗……”那群急速挡在孔森面前的都骑军还没弄清是怎么回事时，身形已经如秋风扫落叶般狂卷而出，兵刃未及拔出，便断为数截，老铁的气势大得骇人，无论是速度还是力道，都有种无坚不摧的气势，就像一柄巨大的冲击钻。

“九鼎玄功！”孔森微微吃了一惊，但却并不慌乱，只是在刹那之间，他浑身的衣袍鼓胀成一个巨大的球，身子更已浮上虚空，而后倒射而下，直迎向那强大螺旋的锋端。

“轰……”一阵巨大的气浪倒冲而出，方圆五丈之内的官兵被冲击得倒跌而出，孔森的坐骑更是化为一堆烂肉。

孔森和老铁同时向两个方向倒跌而出，这一击，双方竟旗鼓相当。

“好老贼！”陈奢刀化奔雷，如一抹残虹般掠过孔森的身边。

孔森很欣慰，陈奢出手十分及时，所把握的时机精确得连他也不能不叫好，此刻的老铁与他一样没有任何可能抵挡得了陈奢这记雷霆一击！

“呀……”孔森蓦地发出一声凄长的怒吼，眼中闪过一丝惊骇和愤怒，他简直不敢相信这是真的。

陈奢的刀不是斩向老铁，而是直接扎入他的体内！

同样的快、准、狠，但意义却绝不相同。

“陈奢……”都统府的家将几乎全都惊呆了，大怒之下直扑向陈奢。

“嗖嗖……”一轮弓弩的轻响，那几名冲动的家将立刻应声而倒。

“谁敢乱动，这几个人便是你们的下场！”陈奢的副将横刀跃马，冷喝道。

孔森的家将和亲卫全都呆住了，因为他们这个时候才发现，对方每个人手上都有一张上了数矢的强弩，只要他们稍有妄动，便唯有死路一条。

孔府的家将和亲卫及陈奢的人马立刻分成两部分，界限分明，但所有的主动权都已被陈奢的将士所控制。

孔森的尸体轰然落地，陈奢以一个极美的姿势旋落于孔森的身边，自孔森的怀中掏出宛城的兵符，转身与老铁对望了一眼，露出一个极为会心的微笑。

“你们听着，宛城现在已在我们的控制之下，王莽奸贼的末日已经到了，是我汉室子民者，便应立志复汉室江山，兴刘室之天下——”陈奢高喝道。

林渺在林中转了许多圈，可最后竟又回到了原来的位置，骇然之下，却又不明所以。

林渺可不想再在这个鬼地方多待一会儿，那火怪和风痴，还有那白衣人都那般厉害，要是被他们发现了，只怕自己真要被火怪拿去喂什么宝贝了，那可不好玩。

越是想出去，却越出不去。

“妈的，这鸟林子真是他妈的怪得紧，老子要是出去了，定一把火给你点了！”林渺气恨地自语道，可是眼下能不能出得去还是一个问题。

林渺想找到返回火怪住处的那条小路，但此刻他连那条路也找不到了，眼前所见，只是满眼的林木，看不到尽头在何处……

正在思忖间的林渺，仿佛有一点意外的感应，就像有一双眼睛在注视着他。这空寂的林子，虽在夏日，但也凉风瑟瑟，阴森至极，而这种莫名的感觉使林渺禁不住生起了一身鸡皮疙瘩，他蓦然转身！

林渺禁不住骇然倒退了五步，只见在他身后不到三尺远处竟立着一红衣胜火的怪人，枯长得像一具僵尸，脸上显出一种异样的苍白，长衫飘飘，一双眼睛泛着清冷而诡异的光彩。

“你、你是人是鬼?”林渺心跳快得难以想象，这怪人竟然无声无息地来到他的身后，又是一身如此怪异的打扮，便是正面望见他走过来，胆小的人也会吓趴下，何况是如此突然地出现。

那怪人冷冷地打量了林渺一眼，才以低沉却更显阴声阴气的语调道：

“你想不想走出这片林子？”

“当然想，你是什么人？”林渺见对方说话，心中才稍安，知道对方不是鬼，心中大定，但仍有些惑然地道。

“你不是隐仙谷之人？”那怪人又问道。

林渺不由得警惕地打量着对方，机警地问道：“是又怎样？不是又怎样？”

“是，那我便杀了你，不是我可以让你走出这片林子！”那怪人冷冷地道。

林渺不由得多审视了对方几眼，仿佛是在猜测这怪人的话有几成可信度。

“你不是隐仙谷之人？”林渺反问道。

“当然不是，老夫才不想在这里做缩头乌龟！”红衣怪人不屑地道。

林渺心中微喜，红衣怪人这般一骂，应该不是隐仙谷中人，他不由心忖道：“妈的，只有赌一把了，大不了死就死，何况这老怪物也不一定就会杀了我。”

“我当然不是这里的人，否则，这破林子怎么会难住我？我早就走出去了，还会和你在此瞎搅和？”林渺粗声道。

红衣怪人并不恼，反而露出了一丝淡淡的笑意，因为他早就看出了这一点。

“如果我能送你走出这片树林，你会怎样报答我？”红衣怪人又问道。

林渺不由得微恼道：“哼，我就知道世上没有这么好的事，我不需要你的帮忙，照样可以走出去！我这人从不喜欢别人用人情来与我谈条件！”说话间，林渺转身就走，他可不想与这怪人瞎搅和。

红衣怪人先是一愣，随即立刻道：“这片林子乃是依八卦所植，内含六合，外伏七星，就凭你，一辈子也休想走出去！”

林渺顿时稍一停步，头也不回地道：“就算我一辈子走不出去，至少，那也算是我的一种主动，我可不想被动地被人牵着鼻子走！”

“很好，年轻人有个性，可是你就不想知道我的条件吗？也许只是你举手之劳就可以还清的人情呢？”红衣怪人不仅没恼，反而很欣赏林渺的作风。

“那你不妨说说，什么事只需举手之劳？”林渺扭头反问道。他不想让这怪人送他出去，只是怕这怪人像火怪和风痴一般疯疯癫癫，要开出一个很难做到的条件，那可就不好玩了。他之所以用这种强硬的语气说话，只是想以退为进，让对方不好开出一个很难做到的条件。

事实上林渺也知道，这片林子确实是他难以走出的，他已经走过五遍了，最终却无一例外地徒劳无功，而如此下去，火怪和风痴迟早会发现他的存在，并将他抓回去。因此，若是这怪人能让他出去，那是再理想不过的了。

红衣怪人并不是不明白林渺的用心，只是他并不在意这些，淡淡地道：“我要你走出隐仙谷之后，帮我将这东西送到城阳国。”说话间自怀中掏出一个匣子，在匣子上竟有一片殷红刺眼的血迹。

“啊……”林渺吃了一惊，他发现这红衣怪人伸入怀中的手指尖也沾有血迹。

“你受了伤？”林渺吃惊地问道。

“不错，所以我才要你帮我将这些东西送到城阳国！”红衣怪人并不否认地平静道。

“这是什么东西？”林渺不由有些惑然地望着那匣子，却不明白何以红衣怪人要自己不远数千里地送这玩意去城阳国。

“你不必问这是什么东西，但你必须答应我，一路上绝不可以打开里面的东西偷看！”红衣怪人冷然望着林渺，淡漠地道。

“不看就不看，有什么了不起！”林渺不屑地道，旋又问道：“你要我大老远将这东西送到城阳国，究竟要交给什么人？或是放在什么地方呢？”

“你只要将它交给樊祟，就完成了对我的承诺。另外，我绝不会亏待你的！”红衣怪人肃然道。

“什么？你要我将它交给樊祟？”林渺吃了一惊，反问道。

“不错，正是樊祟，赤眉军的大首领樊祟！”红衣怪人认真地重复道。

林渺有些傻傻地望着这怪老头，半晌才问道：“你又是什么人？你不会是里面藏了什么毒物，要我去害人吧？”

“你放心好了，我就是赤眉军的三老之一琅邪鬼叟，你只要持我的令牌赶到城阳国，大首领一定会待你如上宾，同时你更可以成为我赤眉军的红人！”红衣怪人道。

“琅邪鬼叟……”林渺仔细地打量了一下对方，倒确实觉得对方三分像人七分像鬼。他自然也听说过琅邪鬼叟的名字，因为他也与赤眉军交过战，但却没想到会在此地遇上琅邪鬼叟。

“可是……可是就算我能离开这片鬼树林，又怎能逃出这鬼里鬼气的隐仙谷呢？要是这里再多几个劳什子破阵，我岂非仍是死路一条？”林渺有些担心地道。

“这里不会再有另外的树阵，只要你是向外闯而非闯入谷中，这里便是最后一个大阵。在这片树林内还有一个巨大的石阵，此乃隐仙谷的守护之门，你行出这片树林，向东行两百丈，便可以看到一座绝崖，绝崖之下便是淯水，你只要自崖上跳下，就可以逃出隐仙谷了！”琅邪鬼叟淡然道。

“什么？”林渺吃了一惊，问道：“还要自绝崖之上跳下去？难道没有别的路吗？”

“这是唯一可以生还的路，否则没有活人可以出得了隐仙谷！”琅邪鬼叟肯定地道，语调之中并无威吓的成分。

“这里有这么可怕吗？”林渺试探着问道。

“这里只会比你想象的更为可怕，从来没有人进入其中还能生还，如果你能出去，应该是第一个例外，抑或可算是第二个！”琅邪鬼叟显出一丝无可奈何的表情道。

林渺怔了半晌，不敢相信地问道：“那便是说，你也出不去了？”

琅邪鬼叟苦涩地摇了摇头，道：“我的大限将至，即使能出去也只能葬身淯水，这也便是我为何要请你帮忙的原因。我的伤势除这里的人，没有任何人可以治得了！”

“你的伤会有这般严重？”林渺又吃了一惊。

“是的，我刚才与毒道交手，五脏六腑已尽皆碎裂，更中其泣血掌，只有几个时辰好活，若非全凭一口真气维持，恐怕此刻我已经不能跟你说这么多的话了。”

林渺倏然记起在那不远处山头上的决战，不由脱口问道：“你便是在那山头上交手的红衣人？”

琅邪鬼叟点了点头。

“你怎会跑到这鬼地方来？”林渺的好奇心似乎无限地强烈，又问道。

“你还没答应我将这匣中之物送去城阳国。”琅邪鬼叟沉声道。

林渺不好意思地笑了笑道：“好吧，我答应你，只要我能出这鬼地方，能活着，定会将匣中之物送去城阳国！”

“很好！”琅邪鬼叟将木匣递给林渺，又自袖间抖出一块巴掌大的令牌。

“这是赤眉军的三老令，拥有这块令牌者，便等于在赤眉军中拥有生杀大权，可能会对你有些用处，请一并收下！”琅邪鬼叟又道。

“如果他们问我这块令牌是自哪里来的呢？”林渺接过令牌，有些担心地问道。

“唯有三老和大首领才有权利问这个，你可以告诉大首领，便说老夫已经葬身于此地，不必再让任何人前来此处。”琅邪鬼叟不无伤感地道。

林渺望了望令牌，又望了望琅邪鬼叟，竟有些同情眼前这怪异的老头了，但他却无能为力。相传赤眉军三老和大首领樊祟的武功已经达到了绝顶之境，天下间少有敌手，可是这琅邪鬼叟仍敌不过这怪谷中的什么毒道，可知这谷中之人是如何可怕，别说他不擅搏击之术，就是会，他又能胜过眼前的琅邪鬼叟吗？是以，他也感到心有余而力不足。

“我们赶快离开此地，他们用不了多久便会搜到这里来的，若再不走，只怕没有时间了。”琅邪鬼叟断然道。

林渺经琅邪鬼叟一提醒，心里不由得紧张起来，那个什么火怪之类的人物确实怪得让他心慌。

“走吧，早点离开这鬼地方才是正理！”林渺有些迫不及待地道。

“跟着我走，不要落后！”琅邪鬼叟说着已领头向林子深处走去。

林渺急忙快步赶上，问道：“你是怎么进来的？”

“自那绝崖上偷爬而入，而你又是怎么进来的？”琅邪鬼叟反问道。

“我不知道，我顺淯水漂下，当时伤得很重，什么也不知道，醒来之时便在这里了，事实上我也很想知道自己是怎么来到这里的。”林渺无可奈何地道。

“哦。”琅邪鬼叟似乎并不想对林渺的事问得很清楚，抑或是没有什么兴趣。

“出了这里，你绝不可将木匣之事让别人知道，否则你将寸步难行！”

“为什么？”林渺不解地问道，旋又明白过来，自嘲道：“这叫匹夫无罪，怀璧其罪，是吗？”

琅邪鬼叟笑了，为林渺如此快的思维而笑，抑或，他只是觉得这个小伙子很有趣，很机灵。

“你叫什么名字？”

“林渺，双木林的‘林’，渺小的‘渺’。”

“好名字，你师父是谁？”

“师父？我还没有师父！”林渺耸耸肩道。

“你没有？那你的武功又是自哪里学来的？”琅邪鬼叟的目光有些逼人地问道。

“什么武功？自然是无师自通了！”林渺不无得意地道。

“哼！”琅邪鬼叟不屑地冷哼一声，倏然出手。

林渺吃了一惊，本能地挥手相挡，可琅邪鬼叟却只是虚晃一招，当他挡过之后，琅邪鬼叟的手才真的出击。

“噗……”林渺痛哼一声，不由惊怒地问道：“你这是什么意思？”

“果然不会武功，不过你小子的功力之高却让人吃惊，动作也快得很，若是遇到一般的武林人物，或许还能够立于不败之地，但若遇上了真正的高手，却唯有挨打的份！”琅邪鬼叟肃然道。

林渺这才明白，刚才琅邪鬼叟只是试试他是否会武功而已，但却有些不服气地道：“刚才我只是没有注意罢了。”

“练武之人并没有偷袭与被偷袭的概念，真正的高手，在任何时候出手都一样，不会受环境和心神的制约，那只是意念的问题。心存一念，天地广袤，没有注意不是理由。”琅邪鬼叟不悦地提醒道。

林渺没有作声，不过，他知道琅邪鬼叟并不是说假话，以对方的武功，天下少有敌手，受这样的高手训斥并不是每个人都能享受的。

琅邪鬼叟见林渺不出声，似很满意林渺受教的表现，又道：“如果不是老夫时日无多，倒愿意授你几招，只可惜，老夫识你太晚，以老夫看来，你是一个不可多得的练武之才，只要你肯好学苦钻，来日之成就定当超凡脱俗。如果你不介意，这里有一张载有老夫独门身法‘鬼影劫’的羊皮，你便拿去好好学吧，但愿对你有所帮助。”

“谢谢前辈！”林渺接过羊皮，不由大喜，对眼前这个怪人又多了几分好感，但也更为对方那短暂的生命而怅然若失。

“很好，你要将之好好保存，不要落入江湖宵小之手，否则只会为祸武林。好了，快走吧！记住，待会儿绝不可犹豫，立刻跳入崖下，要跳得离崖边越远越好，崖下江水极深，只要你会游水便不会死。但你只要稍一犹豫，很可能就唯有死路一条！”琅邪鬼叟再次提醒道。

“要是他们追我怎么办？”林渺又问道。

“这里的人绝不可以踏足江湖半步，只要你一出隐仙谷，他们便拿你没有办法，但只要你还在隐仙谷所辖土地上，哪怕一步之间，他们仍会有一百种杀你的方式！在这里居住的人，一个个都是天才，也都是疯子，世上没有什么东西是他们想不出来的……”

“啊，那他们为什么不能出谷？”

“这关系到一个武林的大秘密，一时无法说清楚，如果将来你有幸见到大首领，你可以去问他，或许他会告诉你答案！”

林渺只好将一肚子的话闷在心里，重生后的心情似乎并不是很坏，所以在遇上琅邪鬼叟后显得话特别多，似乎暂时也忘却了梁心仪的死带来的伤痛。而眼下，隐仙谷的秘密更充斥在他的心间，他有太多的问题想问，可却没有时间和机会。不过，只要他还活着，便总会有一天知道这之中的隐秘。目前，最重要的还是离开这个鬼地方。

宛城四处一片慌乱，都统府大火漫天，不仅如此，安众侯府也陷入了一片火海之中。

城中四处都举起了造反旗帜。

刘秀起义，打开官府粮仓放粮，立刻被许多百姓奔走相告。

陈奢执孔森的兵符，以迅雷之势绑了孔奄，更以孔森“亲信”的身份迅速控制城防和宛城的官兵，对那些反抗者，皆毫不留情地诛杀。

李通诸人各率家将，合力而出，对各处反抗的力量加以平服，而且所到之处，更有许多平民百姓加入其队伍中，棍棒高舞，倒也声势骇人。

皆因这些大豪平时在当地的声望极高，又多行善举，何况，这次起事者又是大善人刘秀。

刘秀在宛城之中的善举数不胜数，受过其恩惠之人也多不胜举。是以，宛城百姓、年轻人纷纷加入起义行列，其中响应最激烈的要数天和街的百姓。

宛城之中，最为安稳的地方，大概要数万兴楼了。

万兴楼安稳，不仅仅是因为它乃宛城最有名的酒楼，更因为里面有一桌极为特别的酒宴。

李通、李铁宴请齐府的第一号人物齐万寿，同来的还有老铁。

老铁是在杀了孔森之后立刻赶到这里的，他来之时，所请之人都已落座。

这桌酒宴所请来的可以说全是宛城之中极有头脑的人物，尽是大豪和望族要人，是以，万兴楼是宛城之中最为安稳的地方。

老铁赶来之时，气氛似乎并不太好。齐万寿的脸色有些难看，但却沉着性子坐在那儿，他那枣红色的脸带着些微的怒意，显然，他感觉到外面事情有些不对。

“在下来迟，让诸位久等，实在是不好意思，不请众位海涵！”老铁大笑着坐到李铁身边的一张空位置上，抱拳道歉道。

“铁先生如此姗姗来迟，当罚酒三杯才是！”说话之人乃宛城做布匹生意的大豪古沁。此人布匹生意可谓是遍地开花，做得极大，家财更是万贯。

“应该应该，古先生如此大忙人，浪费一刻可谓浪费斗金哪，我的确该罚上三杯！”老铁爽快地道。

“哈……”席间除了齐万寿之外，余者不由得都被逗笑了，整个气氛也活跃了不少。

望着老铁连干三杯，齐万寿有些坐不住了，淡然问道：“先生刚自外而来，不知外面发生了何事，怎会如此喧闹?”

老铁望了齐万寿一眼，顿了顿，笑道：“也无甚大事，只是一场小小的兵变而已。”

“什么?”齐万寿一惊而起，在座的除了几个心知肚明的人之外，余者皆愕然色变。

“诸位请坐下，休要惊诧，其实今日请大家来此，也便是为了商量此事！”李铁也立身而起，做了个“请大家稍安勿躁”的手势，淡然道。

古沁神色不变，只是打量了一下身边站起的几人，悠然笑着将之拉坐于椅上，道：“既然李兄弟有话说，何不让其将话说完呢?”

齐万寿狠狠地瞪了李通和李铁及老铁一眼，他这才明白，此宴只是一场鸿门宴而已，事实上李通和李铁并没有安什么好心。但是在这种情况下，他又不能翻脸，首先，他知道李通、李铁都是一流高手，而那老铁更是高深莫测，若论单打独斗，他自信不惧这里的任何人，可是若以一人之力对付李通、李轶和老铁这三大高手，那是一点胜算的机会也没有，何况还有一旁的古沁及其他人；其次，只看老铁和李轶这种架势，也可知他们早有安排，若是贸然翻脸，只怕会吃不了兜着走了。

“恕我没事先跟大家讲清楚，真是抱歉，在此我先罚酒三杯，还请大家见谅!”李轶果然连罚三杯，这才落座。

“这次兵变李某以项上人头担保，绝不会使诸位同仁受到任何损失，即使有损失，李某也定当双倍相赔!”李轶开门见山地爽快道。

“李员外，这究竟是怎么回事?”有人忍不住问道。

“诸位请先听李某一席话，然后再向大家解释如何?”李轶诚恳地道。

“李兄弟有什么话，尽管说好了!”古沁爽快地道。

李轶深深地吸了一口气，沉声道：“自王莽逆贼谋朝篡位之后，大肆改变汉制，发布诏书，实行王田制。更可恨的却是其实行‘五均六筦’之制，使得我们商不成商，民不成民，这些完全脱离实际的制度使得我们这些商者生意日渐冷清，不仅仅如此，他还想收回我们所拥有的土地。要知道，我们的土地，我们的生意网，可是经过了几代人艰苦创业所得，我们岂能双手奉还给他？我们岂能成为败掉祖业的败家子？我想，诸位都不会希望看着自己的庞大产业慢慢枯蔫吧?”李轶顿了一顿，又打量了众人一眼，见所有的人都频频点头，显然很赞同他的说法。

“是的，我们绝不可以败掉祖业。可是眼下逆贼在位，奸臣当道，大贪巨奸掌管民生，他们专权求利，交错天下，各谋私利，使得百姓生活贫困，众庶各不安生。王莽不仅是个逆贼，更是个大蠢蛋，不断地更改货币，竟使货币种类达五物、六名、十八品之多。其苛政，更使‘农商失业，食货俱废，民涕泣于市道，变卖田宅、奴婢抵罪者，自公卿大夫至庶人，不可称数’。同时，他更疯狂地连年征战，耗尽国力，弄得天下骚动，四邻不安，民不聊生，国无宁日。王莽之罪举不胜举，我等胸存热血者，岂能坐以待毙，死于苛政？而我们唯一的出路便是化被动为主动，只要我们打倒王莽，恢复汉家天下，就能还我们万世基业！”李铁激昂至极地道。

“不错，王莽新政，这十余年间，‘民摇手触禁，不得耕桑，徭役烦剧，而枯旱蝗虫相因。又因制作未定，上自公侯，下至小吏，皆不得奉禄，而私赋敛，货赂上流，狱讼不决，吏用苛暴立威，旁缘莽禁，侵刻小民。富者不得自保，贫者无以自存，且缘边四夷所系虏，陷罪、饥疫、人相食，及莽未诛，而天下户口减半矣’，如果我们再如此下去，等待我们的只会是更残酷的后果。眼下，盗贼四起，义军烽火遍及天下，贫民犹知奋发，犹能造成如此浩大声势，我们不仅有资本，更有头脑，难道我们就不能置之死地而后生，创出一番大事业吗？”李通接过李铁的话，补充道。

席间群豪不由得频频点头，更是大为心动，特别是李通最后一句话。

“我们辛苦一辈子所为何来？不就是图光耀门楣吗？此际天下大乱，唯乱世出英雄，乃是最佳创建千秋伟业之时机，我们岂能后知后觉，错过如此良机？”李铁又道。

“对，我们绝不可以坐以待毙……”

“是啊，我们应趁此时机奋起……”

一之时间，楼中众豪议论纷纷。

“可是，我们如何能斗得过城卫军和都骑军呢？”有人担心地问道。

“这点大家请放心，孔森已死，城防已完全在我们的控制之下，侯府想来此刻也已被攻下，一切，都已经接近尾声。”老铁沉声道。

“啊……”齐万寿这下子真的坐不住了，腾地一下子立身而起，但是却不知是走是留。

“齐当家的有话想说吗？”老铁淡然问道，神色间略带一丝胁迫之意。

齐万寿见所有人的目光都投向他，他自然不能翻脸，否则只怕会成为众矢之的，若仅只得罪李铁和老铁，他不会在意，但是若得罪了这里的每一位豪族，即使是他齐府再有实力，只怕日子也会很难过了。

“哦，没什么，我只是突然觉得身体有些不舒服，想早点回府休息而已。”齐万寿终究是只老狐狸，深明审时度势的重要。

“哦，可能是今晚的酒菜招待不周吧？若是这样，还请齐当家多多包涵！”李铁也淡漠地道。

“哪里哪里，李公子今晚的酒宴可谓是别具风味，只让老夫永生难忘啊！”齐万寿一语双关地道。

众人立刻听出了两人话语之中的不对劲，不过，许多人都明白，齐万寿与安众侯王兴之间有着极为特殊的关系，此刻有此反应并不觉得奇怪。也有少数人明白，今晚李通、李铁之所以请来齐万寿也是别有用意的。当然，这些与他们并无多大关系，因为他们可不像齐万寿一样受到安众侯的庇护，百税不收。事实上，这里的几位大豪对齐万寿依附朝廷的举止早就看不惯，所以也不免跟着幸灾乐祸。

“既然齐当家的身体不适，确应早点回府休息！不如就由我的马车送齐当家的一程如何？”古沁立身客气地道。

“不用了，齐某倒喜以步代车，何况此刻外面这么热闹，景色定很不错，我也想顺便看看。”齐万寿断然道。

古沁也惯于生意场上的唇枪舌剑，闻言并不气恼，反而笑道：“既然齐当家的有这番雅兴，古某就不相扰了。”

“告辞！”齐万寿向众人一拱手。

“不送了！”老铁并无阻拦之意，只是淡淡地笑道。

李铁和李通相互交换了一个眼色，但见老铁没有动静，也便装作若无其事地送客。

林渺不敢稍作停留，此地距绝崖尚有两百丈，对于他来说，这并不是一段很远的距离，但对于这个古怪的隐仙谷来说，两百丈的距离足以让人死上千百次。

这是琅邪鬼叟的话，林渺相信了。不知为什么，他很相信琅邪鬼叟的话，或许是他相信“人之将死，其言也善”的道理吧。

在走出那片林子的时候，林渺发现了风痴，这个人的速度好快，至少，比林渺想象的要快十倍，尽管逃不过林渺的目光，但却绝非林渺所能比。

琅邪鬼叟出身阻住了风痴，他的速度绝不比风痴慢，尽管他受了致命的重伤。

风痴的来势受阻，便像是一只寻斗的公鸡，他并不知道琅邪鬼叟已经受了致命的内伤，只好望着林渺如奔逃的野猴一般纵跃而去。

“就是你来我隐仙谷偷《神农本草经》?”风痴冷然问道。

琅邪鬼叟的眸子里闪过一丝傲然的神采，道：“不错!”

“快交出《本草》，否则你唯有死路一条!”风痴眼珠一转，沉声道。

“哼!”琅邪鬼叟没有回答，只是浑身散发出一股沉重莫名的死气，仿佛是自烈焰之中重生的魔魂。

风痴竟笑了起来，望着琅邪鬼叟，摇头晃脑地道：“有趣，有趣，老子已经二十余年未与外人动过手了，看来今天是要过过瘾了!”

林渺没有回头，他只是一个劲地狂奔，可是他突然感到一股沉重的气势向他袭来，带着浓浓的死气。

虚空之间突然起了风，花草尽弯，向林渺奔跑相反的方向弯曲。

风，迎着林渺狂吹而来，仿佛是要阻止林渺前进的步伐。

林渺大骇，他不明白怎会突然这样，究竟是发生了什么事，于是他忍不住回头了。

林渺回头，没有发现琅邪鬼叟和风痴，只是在那两人曾立足之处漫天飞舞着青色的叶，绿色的枝，灰色的草，红色的花……整个空间透着诡异的美丽。

花、草、枝、叶、尘土，在那片虚空中飞舞，风，便是吹向那里，那便像是一个强大的引力之源。

“哗……”林渺听到了涛声，像是巨雷滚过，清晰而又惊心动魄。

涛声，来自淯水，来自那片绝崖，可是林渺的心神却被那片诡异的虚空所吸引。

强大无伦的气机犹如一道道寒流般自那片虚空扩散，方圆数十丈的花草竟尽数枯萎……

陡然之间，林渺竟发现了火怪正以极速向他赶来，不由大吃一惊，再不敢有半点犹豫。

“小子，你居然还没死！”火怪也一眼便发现了林渺，高呼道。

“哗……”一道电火划过虚空，击落在林渺不远处，天空之中竟快速地聚起一片暗云。

林渺发现自己似乎是在做梦一般，这个地方，这种天气，这些人物，都是那么的不可思议，不可理喻，又莫名其妙且无比诡异。本来好好的天气，又变了，不过，他不敢作任何浪费时间的考虑，只知拼命地向绝崖边奔去。

三十丈……二十丈……十丈，林渺已经感受到了那迎面而来的水气，那击石的涛声是那般惊心动魄，他的脑海中几乎接近一片空白。

因为恐惧，他不知道那绝崖有多高，不知那江水有多深，不知那浪头有多高……一切的一切，都是个未知之数，而若听琅邪鬼叟的话，他就必须跳入这不知底细的绝崖，用好不容易保住的生命去换取一个赌注，这使林渺感到有些盲目，更有些心虚与恐惧，可是他毫无选择！

“小子，你逃不掉的！”火怪的声音仿佛就响在耳畔一般，只骇得林渺魂飞魄散。

五丈、三丈、一丈……林渺刚叫谢天谢地之时，倏觉眼前一暗，仿佛整个天空突然向大地倾压而下。

林渺骇然抬头之时，火怪已如一只大鸟般自他的头顶压下，双爪如鹰，带着让他窒息的压力铺天而落。

“老怪，我跟你拼了！”林渺心一横，迅速转身，双掌以托塔之势强推而出。

火怪不屑地笑了笑，他哪会将林渺放在心上？

“轰……”火怪双掌与林渺掌劲一触，立刻大吃一惊。

林渺的掌劲如潮水般奔涌而出，只觉五指一阵火辣辣的痛，同时整个身形更不由自主地倒跌出去。

林渺惨哼一声，狂喷出一口鲜血，身子也被震得倒飞而出，直向那绝崖之中落下……

林渺只觉耳边风声呼啸，五脏六腑仿佛就要自胸腔之中挤出，而眼前却是白茫茫的一片，而火怪的怒吼声仍在虚空中回荡。

“哗……”林渺还没弄清是怎么回事之时，整个身子便已经倒插入江水之中，激起高达数丈的浪花。

江底似乎有一股强大的暗流，迅速将林渺卷出。

当他再次冒出水面之时，林渺发现自己距绝崖竟有百丈之遥，再看绝崖，他不由得暗暗咋舌。

此崖至少有百丈之高，藤蔓相接，险如斧削。如果他直立崖边，还真没有勇气跳下来，这借火怪的反震之力贸然而下，倒省去了他许多犹豫。

自这么高的地方跃下，即使是林渺功力高绝，也被冲击得头昏脑涨，几欲昏厥。而且火怪那一击使他或多或少受了些伤，这下子，他若想游过淯水，只怕不是一件容易的事。

河水冰凉，幸亏这是在夏末秋初，天气尚热，他努力地划动着四肢，极力想使自己距岸边近一些。可是无情的河水，在此处特别湍急，他的力气似乎是白费了。正当他气馁无奈之时，却见一艘大船快速自上游顺流而下，禁不住大喜。

“救命……救命……”林渺挥手高呼，但是他仍无法控制身子随水漂流的趋势，不过，他拼命地向上游游动，极力使自己随水漂流的速度比大船顺流而下慢上几拍。

大船之上显然有人听到了林渺的呼救声，甲板之上立刻聚集了五六个人，还有些人在甲板上奔走。

“不要惊慌，我们这就来救你！”甲板之上出现了一位老者，分开众人向林渺呼道。

林渺心中稍安，至少这些人不是见死不救之辈，其实，只要这些人扔给他一块浮木就可以了。

大船速度快极，本来就是顺流而下，现在更似有人操桨升帆。

同时还有人准备了大网，倒是要将林渺当大鱼一般打捞而起。

安众侯王兴竟自密道中潜走，包括其美妾和一些亲人。

这些人潜走显得极为狼狈，金银细软之物都没有来得及收拾，他们分明已感到大事不妙，先行躲避，因此逃过了这一劫。

宛城军或降或死，大局已完全控制在刘秀和邓禹的手中。

陈奢紧布城防，以防王兴逃往城外，战事发生得突然，结束得也极快，仅几个时辰之间，宛城便已易主。

城中百姓沸腾，奔走相告，各豪族皆前来向刘秀表示依附，刘秀的姐夫诸人尚在城中四处收拾残局。

李轶和李通则带着一干宛城极有头面的人物前来道贺。

于是，刘秀在万兴楼再次宴请宛城诸豪强，城中之事交由李轶、邓禹、陈奢和老铁等人去处理。

事实上，今次起事并不是一日之功，乃是经过许多年的策划。此次，刘家自各地抽调了两千余精锐。

刘家这些年一直在招兵买马，更借生意之利培植势力于各地，是以，今日成事，绝不是偶然。

刘家，乃是南阳大族，更是汉室宗族，是以宛城之中没有不服之人。

齐万寿果如老铁所料，闭门不出，似乎是眼不见心不烦，事实上这正是刘秀所希望的。而最让刘秀欢欣的却是，其长兄刘寅也已在春陵起兵，而大姐夫邓晨则起兵响应。

刘秀并不想与刘玄一般加入绿林军，这个天下应是刘家的，他并不希望去为别人开创江山。

而破宛城，正是他走出的第一步。

林渺总算是缓过了一口气，只差没喝一肚子水。当然，这只能怪那绝崖太高，他根本无法控制自己不喝水。

“公子，你没事吧?”那慈祥的老者关切地问道。

林渺不好意思地道：“没事，多谢老先生相救之恩!”

“没事就好!”那老者温和地笑了笑道：“举手之劳，何须言谢?”顿了一顿，又温和地问道：“不知公子何以会落入水中?是你的舟筏出了问题吗?”

林渺闻言忖道：“这可不好说实话，说不得只好撒撒谎了。”不由得点点头道：“本想打点鱼，可谁知今天的天气特别怪，我的小船竟被那礁石所撞，而这里的水流又十分湍急，这才落水，真是惭愧!”

“也的确，老夫常往来于这段水域，可是今天这里的水流确实很怪，竟会有那么高的浪涛，便似钱塘江的潮水一般!”那老者也赞同地点了点头道。

林渺本是瞎说，倒没想到这老者如此轻易地便信了。他从未到过这片水域，自是不知道往日这里是什么样子的，但今日雷雨交加，自然会异于往日，心想间，不禁抬头望了望天空，只见那层密云竟又散了开去，并没有大雨洒下。

“云聚云散本无常，但今日确实很让人奇怪。不过，天有不测风云，人有旦夕祸福，年轻人也不必为损失一条船而伤感，只要人活着，总会得回一切的!”老者见林渺抬头望天，也不由得望了望天空，感叹地道。

“谢谢老先生的教诲，晚辈定铭记于心。”林渺不禁对这慈祥而善良的老人涌起了一种强烈的尊敬之意。

“更叔，小姐说甲板上风大，请更叔还是到舱中去休息吧，外面的事便交给别人处理好了。”一名俏婢自船舱中施施然行出，极为关切地道。

“呵呵……”老者悠然一笑道：“小姐也太关心老奴了，我这把骨头虽老，却还经得起这点风浪，何况这夹江两岸风景如画，我也没有多少年好看了，倒愿多看它几眼！

林渺讶异，这老者出口不俗，堪称儒雅大方，却没想到竟会是别人的下人。由此可见，其主人定然更是不俗了。

“小晴，你就别来扫更叔的雅兴了！”一人插嘴道。

俏婢横了那人一眼，却没有再说什么，目光又落到林渺的身上，似有些傲然地问道：“你家是哪儿的？要不要在这里靠岸让你回去？”

林渺微愕，这俏婢似乎对他极不客气，这话倒像是在下逐客令。他不由得淡然笑了笑，道：“请替我谢过贵小姐相救之恩，如方便的话，借我一块浮木即可！”

老者望了望林渺，又望了望江边的两岸，不由得笑道：“我看这两岸尽是荒山野岭的，即使是上岸，你返家也不甚方便，前面不远处便是淯阳，到了那里再下船也不迟！”

俏婢见老者如此说，也不好再讲什么，又悠然道：“既然更叔做主，就让他在船上多待一会儿吧。”

林渺心中大怒，虽对这老者十分感激，可一股倔犟的傲气使他难以忍受对方的白眼，不由道：“老先生好意心领了，我看我还是立刻上岸吧。不知老先生尊姓大名，来日定当相报今日之恩！”

“哦。”老者打量了一下林渺的表情，不由得笑了，以他的人生阅历，岂会不明白林渺的心思？他倒也十分欣赏年轻人的这股傲劲，是以并不作过多的挽留，淡然道：“老夫也忘了自己的名姓，他们都叫我更叔，你也称我更叔好了，敝小姐姓白，乃湖阳世家之人！”

“湖阳世家？”林渺微微吃惊，诚恳地道：“若来日能相遇，定当相报，今日就此别过！”

更叔依然温和地望了林渺一眼，淡然道：“世事随缘，施恩不图报，但若我们真有缘再见，我也不会介意以恩相报。年轻人，我看你并非凡夫俗子，他日定有出头之日，望你好自为之！”

林渺不由得愕然，见这老者竟如此说他，脸不由得微红，他觉得这老者似乎看穿了他不是渔家之人，所以才有此一说，只是对方没有直接点明，这也显示出对方过人的修养。

“谢更叔另眼相看，他日之事谁也难以预料，咱们后会有期！”林渺说完，向船上众人一拱手，施了个礼，见这附近水流稍缓，也不待众人惊呼，他又纵身跃入江水之中。

“啊……”一声轻微的低呼自船舱中传来，正是林渺在大船五丈外的水面冒出之时，他仍清楚地捕捉到那声音，扭头一看，惊见船舱掀开的帘角处飞出一块浮木，不偏不倚地落在他身前三尺之处，溅起千万点水花。

“拿着！”船舱之中再传来一声犹如黄莺出谷般悦耳动人的女声。

林渺自浪花之间窥得那帘角露出的一张美得无以形容的容颜，但仅只惊鸿一瞥之下，帘幔又挂上了。

那充满灵气的眼神，那微带惊讶的表情，那稍有病容却清秀得不沾人间烟火的俏脸，伴着薄而性感的红唇，让林渺几疑这是置身梦中。

一呆之下，浮木漂远五尺，林渺赶忙抓住，但脑海中依然挥之不去的是那惊世脱俗的容颜。

那究竟是谁呢？难道会是湖阳世家的白小姐？抱着浮木，他禁不住浮想联翩，也不知道是如何爬上岸的。

淯阳，淯水之畔，仅次于宛城的大镇，虽无棘阳繁荣，但却有其独特之处，同时又是宛城南面的咽喉之地，是以这里的城池也同样雄伟壮丽。

林渺是爬上一辆拉货的驴车抵达淯阳的，其实他也想返回宛城，可是此刻宛城定是四下通缉他，而且路途遥远，倒不如先到淯阳再说，说不定能弄匹马来去那什么城阳国。

想到城阳国，林渺便不能不为琅邪鬼叟可惜，这样一个人物居然死于那鬼谷之中。同时他又很奇怪，为什么他从来都没有听说过隐仙谷这个名字呢？在那里又究竟藏着什么秘密呢？

不过想来想去也想不出个所以然来，而此时天色却已晚了。进了城，他才发现自己口袋中已经没有一个铜板了，连晚上的饭菜也没了着落，禁不住大叹倒霉，旋而一想，能活着已是万幸了。

摸来摸去，只有那块三老令是银质的，若拿去当了，大概能够当点盘缠，但想来想去，只能放弃这诱人的念头，大不了，就饿一顿，或者索性去城郊哪里打只鸟或偷几个鸟蛋来填填肚子也好，对于爬树他极有信心。

昔日他便是一个爬树高手，现在他感觉整个人都能飘起来，想来，爬树抓鸟更不在话下。

林渺在城里转了转，还是来到了城郊，但没能找到鸟窝之类的，却发现一座破败的城隍庙，这倒也是个不错的发现，至少今晚不用露宿了。

第九章 世家千金

破庙中的蚊子多得让人心烦，而且这附近不远处又是淯水，因此蚊子是不可能避免的。

林渺生了一堆篝火，事实上他并没有睡着，夜风灌入破庙之中，倒也凉快，他便拿出琅邪鬼叟的那张羊皮仔细地观看、揣摩、练习。那上面的东西并不难以理解，共有七十六幅图像，以丹砂描上去的，并都加以附注，使人对这一幅幅图像更容易理解。

遗憾的是林渺并没有将老铁那本“九鼎玄功”的心法带在身边，不过也幸亏没有带在身边，否则在隐仙谷之时肯定会遗失，那样就对不起老铁了。

初看羊皮上的图像，似乎并没有什么巧妙之处，仅是走走步，掌握一定的方位就行了，可是越看，林渺越发现全不是那回事儿，其中的内容和变化远远超出了那些图像所显示的范畴……

正当他练得出神间，倏然听到了一阵蹄声传来，他不由吃了一惊，心中忖道：“这么晚了怎会还有人来呢？”

想着林渺望了望四周，闪身便躲到神像之后，篝火却并未灭去。

“咦，里面有火光，难道老七他们比我们先来一步？”庙外的蹄声骤止，一个尖细的声音飘进了破庙中。

“他们怎会比我们还快？”

“也许是我们在路上耽误了两个时辰，他们走水路应该不会太慢，进去看看吧！”

林渺仅听那马嘶，就知道来者有七人之多，但他却并不敢伸头张望，此刻那些人已经进入了庙中。

为首者是个光头，但却留有一圈络缌胡子，紧身打扮，一袭黄衫无法掩饰那横胀的肌肉。在他身边是三个头戴巨大斗笠的年轻人和三个道人打扮却面带阴鸷之人。

“洪帮主，果然是七弟他们先到了，那是他们留下的记号！”一名道人尖声道。

“看来他们坐了顺风船，那他们怎又不在这城隍庙中呢？”那光头道。

“大概有事出去了，我们在这里等一会儿，他们定会回来。”那道人又道。

“也好，此刻离天亮时间还长，湖阳世家的船在天亮之前是不会离开码头的，我们尚有足够的时间安排！”那光头淡然道。

林渺心中一惊，思忖道：“这几人难道是来找湖阳世家的麻烦的？那我可不能袖手旁观了。”旋而又想：“那如天仙般的美女或许正是白小姐，要是能再见到她就好了。”但才思及此处，又大感惭愧，暗自警告自己道：“心仪尸骨未寒，我岂能做出对不起她的事？”

“听说那白玉兰美赛天仙，也不知道是否确有其事？”那道人道。

“观主没有说错，那白玉兰之美，是我所见过最特别的一个，比之棘阳城中燕子楼的曾莺莺和谢宛儿也绝不逊色！”那光头洪帮主邪笑道。

林渺并没有见过曾莺莺和谢宛儿，但却听说过这两人是燕子楼的撑台柱，乃天下闻名的美女，心中忖道：“如果曾莺莺和谢宛儿真有这白小姐一般美，那确实可称得上是绝代佳人了。只不知这所谓的洪帮主和观主又是什么来历？”他小心地探头望了一眼，却发现这几人正好侧对着他，当他看到那光头之时，不由得暗暗吃了一惊，这人他曾在天虎寨见过，而那坐于他身边的道人竟是阴风老道，他也曾见过。当时他正好被天虎寨所擒，而这两人似乎在天虎寨做客。

这光头乃是伏牛山附近恶名最盛的栲栳帮帮主黄法正，栲栳帮在伏牛山一带打家劫舍，无恶不作，帮中之人皆戴以柳条编织的斗笠，因其形像个笆斗，是以当地人称之为栲栳帮。而那道人似乎也是伏牛山之人，只是不知这几人怎会到这里来？不过，想来也不会有什么好事，林渺不由得为湖阳世家的人担心起来。

而最让林渺担心的是，不知天虎寨是不是也派人来了，他可是尝到了天虎寨的厉害，对那些人打内心有些惧意。

“是吗？贫道有幸见过曾莺莺一面，那可真是上天赐予人间的尤物，只可惜，仅远观而无法一亲芳泽，真是人生一大遗憾。”阴风老道感叹地道。

“莫非观主动了凡心吗？”黄法正邪笑道。

“面对那样的尤物，不动心还是人吗？虽然贫道身为出家人，但终也是凡胎。”

“哈哈……”黄法正笑了起来，道：“曾莺莺和谢宛儿可不好弄到手，听说连王莽欲召她们入宫，都没成功。就凭我们，只有等下辈子了。”

阴风老道尴尬地笑了笑道：“这点贫道自有自知之明，我还没胆大到跟燕子楼作对的地步，何况听说那个什么曾莺莺乃是刘秀的心上人，便是给我千个胆子，也不敢得罪刘家。”

“那观主是想打白玉兰的主意喽？”黄法正反问道。

“如果可能……”

“别说我没有提醒观主，白玉兰可是张大龙头所要的人，如果有什么损失的话，只怕我们两人的脑袋有些不够用了。”黄法正提醒道。

“贫道怎会这么没分寸？这次回去一定要让刑风那狗娘养的好看，若不是他，我们早就完成了任务！”阴风老道有些气愤地道。

“刑风真他妈的不识抬举，大龙头这么看得起他，他居然想都不想便拒绝我们，说来还真够窝囊的。”阴风老道旁边的另一道人也愤然道。

“这有什么办法，人家天虎寨中高手众多，而且寨中有数百人，他们有傲的资本，等老子强大的时候再慢慢去收拾他！”黄法正狠狠地道。

“好像有脚步声，大概是老七回来了。”阴风老道立身而起道。

话音刚落，便有几道人影飘入城隍庙中。

“黄帮主和大哥已到了，那可真是好，他们的船泊在五里外的码头。近来，邓晨和刘寅起事，使得水道紧张，晚上没人敢行船，是以他们天亮之前不会离开！”那飘入城隍庙中的几人一见庙中的人，顿时喜道。

“哦，那再好不过了，没想到邓晨和刘寅也造反，这两人可不简单！看来这南阳和南郡一带有热闹可看了。”黄法正有些意外地道，顿了顿，又一本正经地道：“我们还是快点行动吧，只要让湖阳世家交出《楚王战策》，我们龙头也可以立举义旗了。”

“我不明白，一本《楚王战策》又有多大的作用？”那刚入庙中的道人不解地道。

“七弟有所不知，楚王韩信当年用兵如神，其兵法战略无人可比，这本《楚王战策》乃是一部兵法奇书，比之《孙子十三篇》有过之而无不及。更妙的是该书记载了汉室各地军制的编排和特点，乃是不可多得的奇书。”阴风肃然道。

林渺听得心中热血上涌，他少年时最喜欢听的便是楚王韩信与霸王项羽的故事。对楚王韩信更是推崇至极，此刻听说楚王竟有一部兵书战策遗下，他也不由得想一睹为快。不过，他却不想与湖阳世家为敌，反而对那慈祥的更叔大有好感，现在知道这些人要对付他们，他自不愿让梼杌帮的人阴谋得逞。

“兄弟们布置好了没有？”黄法正又问道。

那被称做老七的人道：“我们的船早已在江面上包围好了，只等帮主和大哥到来，立刻就可以动手。尽管他们有不少好手，但他们绝想不到会吃下自己人所下的软骨散。我们此刻动手，必定手到擒来，保证不会出任何娄子！”

“还是老七的妙计好！这次若能成功，头件大功应该记在你的头上！”黄法正拍了拍老七的肩头，欢笑道。

林渺更是大惊，若事实真如这些人所言，那更叔和白小姐就危险了。他禁不住有些心焦如焚，恨不得立刻便飞到那船上通知他们提防，可这些人不走，他根本就不敢现身。

淯水之上，夜色甚重，几点渔火轻飘，伴着轻风湿气，倒微有些凉意。

湖阳世家的大船三桅双层，长六丈，宽两丈，在江边静泊，可谓是庞然大物。

这种双层楼船在当时很少见，即使朝中战船，大如此者仍不多见，何况是私船？

不过，并没有人奇怪，湖阳世家人称其富可敌国，家族庞大，论声势，比之宛城齐府有过之而无不及。

齐万寿之名乃是自己打下的，而湖阳世家却是经过百年积累而成，其根基自不可小觑。

在淯水江边，没有比白家的船更醒目的，这也使林渺省去了寻找那艘大船的麻烦。

夜，似乎仍很静谧，丝毫感觉不到剑拔弩张的杀机。

林渺不敢有丝毫的大意，因为他根本就不知道在这岸边究竟伏有多少栲栳帮的人，而阴风观的人一向以药物闻名，林渺虽对江湖不甚明白，但对阴风道人却并不是完全陌生。

还有另外一个问题，却是林渺根本不知道白家的大船之上是否所有人真的吃了什么软骨散，若真是那样的话，岂不是要他一人独对黄法正这群凶徒？他能拖住这些人吗？这是个严重的问题。

黄法正和阴风也不知道此刻到了哪儿，林渺刚才并没有直接跟上黄法正和阴风，而是去做了另外一件十分重要却又不知道是否有效的事。当他赶来之时，江边依然一片宁静，只看那飘摇的风灯，就知事态还不是太糟。

正当林渺仔细观察之际，倏然听得一声枭啼自江面传来，旋即，岸上也传来一声枭啼相应和。

林渺立刻明白，黄法正与阴风很可能是在江面的小船上，因为白家的大船距江岸尚有三丈之遥，并未直接靠岸，事实上这样的大船根本就无法靠到岸边，在江水之中倒还可以。

白家的大船上似乎有灯光连闪了三下，林渺便察觉到在他不远处的草丛之间有轻微的脚步声，微弱的灯光并不影响林渺的视觉，何况，天上的明月并未西沉，那个被阴风唤为老七的正是其中之一，另外一些则是栲栳帮的帮众，一个个戴着柳枝斗笠，这像是他们特殊的标志。

林渺没动，只是伏在岸边，望着这些人迅速潜至江畔，借勾索横掠上大船。

“啪……”大船之中发出一声沉重的脆响，显然是重物坠地的声音，在静夜里显得特别刺耳。

“有贼上船!”有人骇然惊呼，呼声充满了惊惧。

林渺心中暗自叫苦，很显然，船上之人真的是服用了软骨散，这才没有人上甲板御敌，现在如果他想救人的话，唯有独对这些凶徒，但这与送死又有什么区别?

可是，如果他不出手，难道便眼睁睁地看着船上的人被杀？那绝美的白小姐若落到这群恶人手中，那会有怎样的结局，谁也难以预料，林渺的心中有种说不出的矛盾。

大船上根本就没有强有力的反抗，呈现出一面倒的形势，即使个别有反抗之力，但是双拳又怎敌四手？何况黄法正并不是庸手，那个阴风是出了名的恶道，也是个极为难缠的角色，这两人联手加上数十楞栳帮的兄弟，大船之上根本就没有人可以抗拒。当然，这只因为软骨散使那一群人暂时失去了力道，否则再给黄法正十个胆子，也不敢如此贸然上船。尽管白家从不涉足武林，可是白家却养了许多武林高手。作为一个庞大的家族，它总会有自己的实力，以保证家族的利益。

更叔双手被缚，却破口大骂，但是黄法正对他的骂却并不在意，他所在意的只是那美如天仙的白玉兰。

“给我全部绑了！”黄法正蒙着脸面，沉声吩咐道。他并不想以真面目让这些人知道，除非他要杀人灭口，否则若是让白家得知是他干的，只怕他绝不会有好日子过。

阴风他们也与黄法正一样，所有的人尽皆蒙面，但阴风却被白玉兰的绝世容颜所慑，呆愣愣地两眼发直，更直吞口水。

“你们究竟是哪路朋友，我白家有何得罪之处吗？”白玉兰竟显得无比的镇定，与更叔的愤怒相比，这似乎又是另外一个极端。

“究竟是为什么，小姐总会明白的。今日得罪之处，只是不得已而为之！”黄法正对眼前的这美人也难以恶声恶气，干咳一声道。

“你们只是要银子吗？只要你们说，我白家有的是，何必如此遮遮掩掩、藏头露尾呢？”白玉兰依然很平静地道，绝无半分弱女子的柔弱之气，使得阴风更是倾倒。

“对于银子，我们倒没有什么兴趣，我们只是想要贵府上的《楚王战策》，今日便是想以小姐向令尊交换此物。”黄法正也不想多啰唆，笑了笑道。

白玉兰和更叔的脸色都变了，这船上的白家所属，只有白玉兰和更叔明白其中的意思，其余人根本就未曾听说过《楚王战策》。

“你们听着，今日我带走你家小姐，如果你家主人想要人的话，就携《楚王战策》来伏牛山观日峰上换人！若十天未到，你让白善麟来为他女儿收尸好了！”黄法正冷声喝道。

“把这老东西和白小姐给我带下船去，船中东西也给我一并带走！”黄法正又吩咐道。

“慢，这几个小妞也一起带走！”阴风向那几名俏婢一指道。

黄法正眼睛也一亮，顿时明白阴风之意，立刻首肯，事实上，这几个俏婢也是百里挑一的美人，他们虽不敢动白玉兰，但对这些奴婢却可无所顾忌。

“小姐……”那几名俏婢尖声惊呼。

“你们这群见不得人的龟孙子，卑鄙无耻……”一名白府家丁破口大骂，但还没骂完便重重地挨了一记耳光。

“割下他的舌头，老子要用他的舌头下酒！”阴风冷酷地吩咐道。

“呵……”那名家丁的嘴巴被阴风的七弟强行捏开。

“呵……你们……啊……”那家丁还要骂，但阴老七已将短刃伸入了他的口中，顿时他满嘴是血。

“住手！”白玉兰见这群人如此残忍，不由得花容失色，厉声喝道。

“哦，小姐心软了吗？”阴老七停下准备绞动的短刃，扭头向白玉兰笑盈盈地反问道，似乎根本就不把人命当回事。

“你要我跟你们走可以，但绝不能伤害他们！”白玉兰愤怒地道。

“这就由不得你了。”阴老七冷笑道。

“老七，看在白小姐的面子上，放那小子一马！”阴风吩咐道。

整个船上的白府家丁全都被镇住了，这些见不得人的敌人竟这般残忍，使他们心寒。望着那家丁口中涌出的鲜血，那几名本待尖叫的婢女竟也不敢开口了。

阴老七冷笑着抽回刀子，刚松开那家丁下巴之时，蓦感一道阴冷的劲风迎面扑到，他不由得一惊，慌忙闪避。

“呀……”阴老七刚闪过，却闻身后一名楞楞帮的兄弟一声惨叫，竟是一支冷箭。

“哈哈哈……”一阵长笑冲天而过，正当阴风愕然之际，大船之上如大鸟般地落下一人，来人也以黑巾蒙面。

“既然有便宜可拣，应该是见者有份，也应该给我一份吧？”来人迈上一大步，沙哑着声音淡然道。

“你是何人？竟敢暗算老子，给我杀！”阴老七大怒，刚才他差点被对方暗箭射死，怎不叫他大为恼怒？

“去死吧！”两名愣佬帮弟子挥刀便直扑而上。

来人冷笑一声，双臂轻伸，竟当空抓住两柄刀锋。

“就凭你们？”蒙面人双臂一拉一送，两把刀柄倒撞入那两名愣佬帮弟子的胸膛之中。

“呀……呀……”刀柄完全没入那两人的胸膛，肋骨似乎不堪一击的朽木。

蒙面人似乎并不在意击杀这两个小卒，在刀柄返回对方的体内之时，双手轻收，像什么事都没有发生一般。

“裂裂……”两柄倒插入愣佬帮弟子胸腔中的刀竟碎裂成数十块废铁，洒落在甲板之上，只让所有人都呆住了，包括阴风和黄法正。

阴老七的脸色一阵青一阵白，他本来满腔的杀机，可是此刻竟使不出来，他与所有愣佬帮弟子一样，竟不敢上前动手。

“阁下是哪路朋友？”黄法正心中蒙上了一层阴影，刚才对方那轻描淡写的一手，显示着对方深不可测的功力。仅凭这功力，便不是他和阴风所能相比的，是以他不敢立刻翻脸，因为他根本就没有把握。

“同为天涯神秘客，相逢何必要相知？你我皆是见不得人的人，彼此没有必要相互了解，正如我不问你们的身份一样。事实上，我只想分一杯羹而已，答不答应还要你们点头才行！”蒙面人洒脱地耸耸肩，淡然笑道。

“同为天涯神秘客，相逢何必要相知！”黄法正默默地念了一遍，不由笑道："说得好，看来我今日是遇上高人了!"

"高人倒算不上，顶多只是一个落井下石、趁火打劫的小人而已。"蒙面人毫不知耻地道，仿佛根本就不稀罕当什么大人物。其妙语如珠，使白玉兰和更叔也显得极为意外。

阴风望着对方的气派，那坦然自若之势，仿佛是有恃无恐的样子，使他也感到对方的高深莫测。他根本就猜不透对方的底细，而刚才对方所露的一手，对在场每个人都极具震慑力，是以，他也不敢妄动。

"好，你说吧，这里除了这个女人之外，其他的，你要什么，自己挑!"黄法正突然变得极为爽快起来，指着白玉兰道。

"哈哈哈，真是对不起，这里所有的东西，我也就只看中了这美人儿，除她之外，余物皆引不起我的兴趣!"蒙面人朗笑道。

白玉兰的脸色绯红，更有些怒意，但这神秘蒙面人的话又使她有一种莫名的欢喜，至少，她的美丽得到了别人的肯定。

更叔没再说话，他隐隐感到事情似乎没有这么简单，否则这新到的蒙面人也绝不会明知不可为而为地点明要白玉兰，这岂不是偏要与那群人作对吗？是以，他没有说话，只是仔细地打量着这新到的蒙面人。

阴风和黄法正眸子里闪过一丝阴冷至极的寒芒。

"真是敬酒不吃吃罚酒，给你点颜色还当我们好欺负。"阴老七见来者如此嚣张，禁不住怒叱道。

"朋友是刻意来跟我们捣乱的吗?"黄法正冷冷问道。

"我不觉得你的这种想法对你有什么好处，或者对我们都没有什么好处!"蒙面人不紧不慢地道，似乎根本就不在意眼前的一切。

"少说废话，如果你想要这美人也可以，只要你有足够的本领!"阴风不想再啰唆，他岂看不出眼前这蒙面人是来者不善，并不是只要白玉兰那么简单!

"我不想与你们动手……"

“我却想和你动手!”阴风不等蒙面人说完，旋身挥掌，直击向蒙面人。

火把的光亮倏然一暗，那蒙面人也极速出手，简简单单、轻轻松松的一拳，却风雷隐隐。

黄法正骇然，他根本就看不出这蒙面人出手的路数究竟是哪一家，因为对方根本就无招可寻，仿佛只是信手拈来，未加思索，似破绽百出，却又似隐含千变万化……

阴风也大为讶异，蒙面人出手这一拳确实十分简单，简单得破绽百出，可是他却骇然发现，他根本就没有可能去攻击对方的破绽，因为只要他的掌势一改方向，对方的拳头一定会先一步击在他的要害之处。因此，这使他根本就不敢去想对方的破绽。

“砰……”蒙面人的拳头后发而先至，准确落在阴风的掌心。

“蹬蹬蹬……”阴风的身子狂震，竟连退五步之多，手心几乎已经麻木无力。

黄法正和众榜佬帮弟子全都骇然，阴老七也大吃一惊，他知道阴风的武功，在一招之间便为对方所逼退，这是他想都未曾想过的。

蒙面人闷哼一声，握拳而退，怒喝道:“你好卑鄙!”

阴风稍稍平复了一下胸口的真气，半晌才阴笑道:“老子从来没干过不卑鄙的事，老子的夺命阴针取八种剧毒所炼，除老子之外，无人能解，你只好认命了!”

众人这才明白是怎么回事，阴老七也大感放心。他这才知道刚才阴风何以不出剑而要出并不是其所长的掌，只因其掌心暗藏毒针之故。

“夺命阴针，你是阴风观的阴风恶道?”更叔突然道。

“哦，你这老小子的见识很广嘛，不错，是你家大爷又怎的?”阴风见对方识破了自己的身份，也便不再隐瞒。

“此毒在盏茶之内必会发作，今日便是你的死期!”阴风“当啷”一声拔剑在手，冷哼道。

栲栳帮的众弟子立刻由四面将蒙面人环围在中央，便像是在猎获一只猛兽一般。

蒙面人冷冷地扫视了一下周围的众人，竟很轻松地自手背之上拔出一枚长约寸许却泛青色的小针，在火光之中，针尖之上有一颗细而微带黑色的血珠，这证明阴风并没有说谎，这是一枚绝毒的毒针。

“这点东西去对付小鸡小猫还差不多，至于对付本大爷嘛，你难道不嫌太小气了吗？只弄这么一枚，还不够让我过瘾!”蒙面人说话之际，竟以毒针在手指头上又轻扎了一下。

阴风和所有人一样，都愕然发怔，几乎怀疑眼前这蒙面人患了失心疯，被这样的剧毒之针所伤，不仅不担心，而且轻松地将之当成游戏一般，居然还要在手上再自扎一下，这种古怪反常的行为，确使阴风也为之所慑。

“也不过如此，跟被蚊子咬一口的味道差不多!”蒙面人轻松自若地道。

大船上只有火把的噼啪声，所有人的目光，就像是在看一个怪物一般望着蒙面人。

浓浓的夜色之下，蒙面人的身影实在而又近乎虚缈，那是一种让人无法言述的感觉，仿佛他便是整个黑夜的中心，衣摆飘飘，如风帆般发出“猎猎”之声。

似有一种沉重的压力弥漫着大船的每一寸空间，抑或是整个江面。

“你不怕毒，你究竟是谁?”阴风突然注意到蒙面人本来渗出黑色血水的伤口，竟渐渐渗出鲜红的血迹，这根本就不是被毒针污染过的迹象，是以他禁不住骇然惊问。

“我本想告诉你，可是你莽撞得像一头牛，真让我好生失望，你回去问你们的龙头，他自会告诉你我是谁。念在我与你们龙头相交一场的分上，今日不与你们计较这些！你便回去向他说，人，我要了，他不会责备你们的！”蒙面人淡漠而深沉地道，语调低沉沙哑，似有一股不可抗拒的力量。

“你，你究竟是什么人？”阴风也被对方高深莫测的表现给镇住了，而且对方似乎对他们的底细知道得极为详细，这使他更是心虚。

“你们不用知道我是谁，只要我知道你们是谁就行。黄法正，你回去告诉你们的大龙头，跟他说，老夫今日坏他一事，他日还他一事，不会让他吃亏的！”蒙面人依然平静地道。

黄法正大吃一惊，对方竟直点他的名字，这更使他心神大乱，对方高深莫测，自己的一切，就像是摆在风中赤裸的躯体，仿佛每一点心思都无所遁迹。

“先生总要让我们对龙头有个交代，我们根本就不知……”黄法正说话也变得客气，但却仍心存极大的疑惑，一时之间难以决定去留。

“你应该认识这个！”蒙面人自腰间摘下一块银质的令牌，摊于掌心，伸至众人眼前。

“三老令！”阴风、黄法正和更叔同时惊呼。

阴老七惊出了一身冷汗，在听到阴风喊出“三老令”三字时，他只感到一股凉意自尾椎升起，直达脑门。

阴风的脸色也变得苍白，满船的楼栳帮弟子皆不自觉地倒退了两步。

“不知是三老驾到，小人多有得罪之处，还请见谅！”黄法正最先反应过来，惊慌地道。

“小人无知，不知是三老，真是罪该万死，还望您老人家不记小人过，原谅小人一时糊涂！”阴风也惊骇若死。

试问天下之间谁不知“赤眉三老”之名？赤眉军更是如日中天！有人说，樊祟的武功已经达到天下无敌之境，而赤眉军中的三老，也都是天下有数的绝世高手，几乎没有多少人真正见过这些人的真面目，但这些人的名声却与赤眉军的实力一样，很快被传得神乎其神。

黄法正和阴风也是黑道上的人物，虽武功不错，但是与赤眉军三老相比，那根本不值一提。即使是他们大龙头在赤眉三老面前，也要恭恭敬敬，何况是他们？而眼前之人声称看在他们大龙头的面子上才不与他们计较，这已是够给他们面子了，这怎不叫他们受宠若惊而又惶恐不安？

要知道，三老令在赤眉军中人人都熟悉至极，因为它可以掌握赤眉军中将士的生杀大权，而在江湖上，三老令也并不陌生，因为赤眉军发出的请柬之上，都有三老令的图文。是以，黄法正与阴风一眼便认出蒙面人掌心的令牌乃是三老令。

阴风绝不怀疑眼前这蒙面人可以将他今日所带来的人杀个干净，以赤眉三老的武功，他们这些人根本就不堪一击，也唯有在此时，他才明白，何以这蒙面人如此高深莫测。

“我说过，不计你们今日之过，这里的事就交给老夫，你们只需把老夫的话传达给你们龙头就行了。”蒙面人沙哑着嗓音道。

“既然有三老出面，我们哪敢不遵？我们这就走！”阴风和黄法正巴不得早点离开，他们还真怕万一对方翻脸，那可不是闹着玩的，而且刚才对方的话意很明显是愿意与他们大龙头结盟，愿以一事还一事，既有对方的承诺，他们便是空手回去见大龙头，也绝不会挨罚，甚至还能得到赏赐呢。

“阴风！”蒙面人望着阴风欲去的背影，突然喊道。

“啊……”阴风心神一震，忙转身，忐忑不安地问道：“不知三老有何吩咐？”

“把软骨散的解药留给我！”蒙面人道。

阴风松了一口气，他还以为对方叫住他是不会放过自己，不由大惊失色，不过他心中也暗自佩服，对方一眼就能看出白家的人是中了软骨散，哪还敢犹豫，忙恭敬地递上解药，还解释了一番用法，好像怕对方不知如何使用。

听完阴风所说，蒙面人这才淡然反问道：“你以为老夫不知道吗？”

阴风不由得哑然，尴尬地道：“小人不敢，三老学究天人，区区小事怎会难得住您老人家呢？”心中却暗骂：“他妈的，老子好心讨不到好报！”

“好了，你可以走了！”蒙面人淡淡地道。

望着阴风和黄法正远去，蒙面人这才扫了白家众人一眼。

“你想怎样？”更叔有些担心地问道。

“我们白家与赤眉军并无甚过节，前辈何以要对付我们？”白玉兰也不由得势弱地问道，在这神秘莫测、被誉为天下有数绝顶高手的人物面前，尽管她身为白家千金，但仍显底气不足。

“哦，我有对付你们的迹象吗？”蒙面人笑了笑，反问道。

白玉兰不由得哑然无语，事实上对方确实没有对他们怎样，只是阴风和黄法正干的坏事。

蒙面人不由得又笑了笑，声音也不若先前那般沙哑，只是伸手自地上拾起一柄利刀，在众人惊愕之中挑断绑住白玉兰的绳索，后再信手划断更叔的绑绳。

“这里是软骨散的解药，用法你们刚才都听到了，想来不用我重复！”蒙面人拉过白玉兰那如白玉般的柔荑，将软骨散塞在她的掌心。

白玉兰想抗拒，却没有力气，而且自对方手上传来一股股异样的热力，使她有某种潜藏的渴望在体内荡漾，她又羞涩又想对方能抓住她的手不要放开。

当对方浑厚有力的手在众目睽睽之下盖住她的柔荑时，她恨不得找个地缝钻进去，可是心中又有一种莫名的兴奋，直觉告诉她，对方绝对不老……

船上的所有人都呆住了，但没有怪蒙面人这种侵犯的举措，因为他们都明白，蒙面人是在救他们，而且以对方的身份地位，也不会是那种轻薄之人。

白玉兰的目光不敢与蒙面人对视，她发现对方的眸子里有一种极为异样的神采，使她的心禁不住狂跳，那是一种傲然而又带着野性和侵略性的神采，这让她感觉到对方似乎可以主宰她的一切。她可以肯定，对方绝不老，那种眼神唯有年轻的心和生命才具备……可是对方却是赤眉军的三老之一，一个高高在上的人，更是天下百姓心目中的英雄，因为在百姓的眼中，赤眉军是结束王莽苛政的希望，也正因为如此，赤眉三老成了百姓心目中的英雄，而传闻之中的赤眉三老都是老一辈之中的绝世高手。当然，赤眉军的领袖樊崇并不老，这并不是什么秘密。

而眼前的人竟拥有如此眼神，更有一股强大至极的生命力在膨胀。

蒙面人轻轻地合上白玉兰的手，笑了笑，低沉地道："握紧了!"

白玉兰俏脸一红，回过神来抽回柔荑，却不明白何以眼前之人要救他们。

"半时辰后，你们才能恢复，不过官兵很快就会来了，我想他们会确保你们这半个时辰的安全，我先走了!"蒙面人淡然道。

"官兵会来?"更叔讶异问道。

"不错，我已让人去向城中官兵报了信，说这里有乱党，待会儿你应知道该如何应付，大可将所有事推到阴风身上!"蒙面人悠然道，说完转身便向船舷走去。

"前辈，你还没有告诉我尊称呢?"白玉兰突然呼道。

蒙面人并未转身，只是笑了笑道："我并不是什么前辈，仍是那句话，相逢何必要相知?好了，后会有期!"

说话间，蒙面人横跃三丈，掠上岸边，脚步似乎微有些踉跄，但又若无其事地行入林中。

白玉兰不由得重复着蒙面人的话："相逢何必相要相知?"禁不住有些痴了。

蒙面人刚走不一会儿，更叔便听到了岸上传来一阵嘈杂的脚步之声，旋又亮起了火把。

“就在前面，就是那艘大船!”有人呼道。

白玉兰闻声不由心中有些紧张，更叔却低声道：“是官兵!”

白玉兰这才松了一口气，那蒙面人果然没有说假话，他还真的通知了官府之人，这下子她倒是放心了，因为南阳的官府绝不敢不买她湖阳世家的账。

“更叔，这里交给你了，我进舱中去了。”白玉兰不欲与官兵照面，是以转身便向船舱中行去。但旋即她又呆了一下，惊讶地道：“是他!”

“是那个我们今天救的小子!”俏婢小晴也看到了那为官兵带路的人正是林渺。

白玉兰只是呆了呆，转身便行入了舱中，此刻虽然功力未曾恢复，但软骨散的药力已去，并不影响她正常的行动。

更叔也发现了带着官兵前来的人居然是林渺，不由得微感愕然。

“更叔，你们没事吧?”林渺迅速来到岸边，见更叔在甲板之上，不由得高声问道。

更叔一怔，笑道：“多谢小兄弟关心，现在已经没事了。”

“前面可是湖阳世家的船?”那官兵领头者恭敬地问道。

更叔向身后的一名家丁打了个眼色，立刻吩咐人以长木板搭起一座抵岸的短桥。

“各位官爷辛苦了，正是湖阳世家的船，半夜劳烦诸位，老朽感激不尽，请上船一叙如何?”更叔客气地道。

“哪里哪里!”那官兵领队也不客气，领着十余人在林渺相引之下上得大船，余人尽在江岸之上守候。

“给官爷备酒!”更叔爽快地吩咐道。

“老爷子不用客气，不知这里发生了何事?可有用得着我们的地方?”那领队有些受宠若惊地问道。

“只是有一群小毛贼，已经被我们赶跑了，这里几具尸体便是他们留下的。”更叔说着，一名家丁已自舱中端出一个小木盒，送到更叔的手中。

更叔打开盒盖，那几名官兵只觉眼前一亮，盒中竟全是银子。

“这里是纹银五十两，不成敬意，今夜劳烦了诸位官爷，小小心意便让众兄弟拿去买点酒喝！”更叔淡淡地道。

那领队官兵眼都红了，双手捧过银子，都不知道该说什么好。

“这怎么好意思？这怎么好意思？无功不受禄呀！”那领队把银子捧在手上，口不对心地道。

“哈，官爷怎如此说？如此深夜，家中休歇岂不舒服，可你们不辞劳苦，这是诸位应该所得，还请几位官爷将这几具尸身帮我们处理了，贼人乃是来自伏牛山的山寇，也不必太过追究，官爷明白吗？”更叔道。

“小的知道！老爷子请放心，我们定会办妥！”领队道。

“更叔，酒已备好。”一名家丁道。

“好！官爷，请众位兄弟一起上来喝一杯吧。”更叔客气地道。

众官兵更是欢喜，此刻更叔便是叫他们去杀人，他们也不会皱眉。湖阳世家的人居然如此客气，确让他们受宠若惊。

“小兄弟，我们又见面了，真是人生何处不相逢呀！”更叔拍了拍林渺的肩头，笑了笑道。

“这叫适逢其会，抑或便叫缘分吧！”林渺也淡然道。

“兄弟，今次你也是大功一件！”一名官兵兴奋地拍了拍林渺的肩头道。

林渺自然知道，若不是他，这群官兵哪有这么好的一笔银子可赚？不过，他并不在意，只是淡淡地笑了笑。

“小兄弟请留步！”更叔见林渺欲随酒足饭饱的官兵一起下船之时，不由得唤了一声。

林渺停步，转身恭敬地问道：“更叔有事吗？”

“还没请教小兄弟尊姓大名呢。”更叔缓步行上，淡然问道。

“哦，小的梁渺！”林渺心忖：“宛城的通缉令只怕早已传遍了南阳，可不能告诉别人自己的真名，说不得只好再撒一次谎了。”

“不知小兄弟家中可有亲人否？”更叔又问道。

“小的父母早亡，此时乃孑然一身。”林渺坦然道。

“哦，那小兄弟日后有何打算？”更叔又问道。

林渺不由得苦笑，忖道：“我能有什么打算？心仪死了，老包他们也不知去向，如今的我已是孑然一身，宛城不能回，南阳这地方也不一定待得下去，我还能去哪里呢？”想到这里，不由得叹了口气，却没有言语。

“小兄弟何以叹气呢？”

林渺不明白更叔为何要打破砂锅问到底，不由得道：“我也不知道日后该何去何从，虽昨日仍有些家当，但已随江涛远去，我已一无所有，该何去何从便何去何从吧。”

众白府家丁听林渺说得可怜，倒也有些同情。白天这小子凭一股犟劲跃水渡江上岸的举动，给他们留下了深刻的印象，现在对方又热心地带官兵来救，使他们对这个年轻人极有好感。

“听小兄弟之语，不似山野粗民，如果小兄弟不嫌弃，便留下来帮老夫打点一些杂务，不知小兄弟意下如何？”更叔突地道。

林渺一呆，倒颇为动心，一来想到将来路途艰险，若不练好武功，只怕会险阻重重，眼下如果有个安定之所，使自己能把琅邪鬼叟的武功学好，到时候就不怕江湖险恶了；二来，若是待在白家，可以避过风头，说不定还可以联络上老包和小刀六他们。何况，那美若天仙的白小姐又拥有无可抗拒的吸引力，是以，林渺大为心动。

“可是……可是我不知道自己能干些什么。”林渺有些为难地道。

“万事都是由无到有，不会可以学，你还年轻，难道怕没时间去学吗？只要你点头，从今以后你便是湖阳世家的一员！”更叔温和地道。

“那小的便谢过更叔的另眼相看了，我梁渺反正也是孑然一身，既得更叔知遇之恩，我愿为白家用尽自己每一分力!”林渺单膝而跪，诚恳地道。

“好！不用如此，只要你能好好干，白家是不会亏待你的!”更叔忙扶起林渺，欣然道。

“从此，他便是你们的新伙伴，你们要像一家人一样，像兄弟一般亲，知道吗?”更叔拍着林渺的肩头，转对周围的白府家丁大声道。

“兄弟，有什么不懂的，尽管来问我，我叫白良!”一名极为粗壮的汉子走了过来，搂了一下林渺的肩，热情地道。

“我叫白副，到了湖阳我再请你喝酒。兄弟，你今天的酒量不错!”又一人行来笑道。

紧接着，林渺与甲板之上的一二十个白府家丁相互认识了一下，这些人确实是客气得很，让林渺有种宾至如归的感觉，因为这里的人真的把他当成一家人看待，而他也认识了这之中几位特别豪爽的人，如白良、白副、田勇、方木、白术、肖炎等人，这几人对他特别亲热，让他仿佛又回到了天和街一般。

更叔自舱中返回，见林渺已与白府家丁打成一片，不由会心地笑了笑。

事实上，与这些人打交道，是林渺的拿手好戏。他在天和街长大，与那些小混混在一起，整天不是拉帮结派，便是打架，所以他很快便与这些人保持了密切的关系。

“好了，现在你随我一起去见小姐吧。”更叔淡淡地道。

林渺一怔，心中禁不住忐忑起来。

白玉兰坐于轻纱之后，不能亲见容颜，林渺倒有些微微怅然。

“梁渺见过小姐!”林渺不露半点声色，恭敬地行了个礼。

“你叫梁渺?”白玉兰的问话微微有些冷，但却并非不客气。

林渺心中有些不是滋味，但他明白，当他答应更叔留下之后，他便是白玉兰的下人，是以，任何脾气和不满都必须收敛一些，点了点头道：“是的！”

“坐吧！”白玉兰淡淡地道。

林渺感觉对方有种审犯人的意味，更叔与他对坐，那两名俏婢静立在白玉兰的身边，并不怎么在意林渺，或许自始至终，她们对林渺这个人就没什么好感。

“更叔说你谈吐不俗，你以前读过书吗?”白玉兰淡淡地问道。

“简牍倒是翻过一些，却如囫囵吞枣，说到谈吐，在小姐面前只怕贻笑大方了。”林渺心道：“我才不稀罕在你白家混日子，你爱留就留，不留拉倒，我没必要向你低声下气的。”

那两名俏婢听林渺如此一说，两双眸子都亮了起来。

更叔脸上闪过一丝欣慰的笑意，似乎对林渺的表现很满意。

“哦，我觉得你应该不是以打鱼为生的人?”白玉兰又问道。

“我也觉得自己不应该是这个命运，但那是事实！小姐认为我应该是干什么的呢?”林渺放下了心理包袱，说话并无收敛。

更叔也愕然，林渺说话显得有些傲意和自负，这不应该是个下人的口吻。

白玉兰也微微愕然，倒是被林渺给问住了，她觉得这个下人似乎有些意思，事实上还从没有一个下人敢如此跟她这样说话。

两名俏婢差点抿嘴笑了，林渺的回答的确有些意思，那自负的表情确很特别。

林渺并没有回避白玉兰的目光，白玉兰却在回避林渺的眼神，她觉得林渺的眼神有些像那神秘的蒙面人，有些傲意又带野性。

“我觉得你完全可以干比这更好的事。”白玉兰也不知道该如何回答。

“我不知道有何事比打鱼更好，抑或知道，只是不愿去想。”林渺无可奈何地道。

“为什么不敢去想呢?”小晴也对林渺大感兴趣，不由得抢着问道。

林渺扭头望了她一眼，叹道：“眼下四邻不安，民不聊生，国无宁日，民摇手触禁，不得耕桑，徭役烦剧，吏用苛暴立威，旁缘莽禁，侵刻小民。富者不得自保，贫者无以自存，天下又有什么事好做呢?是以我不敢想，也不愿去想。打鱼为生，只要有一网一船就不会饿死，我孑然一身，一人食饱全家不饿，难道这样比担惊受怕去做别的事差?”

更叔不由得点头称赞，白玉兰也难得地点了点头，道：“我看更叔确实没有说错，像你这种人才若只是打鱼实在是埋没了。”

“谢小姐看得起!”林渺像是很感激地道。

“你是怎么知道会有人来对付我们的呢?”白玉兰又问道。

“是一个蒙面人说的，他要我去报官，我想也应该这样，所以便去找了那些官兵来。”林渺认真地道。

“你知道那蒙面人是谁吗?”白玉兰又问道。

“我不知道，也来不及问，或许问了他也不会说，否则他便不会蒙面了!”林渺坦然道。

“那你怎么知道他没有骗你呢?”白玉兰又问道。

林渺心中有些暗恼，白玉兰对他仍是有些不相信，是以才会如此问个没完。他不由得笑了笑道：“我不觉得他有骗我的必要，而且我当时也没有想这么多。”

顿了顿，林渺又道：“我不知道小姐问这些问题究竟是什么原因，但我认为如果小姐觉得我本身有问题的话，小姐大可不用我这个外人。若为一时的犹豫而要落个长久担心的话，这样确实不值得。”

更叔和白玉兰尽皆愕然，那两个俏婢也相顾失色，她们怎么也没有想到林渺的问题会如此直接，使得白玉兰也涌出了一丝不快，但是林渺的话又没有说错，她确实对林渺的身份有些担心，那是因为今夜便是因那内奸，他们才险些全军覆没，使她对林渺不得不多心一些。

“谢谢更叔看得起我，不过，我想也不用为难小姐和诸位了，今日就此别过，他日若有缘，到时再相会吧!”林渺不等白玉兰说话，立身向更叔抱拳道别，说完也不管众人是什么反应，转身便朝船舱之外行去。

“请留步!”林渺刚掀开门帘，白玉兰已出声道。

林渺不由得迟疑了一下，又放下帘子，却并未转身，淡淡地问道：“小姐还有何吩咐吗?”

“刚才是玉兰不好，若有得罪之处，还请见谅，因为今晚发生了一些事，这才让我多疑了。如果你肯不计玉兰刚才所犯过错的话，就请留下，如何?”白玉兰立身而起，语调变得极为温柔。

林渺心中一荡，他倒没有想到白玉兰堂堂一个大小姐，居然会向他这个无名小卒或是下人认错，这确实使他很是意外，一时之间倒不知该说什么了。

更叔的手搭在了他的肩头，温和地道：“以后这里便是你的家，还不快谢过小姐?”

林渺知道更叔是在缓和他与白玉兰之间的尴尬，也是在给他和白玉兰找个下台的台阶。他立刻知趣地转身，向帘幕之后的白玉兰行了一礼，道：“梁渺谢谢小姐收留之恩!”

“好吧，让更叔安排你去做事，希望你能好好干。”白玉兰的口气变得极为和缓地道。

林渺心中微松了一口气，总算在这个难缠的小姐手上过了关，不过他对白玉兰那种勇于承认错误的勇气极为佩服，忖道：“看来这小姐确实与常人不同。”

而对于船上的白府家丁而言，得知林渺通过了小姐白玉兰的那一关，也十分欢喜，白良和白副诸人尤是如此，于是当夜几人便睡在一起，长聊了一晚。

第二天林渺便在白良的教导之下熟悉这艘大船上的一切，包括船上许多东西的用途，都向林渺讲得十分详细，看来白良确实把林渺当成了好哥们。

林渺记得特别快，各项操作只需解说一遍，便立刻记住了，熟悉的速度让白良都感到惊讶。

这一天更叔并没有给林渺安排什么事，船行一日，便到了湖阳境内，于是众人要弃船上岸，但已有白府之人前来接应，大船便交给打理船泊生意的人，这当然不需要林渺操心。

这一天之中，林渺还了解了许多湖阳世家的事，知道白玉兰有五位叔叔，一位伯父，她父亲有兄妹十人，其中父亲白善麟排在第四，头上有一个哥哥两个姐姐，但是白善麟的长兄已于几年前病逝，是以白家由白善麟主持家政。

白玉兰的祖父仍在，家族的老祖宗也在，但都只是在修心养性，家族的大小事务全都由白善麟和五个弟弟掌管。再加上一些直系的族人，使得白家成了一个庞大的家族。

白玉兰下了大船，自有马车来接，而众家丁则乘马返回湖阳城，颇为气派。

湖阳太守属正心情特别不好，宛城失事，他又怎会不知道？可是他却无能为力，没有朝中的虎符，他根本就不能够领兵去攻打宛城。而事实上，宛城有坚壁相守，欲自外攻下，谈何容易？是以，此刻他只能固守淯阳，确保淯阳守而不失。

“宛城快报！”属正正在沉思之际，亲卫急步而入，沉声禀报道。

“快读！”属正精神一振，刘秀虽然控制了宛城，但是宛城的朝廷力量又岂是轻易所能根除的？而在刘秀的身边也有他安下的人，当然，这些人的关系或许与刘秀的势力并不是靠得很紧，但探出一些关于宛城之中的消息却并不是难事。

“刘秀叔父刘良病危，刘秀可能会潜返春陵探亲！”那亲卫展开信鸽爪下的纸条念道。

“刘良病危，刘秀回春陵？”属正的眸子里闪过一丝亮彩，他自然知道刘秀幼年丧父，是其叔父刘良将之养大，更送他去读书和长安求学，刘秀视刘良如父，若刘良病危，刘秀岂有不回春陵之理？

“立刻给我留意所有南下春陵的路口，过往的船只都给我仔细严查，不得有丝毫的纰漏！”属正沉声道，仿佛便在这之中看到了希望。虽然他无法领兵攻下宛城，但若是能拿下刘秀，便等于将宛城义军的武力瓦解了，至少也是对义军心理的一个强大打击。不过，属正自然明白，刘秀又岂是好对付的？而同时，他又怎能够探得刘秀的具体行踪呢？

湖阳白府，并不十分大，但却十分气派豪华，事实上白家的真正府第并不是在湖阳城内，而是在距湖阳城二十里的唐子乡，那里才是白家的巨大庄园所在。

城中白府，只是作为连接各路生意的总据点，也作为一些重要人物的居所，而在唐子乡，则是白老祖宗和白玉兰的祖父坐镇，那里才是白家最重要的地方。

白善麟便是住在城中的白府，他并没到休心养性的时候，是以他长住城中，只是在特别的日子才会回唐子乡向老祖宗请安。

白玉兰的五位叔叔被派往各地主持生意，并不在湖阳。

林渺一行人护着白玉兰直回府上，查城的官兵根本就不敢管，见到更叔诸人更是点头哈腰。

春陵兵变，湖阳多少受到了一些影响，有人担心刘寅会不会派兵来攻取湖阳。

湖阳守军并不多，但只为守城却并无多大问题。

当然，另一个可能便是，刘寅新夺下春陵，仍需整顿军纪，是以，一时之间应不会来攻取湖阳。

湖阳的气氛极为紧张，这一点谁都能清楚地感觉到。不过，百姓并无多大的担心，在这种困苦不堪的日子之中，他们反倒希望刘寅的义军快点来解脱他们的痛苦。

林渺被安排在普通家丁的队伍中，不过，林渺却意外地发现，白府的家丁并不简单，每天并不只是负责白府的安全，这些人最主要的事情，便是每天都要进行一次极为艰苦的训练。

林渺对这种训练并不陌生，这可算是军队中最常见的训练，也便是说，白府竟想将自己府上的家丁训练成最正规的战士。

初入白府，林渺便感到白府绝不简单，联系近来南阳发生的数处起义，他隐隐猜到，白府也绝不甘寂寞，只凭白府暗中招兵买马便可见其不甘寂寞之心是如何强烈了。

林渺第一次参加白府的训练，表现极为不错。当然，他是在刻意收敛自己，否则只怕让许多人为之错愕。事实上，林渺的体形在这种军事训练中本就大占优势，否则他也不会在廉丹的大军中被选作特别训练营中的战士。白府的训练比起特训营中的训练，那自是小巫见大巫。

训练他们的乃是白府内系的人物白归，此人是白府的第二教头。

白府的教头有三个，大教头白充，三教头柳昌，但这些人并不全在湖阳。

当然，所谓的教头，并不是白府中功夫最好的。在林渺的眼中，白归就够不上真正高手的资格，但白归对于练兵之术确实很有心得，也许，这便是白归成为教头的主要原因之一。

对于更叔介绍的林渺，白归并不将他当外人另眼相看，且对林渺第一天便有如此良好的表现感到非常欢喜，只此一点，他便将林渺当作重点训练对象看待。

此刻四方动乱，有财有势的大家族都是求才若渴，对人才极为重视，都想组织起自己家族的骨干，甚至组成一支维护家族利益的强大的军队。

第十章　俊杰刘秀

“小晴姐有事找你!”林渺刚出住处不远，还没来得及多吸几口凉气，便被身后的一声轻喝吓了一跳。

林渺转过身来，却是小婢春桃。

“小晴找我?”林渺有些意外地问道，当日就是小晴把他气得跳船而去，可后来，这俏婢对他似乎特别关注。

“是的，你去不去?”那小婢略带挑衅地问道。

“带路吧。”林渺不屑地傲然道。

“小晴姐，他来了。”春桃的呼声打断了林渺的思绪，林渺抬头，这才惊觉已经走到了一个大花园内，而在花园的亭子之中，一道俏丽高挑的身影正背对着他。

林渺对这身影并不陌生，那身影转过头来，正是小晴。

今日小晴一身淡黄长裙，略施薄粉，神情似喜似嗔，却有一种让林渺都感到意外的美。

林渺不由得看呆了，他在这之前看到的只是身着婢仆之装的小晴，因此并不觉得对方有太大的魅力，可是此刻小晴换上一袭装束，倒显得格外淡雅，也散发出一种高贵的气质，虽不及白玉兰那不食人间烟火的绝美，但也可算是人间尤物了。

那春桃很知趣地退了开去，唯留下林渺与小晴在亭中相对。

林渺第一次感到有些不自然的尴尬，或许是因为不适应小晴突然变成这种装束的原因吧，抑或只是因为小晴最开始的时候不怎么看得起他。

“不知小晴姐找我有何要事？”林渺也不想再这样闷葫芦地待下去。

“你好像很怕见到我似的，我有那么可怕吗？”小晴突然嫣然一笑道。

林渺不由得尴尬地笑了笑，否认道：“没有呀！”

“那你为什么如此紧张，仿佛我要吃人似的？”小晴悠然地自亭子之中踏出，以一种难得温婉而又真诚的姿态与林渺相对。

林渺心中也好笑，他确实有些紧张，在他的印象之中，这小晴应该是紧绷着脸的，一副傲然不可一世的样子，可是今日一见，发现此刻的小晴与前几天所见的好像是两个截然不同的人，他这个人一向是吃软不吃硬，是以一时不怎么适应。

“嘿嘿，只是一时有些不适应而已。”林渺干笑道。

“不适应这里的环境？不适应小晴不作恶形恶相？或是不适应我的这种打扮？”小晴摘下一朵月季放到鼻前嗅了一下，转身斜对着林渺，似笑非笑地问道。

林渺心道：“我的天哪，这小晴不板着脸的时候竟这般难缠，不过，好像更迷人！”一时之间，他倒真不知道该如何回答了。

见林渺那尴尬的样子，小晴忍俊不禁。

林渺也只好陪着傻笑。

半晌，小晴神情一肃道：“听说你这几天很开心，是吗？”

“你怎么知道？”林渺讶异地问道。

“他们告诉我的呀，二教头说你的表现极好，对你很看好，而你又和白良他们关系亲密，自然不会不开心，对吗？”小晴淡然道，说话间，还不时歪着脑袋望一下林渺。虽然此刻天色已暗了下去，可是小晴那娇媚的眼神仍然让林渺禁不住心跳加快。

“原来小晴姐一直都在关心我，那真是谢谢了。”林渺道。

“不要叫我小晴姐，咱俩还说不准谁大呢，叫我晴儿就行了。”小晴娇嗔地道。

林渺又一呆，小晴发嗔起来确有一种说不出的诱人，这一刻他真的糊涂了，忖道：“她不会是爱上了我，在与我谈情说爱吧，否则怎会这样？”

“恭敬不如从命，那我就叫你晴儿了。”林渺眼珠一转，也变得轻松起来，悠然道。

“这就对了，其实我们都是下人，没有必要拘泥于他们先生老爷们的礼节！当然，这可是指不在那些先生老爷们面前哦。”小晴悠然道。

林渺大感意外，这小晴的思想和语调之坦然惬意使人感觉不到任何压力，反倒有一种特别平易近人之感，如果不是林渺亲自领略到，绝不敢相信小晴的性格还会有这样的一面。

“别瞪大眼睛这么看着我，看什么看，难道我不可以有慈眉善目的一面吗？”

林渺不由得大感好笑，道：“你这也算是慈眉善目呀？说得好像跟更叔似的。”

小晴也不由得笑了，旋又淡然反问道：“你觉得更叔很慈眉善目吗？”

“相对来说，比你要好一些，温文尔雅，不像你这么刁蛮。”林渺顿时也轻松了起来，与这般美人无拘无束地对话，倒是一件美事。是以，他缓步与小晴并肩立在花丛边。

小晴并不介意两人只隔两三尺的距离，也并不对林渺的话作太多的表示，只是突然道：“你觉得世上什么东西是最难揣测的？”

林渺一怔，随即肯定地道：“自然是人心！”

小晴扭头瞅了林渺一眼，这才点头感叹道：“是的，世上最难揣测的东西便是人心，因为它深深地潜在眼睛看不见的体内，而且它所指的本就是看不见的思想，似是而非。”

林渺心神大震，若是这番话自更叔这种饱经世事沧桑的大儒口中说出，他绝不惊讶，但此刻这番话却是自与他年龄相仿的小晴口中说出，怎不使他心神大为震撼?

小晴并没有忽略林渺的表情，但却仍继续道："或许，人天生便存在着两面性格，害怕孤独却又制造着孤独，明明内心存在着痛苦，却要强作笑颜，显出一副无所谓的态度。人哪，永远在虚伪和真实之间挣扎，正如有些人明明干尽坏事，包藏祸心，却能以慈悲仁义之态现于世间，你觉得这是不是一件很可悲很可笑的事?"

林渺自心底改变了对小晴的看法，至少，他知道这个俏婢绝对不简单，更不会像平日里她所表现的那样。

"这确实是一件很可悲的事情，事实上，可悲的根源只是在于我们自身，因为我们是人，我们可以由自己的心态和思想去推断同类的心态和思想，所以这便注定会是一个悲剧。一个世界不是一个人演绎出来的，也非两个人，而是有千万个你，千万个我……所以，我们又有什么办法去改变这种现状?"林渺也慨然无奈地道。

小晴嫣然一笑道："你说的很对，你我何尝不是在扮演着不同的角色呢?"

"那晴儿扮演的另外一个角色又是什么呢?"林渺漫不经心地笑问道。

小晴嫣然一笑，道："自然是小姐的丫头。"林渺也哑然失笑，他的问题确实问得很浅显，不过这要看小晴如何作答了。

"这花是不是很香?"小晴突然转换话题问道。

"嗯。"

小晴将一朵月季放到鼻间轻嗅，道："这种花是特殊的品种，每个月开、谢一次，因此，一年四季它都会开花，除非经霜雪所侵!"

"哦。"林渺并不是特别惊讶，以白府的财力，拥有这样的花草并不值得奇怪。

"今天能和你说话，我感到很高兴，以前我很少与异性这般说过话!"

小晴异样地瞟了林渺一眼，淡然道。

林渺心头一颤，他竟难得地红了一下脸，问道："这便是晴儿找我的目的吗？"

"可以说是，也可以说不是，那似乎并不是很重要，至少我没有耽误你办事的时间，是吗？"小晴狡黠地笑了笑道。

林渺苦笑道："他们只会以为我在偷懒了，到处都找不到我的人。"

"瞧你的样子，我早跟二教头说了，说今天傍晚小姐会找你有事，他不会计较的。"小晴笑道。

"你呀，这不是假公济私吗？"林渺也觉得好笑，他对小晴的感观大变之后，倒觉得对方很可爱，自然也便少了许多拘束。

"呵，算是吧，晴儿很开心，因为我知道你现在才真的把我当成了朋友！"小晴意味深长地望着林渺笑道。

"难道你以为我以前把你当成了敌人吗？"林渺哑然笑问道。

"至少你会怀有戒心，可现在却不！"

林渺突然很认真地望着小晴，有些不解地问道："我是否把你当成好朋友，这很重要吗？"

小晴一呆，没想到林渺会突然问这个问题，一怔之下，避开林渺的目光，幽然吸了口气，这才淡淡地道："也许吧！直觉让我觉得如果有你这样一个敌人，会是一种悲哀，而有你这样一个朋友，会是一种幸运。"

"哦？"林渺讶异。

"我是一个很相信直觉的人，无论对方是好人抑或是坏人，我的直觉都绝不会骗我，就算他掩饰得再好，再道貌岸然，我的直觉都不会失误！"小晴自信地道。

"是吗？"林渺好笑地问道："那你说我是好人还是坏人？"

小晴淡淡地望了林渺一眼，吸了口气道："第一次见到你，我便知你在说谎，是对更叔和白良他们说谎，所以我对你并不客气，但是你竟立刻跃江而去，我也觉得自己有些过分。”

顿了一顿，小晴又接道：“没想到还可以第二次见到你。直觉告诉我，你与那神秘的蒙面人有关系，后来，你和更叔的对话，又是不尽其实。所以，我让小姐对你小心一些，但是，你对小姐所说的话仍然不尽其实，也许你会否认，可我的直觉是不会骗我的，你来白府，并不只是为了生计！”

林渺惊出一身冷汗，却仍作镇定地问道：“你这么相信自己的直觉？”

“是的，自小到大，我的直觉一直都未曾不灵验过！”小晴肯定地道。

林渺自然不信，不由得问道：“既然你的直觉告诉你我说的话不尽其实，那为什么不让你家小姐将我驱走？”

“因为我的直觉还告诉了我，你此举并没有恶意，你并不会图谋白家什么，顶多只是借白家这个地方住上一段时间什么的，你绝不会甘心在这里住一辈子！”

“你这么肯定？”林渺不由得觉得这个小晴更高深莫测起来，同时内心对对方的直觉有些佩服了。

“当然，其实，小姐留下你，却有另外一个原因。”小晴又道。

“另外一个原因？”林渺讶异地问道。

“是的，是因为你的傲气！”

“因为我的傲气？”林渺更是愕然，他不明白自己的缺点此刻在对方的眼里怎么会变成优点。

“小姐的思想自小就与众不同，她知道，一个有傲骨的人，绝不会做出对不起自己人格的事，不会做出卑鄙无耻的事。骄傲，虽是一个缺点，但也正是人性的高贵之处。骄者，必有所恃，富者恃富，贫者恃志，各有依凭。是以，这个世上骄傲的人都不应被小觑。而傲而不横者犹为可贵，所以，小姐愿意将你留下！”小晴悠然道。

林渺不由得微呆，他没有料到小晴竟能自这个“傲”字上说出如此一番道理来，不由令他大为佩服，同时也感到小晴的确聪慧至极。一个女流之辈能有如此见地实属罕见。

林渺深深地望着小晴，半晌才古怪地道：“我无话可说了，你是先知！”

小晴扑哧一下忍不住笑了起来，道：“你这人啊，有时候像个傻子，有时候却精明得让人猜不透！”

“可是再厉害的人也无法逃过你的直觉，难道不是吗？”林渺耸耸肩笑道。

“你相信吗？”小晴似笑非笑地反问道。

“我也不知道该不该相信，其实，我不用去理这些，至少你认为我没有恶意，也不会对我产生恶意，是吗？”林渺反问道。

“那你是承认你以前所说的话不尽其实喽？”小晴突然问道。

“我可没这么说！”林渺无辜地道。

“不要紧张成这个样子。”小晴又笑了起来，旋即又肃然问道：“你觉得更叔这个人怎么样？”

林渺讶异，不明其意。

“实话实说。”

“我觉得他很好啊！”林渺有些莫名其妙地道。

“是吗？”小晴淡淡地道。

“难道……”

“好了，不说这个了，今天就到此为止吧，如果以后有什么心事，还可以找你谈吗？”小晴突然打断了林渺的话，问道。

林渺心中带着一丝疑问，道：“当然可以，我求之不得呢！”

“但愿你不是口是心非！”小晴笑道。

“关于这一点，你的直觉难道没有告诉你吗？”林渺笑着反问道。

小晴白了林渺一眼，两人不由得相视笑了起来。

淯水河面淯阳段尽被官府封锁，过往的船只都必须接受严格的盘查，渔船不准下水，商船不能通过，几乎所有自宛城南下的船只都被查扣。淯水的上游是宛城和棘阳，而大多数船只都是自宛城而出，因此皆成了被殃及的池鱼。

刘秀并不是走水路，他怎会不知道，水路根本就难有回避的余地？而淯阳太守又怎么可能不在水路上设障呢？

宛城出事，淯阳定会全力戒备，属正自然担心淯阳也会步其后尘。

各路关卡，都贴有缉捕刘秀的告示，赏金变成了一万两银子，若是士卒可以连升三级，百姓也可封官，这种赏赐不谓不高，确实诱人，而任何举报其行踪属实者也可以得到五百两银子的奖赏。

重赏之下，必有勇夫，这些道理刘秀也知道，是以他这次返回春陵乃是秘密行事，连宛城的义军之中都很少有人知道。当然，刘秀如此举动，也是为了稳定军心。

叔父刘良病重，他作为养子，怎么可能不闻不问？同时，他返回春陵还是因为春陵的举旗之事。

长兄刘寅举事春陵，他们必须合兵一处才是长久之计，若是各自为政，恐怕结果只会被官兵各个击破。

瓦店关，乃是宛城南行旱路除淯阳城的唯一通道，除非想翻山越岭绕道而行，否则必经瓦店关才能够抵达春陵。

瓦店关距淯阳城十余里，属正早已布下重兵把守其地，刘秀不走淯阳城，便一定会走瓦店关，过瓦店集。

“怎么办？公子!”铁五带住战马，望着瓦店关口那密切盘查的官兵，有些犹豫地询问道。

刘秀也将马带在关外的远处，仔细打量了一下那重兵把守的瓦店关，心道：“要是秦复在那儿就好办了，只是这小子神龙见首不见尾，那绝妙的易容之术，便是让他站在那群官兵的面前，那些人也必定认不出来!”只可惜此刻刘秀自不能找到秦复，想易容过关根本就行不通，而若硬闯这重兵把守之地更是行不通。何况，只要他暴露了身份，将会遭到无数追兵的追击，这一路到春陵数百里，逃难的日子便不好过了。

“我看，还是等到天黑再想办法吧。”刘秀的亲卫高手郑远道。

郑远与其弟郑烈乃是刘秀收留的孤儿，一直在汝南秘密受训，其忠心绝对不会有问题，这一点刘秀十分明白。

刘秀这次返回春陵因是秘密行事，因此身边并没有带多少高手，就带了铁五、郑氏兄弟二人，以及刘清为其选的三位高手刘胜、胡强、万方。

刘清乃是刘家地位极高的人，十分器重刘秀。因为刘秀是其堂侄，刘秀起事，他自会不遗余力地相助。

“只怕等到天黑也无济于事。”刘秀吸了口气道。

“难道说要我们绕道而行?”刘胜皱眉道。

“事在人为，只要我们想过去并不难!”胡强想了想道。

“该怎么做?”刘胜急问道。

“让几人先把马带过去，天一黑，我们和公子趁他们换岗之时越关而入，到时候天黑，我们又无马儿碍事，单人又有谁能够觉察?这瓦店关又不是淯阳城，只要过了这关，根本就不怕出不去!”胡强认真地道。

“嗯，这个办法可行!”刘秀点了点头，这分散而行的办法确实是权宜之计。

“可是……”刘胜有些不放心地望了刘秀一眼。

“阿胜便将我们的马留下一匹，余者都带过去吧，这可不是一件容易事哦!”刘秀吩咐道。

“是!”刘胜只好应了一声。不过，他也有些犯愁了，一个人要将六匹带鞍的马带过关口，又怎可能不引起官兵的注意呢?

刘胜也颇有些小聪明，竟拉过几名过路的，让其每人为他带上一匹战马，各人赏银一两，然后大摇大摆地通过了关卡。

刘秀诸人远望着刘胜带马过关，也微松了一口气，只等天黑就越关而过了。

刘秀正松一口气的当儿，忽闻马蹄声大作，尘土高扬之际，一队劲骑自远而近飞速驰至。

刘秀不由得吃了一惊，低呼了声："蔡恒!"

胡强和铁五也吃了一惊，蔡恒乃是淯阳城中除属正之外的第二号人物，必要时可以代属正行兵马大权，却没想到这时候奔至瓦店关来了。

蔡恒的骑兵在关外停下，一名偏将高呼："传蔡将军令，所有行人立刻停止通关，刘秀已经潜近瓦店关，任何人都得配合检查，否则视为乱党同谋，格杀勿论!"

那偏将一呼，这可把刘秀诸人惊得魂飞魄散！蔡恒竟然知道他已经到了瓦店关附近，这下子若是大加搜索，他根本就无处可遁，将会陷入苦战之局。

"公子，现在该怎么办?"铁五眉头大皱地问道。

瓦店关外顿时一片哗然，但是却没人敢闹，对于生命，每个人还是极度珍惜的，那些人听说刘秀很可能便在他们之中，都张目回望，皆想看看这个闹得宛城乌烟瘴气的非凡人物究竟是个什么样子。

"我去引开他们!"万方平静地道。

"怎么引?"胡强反问道。

"我引开蔡恒的骑兵，公子便立刻离开这里易道而行。"万方说话间一带马缰横冲出，同时摘弓搭箭。

"嗖……"劲箭怒射蔡恒。

蔡恒吃了一惊，那一群骑兵也吃了一惊。

"噗……"蔡恒躲过，箭矢却射入他身后一名骑兵的体内，那人惨号而坠。

"想找本公子吗？我刘秀便在此！哼，看你蔡恒有什么本领抓本公子!”万方放声高喝，声音如金鼓般，喝毕，他带马便向宛城方向狂奔而去。

“他就是刘秀，他就是刘秀……”一旁的行人没能将万方的面容看得真切，听万方这样自报名号，都不由得有些激动地呼喝了起来，仿佛是在为见到一个人物而骄傲。

路人这么一呼，蔡恒本来的疑惑也全没了，大喝道：“给我追！抓活的!”更是一马当先向万方背后追去，大队骑兵也如一窝蜂般追了出去，他们根本就没有看清这个所谓的刘秀的面容，但想到那么多的重赏，官升三级，每一位骑兵都争先恐后地拍马便追。

刘秀见万方的调虎离山之计得逞，哪还敢不走？蔡恒只是一时之间没有细思而已，如果蔡恒稍稍用心去想，必会感觉到不对，而且，万方的计谋也会很快穿帮，因此他不能不立刻行事。

“刘秀已经逃了，为什么还不放我们过关?”胡强混入人群之中高喝道。

胡强这一喝，立刻有许多人跟着应和，都向关口挤去。这些急欲过关的人，还真怕蔡恒再回来，又下令不让人过关，这之中许多人都是来自宛城的难民，拖儿带女的向关口挤去，那群官兵虽极力阻拦，却也不欲真的出手伤了这些难民。他们看到刘秀逃了，他们可不知真假，检查也松懈了些，这些难民一挤便如潮水般挤过关口，众官兵也是无可奈何。

刘秀要的正是这种结果，他也混在难民之中挤过关口。

“刘秀在那里，刘秀在那里，快抓住他，别让他跑了……”关头之上突然有人高声呼喝着，显然是有人发现了混在难民之中的刘秀。

刘秀大吃一惊，他很难相信关头之上的人居然能发现他藏在斗篷之下的面孔。可是当他抬头之时，却发现一群官兵正向他所在的方向挤来，显然发现他的存在并不是假的。

“不要放走了他，给我放箭！死活都有重赏……”关头之上一名偏将高声呼喝道。

难民顿时大乱，拼命地向远处跑，谁也不想成为乱箭的靶子，胡强诸人也被人潮冲得难以聚拢。

“嗖嗖嗖……”一阵箭雨向刘秀所在的方向洒来，挤在刘秀周围的难民纷纷倒下。

“乡亲们，既然他们不让我们活，我们也不能坐以待毙，我们反了……”郑烈见难民们惊慌失措，纷纷倒下，不由得义愤填膺，振臂高声呼道。

死去难民的家人在呼天抢地的同时，也都满腔怒火，对这些不顾百姓死活的官兵更是恨之入骨，纷纷操起扁担之类的响应郑烈的呼声：“反了，杀死这些狗官，为亲人们报仇……”

一时之间关内关外大乱，那些涌进人群之中的官兵立刻遭到一阵乱棒殴击，有些人抢了官兵的兵刃向关下倒杀过去。

郑烈和郑远兄弟抽出兵刃也杀入官兵之中，两人有若虎入羊群，杀官兵犹如斩瓜切菜。

那群难民见有人领头，有这样厉害人物撑腰，闹得更为起劲，胆子也壮了。

“杀呀，杀了这些狗官……反了……”一时之间，数百难民纷纷高呼，声势极高，远近的路人和难民听到这高呼，也纷纷操起家伙赶来。

这群难民本身就已经一无所有了，吃了这顿也不知会不会有下一顿，更不知道明天会不会客死异乡。对于这个世道，他们已是寒透了心，对于这群只知欺压百姓的官兵，更是恨之入骨，因此，今日遇到这么多人造反，他们也跟着豁出去了，就算死，也要出一口恶气。

关头上的偏将也吓坏了，没想到他的一道命令竟然惹来这样的后果。难民的人数比这里守关的官兵人数都多，这一闹起来，确实是使官兵们措手不及。

刘秀也没想到会有这样的变故，心中着实高兴，但他却不敢以自己的名义出头。毕竟，他此次离开宛城时机不对，而且又是绝对的机密，即使是他出头破了这瓦店关，可是那样只会得不偿失。若是宛城的战士知道他离开宛城独去春陵，必会斗志大减，便会给官兵可乘之机，甚至会让宛城内的一些豪强们破坏了他这经过许多时间精心酝酿的一次起事。因此，他宁可让官兵怀疑他出了宛城，而不能向这许多人证实他真的出了宛城。所以，他并不想登高而呼，不想成为众矢之的。

刘秀相信郑远和郑烈两兄弟能够将这个大局把握好，他只需趁乱找到刘胜，要过马匹就可以急返春陵了。

瓦店关终非久留之地，蔡恒的骑兵很快便会归返，那时，这些难民根本就不可能讨得到好处，但这也是没有办法的事，世道便是这么残酷，他只能让郑远两兄弟将这群人引回宛城便好了，而他只身一人返回春陵也不是问题。

当然，令刘秀头大的是，究竟是谁将他出宛城的消息传给了属正，还让蔡恒来这里加强戒备呢？而且把他的行踪把握得这么清楚！也正是因为这个原因，他才决定单独行动。

林渺与白府的其他家丁住在一起，并没有单独的房间，是以，林渺想独自练功并不是很方便，这也是他有些心烦之处，唯一练功的方式只能按照羊皮上那些图像的几个睡姿睡觉，或是找空闲的机会去练，要不便将那羊皮上的东西融合到平时的训练之中去练。

所幸，二教头白归会给他们一个时辰的自由训练时间，这便是林渺最好的机会。另外，若能早早地起床，在训练场上练功也不会有人打扰，但那却要收敛一些。

白府拥有百余亩大的训练场，这里有时也会作为守城军的训练之地。

白府的家丁有时候尚要去码头搬运货物，总的来说，白府并不会白养这一群家将。

林渺算是比较幸运的，搬货之事并没有找上他，也不知是更叔对他格外照顾还是什么别的原因，他只是去了白家的造船基地熟悉环境。

白府所造之船乃是按官府的要求所造，是卖给官府之物，因此官府并不会介意白府制造船只之事。

在白府待了三天，林渺才真正感觉到湖阳世家的产业是如何的庞大，也明白为何白府要给自己训练出一支强大有力的护卫军来，因为整个家族，便像是个财富王国。

这几天除了训练便是工作，林渺每每在鸡啼之前便起床习武，使他对琅邪鬼叟的身法大有进展，这当然是因为他体内本身就拥有别人做梦也难以拥有的绝世功力。让林渺感到更开心的却是，火怪当日为他治疗，并借他的身体与风痴斗法，已经帮他导通了全身的经脉，这使他体内的那股能量可以自由运转。在各种奇珍异药的冲击之下，使林渺的体质彻底地被改造了，每一天都能拥有超凡的精力，无论是记忆力和思维都比昔日不知敏锐了多少。

林渺清晰地感觉到自己的体内发生着日新月异的变化，那是一种难以言传的感觉。

第四天一早，林渺吃完早餐正准备去参加每天必须的船厂事务，但却被白归叫住了。

“梁渺，今天你可以不必去船厂，另外有事。”白良挡住林渺的去路，沉声吩咐道。

林渺有些讶异，但是他并没有多问什么，他很明白什么时候该问什么，什么时候不该问什么。

刘秀并没有与官兵纠缠，他走得极快，紧跟着他的是胡强，连刘胜都走失了。

当然，这并无关系，他也没在意这些，他在意的只是身后的追兵。

刘秀知道，追兵很快就会赶到。可是他并没有立刻急着逃走，反而停下脚步，驻足而望。

胡强有些意外，甚至有些吃惊。

“三公子，怎么了？”胡强讶异地问道。

刘秀望了胡强一眼，只是淡淡地笑了笑，扬声道：“如果诸位认为跟踪得很隐秘的话，那你们就错了，如果不想在蔡恒赶来之前死的话，便立刻给我滚得远远的！”

刘秀这一喝，胡强的脸色大变，他终于明白为何刘秀驻足。

“哈哈哈……刘秀果然是刘秀，就是不同凡响，居然能够发现我们的行踪。不过，能不能杀我们，那就要看刘三公子的本领了！”一阵朗笑声中，自四周的林木后缓缓走出六名青衣汉子。

“谈应手！”胡强仿佛是吃了一惊，低呼了一声。

“我道是谁，原来是翻手云、覆手雨的谈应手和谈铁手兄弟二人呀！”刘秀哦了一声，淡漠地笑了笑道。

“哈哈哈……刘三公子果然好眼力！”一名青衣汉子朗笑道。

“不知二位领着这几位兄弟一直跟着我可有何指教？”刘秀漠然问道。

“刘三公子似乎不知道自己的项上人头现在已是价值万金吗？像我们这种穷得没饭吃的人，只好想侥幸来赚点外快了。”谈应手不无阴险地笑了笑道。

“哦，我这里有两个铜板，你们两兄弟拿了滚吧，少来送死！”胡强突地自怀中掏出两块铜板，重重地抛在谈应手跟前不远处，还呸了一口。

谈应手和谈铁手诸人全都为之色变，胡强这是在当他们是要饭的乞丐。他们两人乃是中原有名的高手，听了胡强的话自然顿时大怒。

“找死！”谈应手身后陡地出现一抹亮光，立在谈应手身后的那人已经出刀了。

刀势快绝，直奔胡强，或许，这快刀并不敢直奔刘秀，但是却没有人知道胡强是谁，有什么能耐，是以那人对胡强出手并无顾忌。

胡强的目光微眯，露出了一丝淡淡的冷笑，它确实是很快的一刀，但可惜的是要越过两丈的空间，才能够抵达面前。是以，胡强悠然地笑了——

当胡强的笑意弥漫到最烈之时，刀已至，刀劲逼体。

谈应手的眼睛陡然眯得很细，事实上只有眯成了一条线，才能够捕捉到胡强手心的两道光润。

谈应手和谈铁手都吃了一惊，那是因为胡强手中的光润——两把飞钺。

"呀……"谈铁手诸人还没有来得及想好后果，那飞扑而出的刀手已经惨号着喷血而退。

战斗已经结束，刀手的胸肌几乎完全裂开，仿佛可以自伤口之中挤出五脏六腑。

胡强的速度比那刀还快，快得让谈铁手心寒。

刀手退开了丈许，但他仅只低头看了看胸前的伤口，然后便悠然而潇洒地仰天而倒，生命顿时远逸而去。

出手一招，胡强就杀了那刀手，刘秀很满意，他知道二哥刘仲所花的心血没有白费，所训练出来的都是致命的杀手。

"好身手，刘家果然藏龙卧虎!"谈铁手冷冷地道了声，身形暴射而动，横越三丈到了胡强的面前。

胡强吃了一惊，谈铁手的速度完全超出了他的想象，那双手更是怪异莫名。

"叮……"胡强的双飞钺平切，触及谈铁手的手却发出金属般的声音。

强大的冲击力使得胡强不能不退一步，在力道之上，他逊于谈铁手。

这并不奇怪，谈铁手能有覆手雨的美称，在江湖之中已经混了二十余年，成名也有十余年了，其武功绝不会是名不符实。

"让你尝尝我的覆雨手吧!"谈铁手见自己一招得势，顿时狂焰又起。

刘秀的眸子中闪过一丝淡淡的冷漠，他并不着急这场闹剧，尽管谈铁手的攻势有若暴风骤雨，胡强的倾覆只是在顷刻之间，但他却仿佛是在看游戏一般轻松、自在、淡然，如在夏日纳凉，至少，他暂时并没有出手的意思。

谈应手在一旁冷静地观察着刘秀的动静和表情，而刘秀的冷静让他有些惊讶。但无论刘秀是怎样的表情，谈应手都绝对不会轻视，他同来的几人也极为紧张地对着刘秀。尽管刘秀无赫赫战迹，但他们却知道，刘秀从未曾败过。

是的，刘秀十余岁便遍游天下，求学长安，这之中，还不曾听说有任何败绩，其武功究竟如何，却是没人知道根底。对于外人来说，刘秀的武功可能是个谜。到后来，江湖之中注意的只是刘秀的才华，渐渐地忽视了其武功的深浅，但谈应手这次不是做主考官，而是杀人！

杀人，便是凭武功，而不是诗词歌赋，是以，谈应手不能不考虑可能潜在的许多危险。

“去死吧！”谈铁手的大喝惊碎了这并不宁静的天空，千万双手如一张张开的巨伞向中间紧收而去，而在中间便是已经狼狈不堪的胡强。

这是绝杀的一招，也是谈铁手成名的覆雨手中最具杀伤力的一招“雨覆伞收”！

刘秀出手了，刘秀出手，谈应手也立刻出手，他绝不想给刘秀和胡强联手的机会，是以他要拦住刘秀。

谈应手出手极快，他身边的另外三人也同时攻上。对于刘秀，他们并不在乎江湖规矩，因为刘秀乃是朝中要犯，而他们和谈应手不同，他们吃的是朝廷的俸禄。

“砰……”刘秀与谈应手擦肩而过，却撞上了一名自侧面扑来的刀手，但这并没有让他有半刻驻足。

那刀手“轰……”地飞出去，似是被划破虚空的陨石撞中一般，飞落地上之际已经刀折人亡。

谈应手吃惊，吃惊刘秀的速度居然如此之快，功力居然如此精绝。

谈铁手也吃惊，刘秀来势犹如开山之锥，锋锐不可匹御，强大的气旋先人而至，仿佛要将他所有的攻势全都瓦解。

胡强大喜，眼中闪过一丝讶异的神采，但是他还没有来得及有半点欢喜，突觉心口一凉，然后便发现胸前露出了一截剑尖。

剑，竟是刘秀的，刘秀没有攻击谈铁手，却杀了胡强，这的的确确太出乎谈铁手诸人的意料之外，他们怎也没有想到，刘秀不杀众敌，却伤自己人，更不明白这究竟是何意。

刘秀没有拔剑，目光淡漠而冷静，像是根本就不知道杀死的是胡强。

胡强眼睛瞪得大大的，一脸难以置信的神色，缓缓地扭过头来，艰难而绝望地问道："你，你杀了我？为什么……"

谈应手和谈铁手诸人也被这突如其来的变故怔住了，都停住了攻击。

"不错，百密终有一疏，你的戏演完了，你的双重身份也到此结束了，也好去向属正邀功请赏了！"刘秀面色依然淡漠。

胡强的脸色顿时煞白，血色仿佛霎时褪尽。他终于明白刘秀为什么杀他，但是他却至死也不明白刘秀是怎么看出这一切的，他没觉得自己有半点破绽，可是刘秀却认定了他。

"刘胜是不是已经死了？"刘秀突然冷冷地问道。

"哈哈……"胡强突地大声笑了起来，沙哑着声音道："他比你先走一步，你也……活……"一句话未说完，大量的鲜血自喉间狂涌而出，顿时气绝。

刘秀神色微变，他知道自己所猜没错，刘胜带马入关，实际上正是胡强这奸细故意安排的，不仅调开了他的马匹，还借机各个击破，这也是他为什么混在难民之中，却仍被关头的官兵所发现的原因，那只是因为胡强在暗中弄鬼，而官兵一路追他，也便没什么值得奇怪了。

胡强轰然倒下，袖间滑出两支泛着蓝色的袖箭，刘秀知道这是为他准备的。

谈应手和谈铁手脸色也都变了，像是一个小偷正在偷东西时被主人发现时所露出的表情。

“好了，不用演戏了！本公子也没有时间跟你们这些宵小玩游戏，亏你谈氏兄弟也是有头有脸的人物，却也是这等卑鄙小人！从今天起，江湖之上便不再有你们这两号人物！”刘秀抖落剑身上的最后一滴血珠，淡漠而冷冷地道。

谈应手感到了一股浓浓的气势如水银一般漫了过来，他的身体便如同悬在空中的风铃，抵不住自四面八方吹来的寒意。

谈铁手不自觉地倒退了一步，与赶来的另外三人并肩而立，他感到刘秀手中的剑仿佛在呼吸，在嘶鸣，有如来自九天或是幽深的地府，但却直接渗入他的心底，使他不自觉地感到一阵莫可名状的寒意。他知道，刘秀真的是动了杀机，真的是怒了。

刘秀依然没有移动半分，连手指都不曾动一下，可是刘秀的眼神仿佛已经穿透了一切，看到了每一个人的心里，每一个人内心的恐惧都丝毫不露地映现在他的眼中，而这些人在他的眼里便像是一堆堆朽木……

谈应手也感到一阵心寒，刘秀静立如渊，那种气机由于静止而狂敛，以刘秀为中心，暴涨狂飙，他知道刘秀出击，必是石破天惊，那时，他想抗拒，只怕会更难，因此，他绝不想刘秀蓄足气势，是以，他出手了。

谈铁手绝不会让兄弟独对大敌，尽管刘秀尚未真正出手，可是他已经完完全全地感受到刘秀体内潜蕴的巨大能量。这个年轻人，只能用深不可测来形容，而江湖之中对刘秀的传闻，绝对不会有虚，只是尚不够全面。

“云翻天露！”谈应手一上来便是绝杀之招。在低吼声中，他整个人都幻成了一片虚影，唯有无数只手在搅动着虚空、撕裂着空气，以快得难以思议的速度越过三丈空间，掩住了刘秀头上的天空。

“雨覆伞收!”谈铁手的绝招正好与之相呼应。

天空仿佛一下子暗了下来，像下了一阵奇怪的雨，漫天的怪手以千万种形态洒落而下，让人感觉到进入了一个魔幻的世界……

刘秀的眸子之中闪过一丝赞赏的神色，在无数只手洒落的那一刹，他斜斜出剑，如破土春笋没入手中，然后陡然耀起一团耀眼如篝火的光芒。他的剑，他的手，仿佛顿时燃烧起来，包括他的身子。

本来黑暗的天空又突然被点亮，灿若银河泻地，千万只手中射出一只亮丽而诡异的火凤凰。

谈应手和谈铁手身形倒射而退，每人都在同时之间失去了一条手臂，他们甚至没有弄明白这是怎么回事，一切便都已经发生了。肃杀，浓烈如酒的剑气依然带着刺骨的寒意渗透每一寸虚空，渗入每一个人的心底。

“凤凰劫!”谈应手和谈铁手倏然之间想到了一个可怕的传说。

那是关于刘家的一个传说。

江湖之中一直流传着，刘家有一个天下无敌的高手，却从不从政，当年王莽篡汉，都是老太后王政君专宠外戚种下的祸根，成了刘家失去江山的最大罪人，于是刘家之人都恨透了老太后王政君，也惹怒了这位无敌的高手。于是他自长安城杀入皇宫之中，再直接杀入后宫，取下老太后王政君的人头，在皇城之中七进七出只杀得王莽龟缩不敢出。宫中高手几乎死伤近半，但是却没能将这人留住。

而宫中的高手印象最为深刻的便是这个人出手之时，便像是一只蹿自地心火海的火凤凰。因此，那人的怪异武功便被天下人传为神话——“凤凰劫”。自那之后，那神秘的人物再也没有现身于江湖，但是江湖之中并没有多少人忘记这个可怕的传说。

试问谁能独自杀入皇宫，而且在千万官兵和高手相护下，取皇太后首级如探囊取物？谁能在皇宫中杀个七进七出还悠然而去？天下间只怕除此人之外，再无他者。

谈应手和谈铁手自然听说过这个传说，他们更知道这个会使凤凰劫的人正是刘家一个曾经很有影响力的人，事后连王莽都不敢对付此人。但是他们却万万没有料到，此刻竟在刘秀身上遇上这可怕的剑法。

一阵有若凤鸣的长啸自九天回旋洒落，那只如烈焰般的火凤凰在虚空之中倒折，化出千万道明亮而耀眼的剑芒，有若凤凰抖翅，抖开了千万根带火的羽毛……

谈应手感到一阵绝望，这一刻，他后悔了，后悔不该来追杀刘秀，后悔他有刘秀这样一个敌人。

“呀……”那剩下的两名随谈应手而来的官府高手惊叫着骇然飞逃，他们已经没有半点斗志，但是却绝对快不过刘秀的剑。

谈应手眼睁睁地看着那两名官府的高手轰然而飞，却无能为力。因为他知道，他也不可能例外，何况此刻他失去了一条手臂，便是流血也足够取他性命。但是在此刻，他却听到远处响起了一阵急促的蹄声。

“听，我们的人来了，大哥，快走!”谈铁手也听到了那急促的马蹄声，大喜道。

“没人可以救得了你们，见过火凤重生的人，都必须死!”刘秀冷冷的声音响在了谈铁手的耳边，让谈铁手禁不住打了个冷战。

蔡恒赶来确实快，但是由于那群闹事的难民使他不能不慢了一些。因此，赶来的时候，谈应手和谈铁手的尸体已经变冷，胡强和那几名官府的好手也尽皆丧命，追踪刘秀的线索也便自此而断，无奈之下，他只好回棘阳报到，再设法趁刘秀不在，夺下宛城。

宛城内外之民皆来相投，使得宛城义军声势大壮，棘阳和淯阳太守大慌。

宛城处于南阳郡中心，就算有外敌入侵，也有外面的联城挡着，可说是固若金汤。可是眼下，宛城却从内部先乱了起来，一时之间棘阳和淯阳两城自然措手不及。

刘秀心知淯阳与棘阳正联兵互防宛城。

王兴逃出了宛城，早已派快骑直报长安，并调南乡、昆阳、定陵诸城之军数万对宛城形成合围之势。

宛城之失，便是王兴也担当不起，是以他不能不孤注一掷，欲趁刘秀诸人的阵脚未稳之时回头夺下宛城！

宛城之战，已是迫在眉睫，整个宛城内外都显得极为动荡不安，未战已先有许多百姓急急忙忙迁徙而走，以免战火波及己身。

当然，这种日子里，天下四处都是动荡不安，根本就无净土可言，也有许多人见惯了战火，而这些人更在战乱之中学会了生存之道，他们知道怎样才会在这个乱世之中活得更逍遥、更自在。

小长安集便是这些快活之人的天堂！

小长安集位于宛城南部，傍临淯水，拥有宛城外、淯水边最大的码头。

宛城的工商业并不全都在城中，在城外尚有许多村落。

此时宛城之外的村落至少已经空了一半，但这并不影响小长安集的繁华。

这里可以说是宛城各边县的动脉，各路大商家多汇聚于此，南来北往的货物便自此地聚散。因其水路、陆路皆通达，宽大的官道西通长安，北经颍川至洛阳，南接江陵，水道则可经淯水入沔水，至汉中、南郑、沔阳，南可至江水直通海外，其繁华程度直追长安，是以称之为小长安集并不是偶然。

在宛城数十里之外早已到处有刘秀的探子，不过这并不影响小长安集的交易。

自南方河道之中，有十余艘战舰驶入宛城，这是刘秀向湖阳世家购买的。在这种繁华之地，若没有湖阳世家的存在，那应是一个奇迹。

湖阳世家并不怕做得罪朝廷的生意，事实上，整个中原，已经没有多少地方官能真正派上用场，因为，大到数万、数十万的义军，小到数百、几十人的山贼海盗已经使得朝廷疲于应付，使地方官府束手无策，又哪有官府敢去惹湖阳世家这类大家族？为官者只是希望多任几年，多捞些钱财，对于其他的都是睁一只眼闭一只眼。

宛城这几天不仅仅是购船，更大量购进战马、兵刃等战争的必需品。

刘家的财资之雄，少有人能比，与那群绿林军相比，刘家拥有更多的后援，更多的财力支持。而绿林军只能居于山泽丛林，诸如绿林山，而饥贫使得瘟疫爆发，本来十余万义军顿死去一半，不得不四分五裂。而刘秀也正是看中这个机会，嘱其长兄于此时起事，并以强大的声势成为南郡和南阳之地的义军之首。

形势确实是如此，去年，绿林军兴起，因连打胜仗，其兴起之势锐不可挡，八方豪强竞相投效，在南方没有哪一路义军风光能与之相比，但一场瘟疫却使绿林军不战自败，三分而去，先后分裂为平林兵、下江兵和新市兵，其声势已渐弱，投效之人自然少了。

而刘秀在此时起事正是给南阳、南郡两地的义军再添上一把干柴，使本来气势渐弱的起义之火重新以熊熊之势燃烧起来。正因为这是一股新起的力量，若能以强势发展，便定能将本欲投效绿林军的人物吸引过来，甚至将三分而去的绿林军重聚而起。因此，刘秀选择这种时机起事并非心血来潮之举。

“晴儿！”林渺与白良来到偏院，却发现等他的却是晴儿。

“意外吗？”小晴反问。

“小姐想让你陪她一起去唐子乡。”小晴平静地道，神色间看不出有多少喜色。

“那白良也跟我一道去好了，就不知小姐会不会同意？”说话间，林渺带着询问的眼光望向小晴。

小晴笑了笑，道："那就让他也去吧。"

"什么时候动身?"林渺问道。

"现在，小姐已经出府了，这才叮嘱我让你快去。"小晴肃然道。

"什么?"林渺大惊，同时也感到有些好笑，白玉兰已经出发，却还要回头来召他去，真是弄不懂这些小姐们是怎么想的。

"难道你没有听见吗?我已经准备好了马匹，你们立刻跟我同去就是!"小晴催促道。

"不用准备什么吗?"白良问道。

"要准备什么?"小晴反问道。

白良大感尴尬，林渺却已经拉着他大步跟着小晴身后行去。